블랙아웃

블랙아웃
BLACKOUT

권혁진
장편소설

스윙레일

1

마치 깊은 바닷속처럼 고요하고 적막한 밤, 교복을 입은 남학생이 건물 옥상에 홀로 서 있다. 저 멀리 떨어진 빌딩으로부터 새어나오는 주홍빛 불빛만이 흐릿하게 그 모습을 비춘다.

"거기, 학생!"

있는 힘껏 목소리를 내어보아도 소년이 서 있는 곳까지 전달되지 않는다. 그는 한 걸음씩 난간을 향해 발을 내딛고 있다. 건물 아래로 추락하기까지 몇 걸음도 채 남지 않았다.

"잠깐, 멈춰!"

소년을 향해 전력으로 달려보지만 다리가 떨리는 것인지 옥상 바닥이 흔들리는 것인지 좀처럼 나아갈 수 없다. 머리만 어지러울 뿐이다. 정신이 몽롱한 와중에도 시선은 절대 그를 놓치지 않는다.

난간 끝까지 걸어간 소년은 그대로 한순간에 허공으로 몸을 내민다. 어떻게든 붙잡으려 몸을 앞으로 기울여 한쪽 손을 뻗어본다.

그에게 닿기에는 여전히 좁혀야 할 거리가 너무 많이 남아 있다.

그 순간, 살짝 돌아선 그의 얼굴은 절대 잊히지 않는다. 눈, 코, 입, 아무것도 없는 텅 빈 얼굴.

"제발, 그만."

그렇게 나는 또다시 텅 빈 옥상에서 홀로 울부짖을 뿐이다.

지- 잉, 지- 잉.

휴대폰 진동 소리에 아직 어두운 방 안의 침대에서 벌떡 몸을 일으켰다. 속옷 차림인 상체가 온통 식은땀에 젖어 있다. 가쁜 숨을 몰아쉬고 나서야 겨우 진정이 된다. 그제야 시끄럽게 울리던 휴대폰을 귀에 갖다 댄다.

"오빠, 일어났어?"

금세 마음의 안정을 가져올 정도로 익숙한 목소리. 여자친구인 유이의 전화였다. 침대 옆 협탁 위에 놓인 시계를 힐끗 살핀다. 새벽 5시 30분.

"어, 덕분에 지금 막 일어났어."

"목소리가 안 좋은데. 또 그 꿈이야?"

"응, 또 시작된 것 같아."

매년 이맘때만 되면 같은 꿈을 꾼다. 한 고등학생이 건물 옥상에서 뛰어내리는 꿈. 이제는 뒷모습만 보아도 같은 사람이란 걸 알 수 있다. 비록 얼굴은 언제나 텅 비어 있지만.

"벌써 3년째잖아? 이제는 진짜 병원에 가보는 게 좋을 거 같아.

더 심각해지기 전에. 일단, 아침 잘 챙겨 먹고 출근해."

"응, 고마워."

잠깐의 통화로 정신을 차리고 서둘러 침대에서 몸을 일으킨다.

내가 미래발전공사 서울 중앙본부에서 근무를 시작한 지도 올해로 3년째. 역대 최고의 취업난이다 뭐다 다들 난리일 때, 대학 졸업과 동시에 취업에 성공한 운 좋은 케이스다.

매년 3월 초는 회사 업무량이 가장 많이 몰리는 시기. 오전 7시까지 회사에 도착하기 위해 꼭두새벽부터 졸린 눈을 비비고 일어나야만 한다. 그래도 오늘 같은 날은 차라리 일찍 잠에서 깬 것이 다행이다. 그 꿈을 꾸고 있을 때는 한시라도 빨리 현실로 돌아오고 싶은 마음뿐이니.

사무실에 도착해보니 아직 빈자리가 여기저기 보인다. 창립한 지 10년밖에 안 된 젊은 회사임에도 사무실 풍경은 1990년대로 되돌아간 듯하다.

다닥다닥 붙어 있는 책상 곳곳에 수북이 쌓인 서류 더미들. 기밀이 많은 회사일수록 아날로그적인 게 안전하다는 평계를 대지만 '미래발전'이라는 회사 이름과는 도무지 어울리지 않는 분위기다. 일찍 출근한 몇몇 직원들은 잠에서 깨기 위해 커피를 한 잔씩 입에 물고 있었다.

"일찍 나왔네."

고개를 살짝 돌려 인사하는 옆자리 박 과장에게 가볍게 고개를 숙인다. 그는 회사 창립과 동시에 입사한 11년 차 선배다. 언제 출근했는지 벌써 인화실에 들어갈 준비를 하고 있었다.

나 역시 이곳에서 필름을 현상하고 인화하는 일을 담당하고 있다. 그렇다고 일반적인 사진관처럼 카메라로 찍은 사진을 그대로 인화하는 건 아니다. 의뢰인의 10년 후 미래를 보여주는 일. 마치 누군가가 내 모습을 몰래 찍은 것처럼 10년 뒤 어느 순간이 적나라하게 드러난다.

미래 사진을 찍기 위해서는 오직 필름 카메라만 사용해야 한다. 우선, 카메라로 지금의 모습을 찍는다. 그러면 필름에 맺히는 상은 현재 모습 그대로다. 여기까진 전혀 색다를 게 없다. 하지만 현상액 성분을 조정하고 특수하게 제작된 인화지로 인화하면 도무지 믿기 힘든 마술 같은 결과가 나타난다. 처음에 찍었던 사진과는 전혀 다른 상이 드러나는 것이다. 사진 속 인물이 먼 미래의 동일인이란 점만이 유일한 공통점이다.

인화팀 사무실에는 문이 하나 더 있고 그 안에 인화실이 따로 존재한다. 서둘러 인화실로 들어가 오늘의 첫 사진을 작업한다. 희한하게도 최신 전자동 인화기를 쓰면 실제 촬영한 모습이 그대로 인화될 뿐이다. 우리가 매번 수동으로 작업해야만 하는 이유다. 야간 특수 안경을 착용하면 어두운 곳에서도 주변 식별이 가능하다.

현상액 속에 담긴 인화지에서 서서히 상이 드러나기 시작한다. 강당 의자에 앉아 있는 스무 살 정도 되는 아이들의 모습이 보인다. 대학 입학식 날인 것 같다. 인화가 끝난 사진은 일련번호에 맞춰 봉투 안에 넣는다. 그리고 민원 담당 부서로 전달한다.

"윤 대리. 여기, 자네 학교지?"

박 과장이 인화를 끝낸 사진 한 장을 들어올려 보인다. 그 사진 역시 대학 입학식 사진이다. 강당의 모습을 보니 내가 졸업한 학교 가 틀림없다.

"네, 맞는 것 같습니다."

"이 녀석 안타깝네. 좀만 더 열심히 하지 그랬어."

정말 안타까운 마음이 맞는지 그가 히죽거리며 말했다. 박 과장 은 사실 내가 졸업한 대학보다도 훨씬 생소한 지방의 작은 대학을 나왔다. 대학 간판에 콤플렉스가 있는 건지 어차피 SKY가 아니면 다 똑같다는 말을 달고 산다.

매년 3월 초는 대학 입학 시즌이다. 많은 학부모가 자녀들의 미 래를 궁금해하는 시기. 아직 열 살밖에 안 된 아이들의 작은 손을 잡은 채 우리 회사로 찾아온다. 그러면 우리는 10년 후 아이의 미래 모습을 담은 사진을 인화하여 제공한다.

오전 10시에서 11시 사이에 찍으면 대부분 똑같다. 어느 대학 강 당 안에 신입생들이 지루한 표정으로 앉아 있는 모습. 유일하게 다 른 점이라면 대학 간판이랄까. 물론, 사진에 이름이 나와 있지는 않 다. 하지만 맘 카페에 미래 사진을 올리면 강당의 벽 색깔이나 무늬 만으로도 어느 학교인지 대번에 알아낼 수 있다.

박 과장은 인화실에만 들어오면 혼자 중얼거리면서 일을 한다. 쉴 새 없이 말을 해대기 때문에 굳이 매번 대꾸해주지 않아도 된다.

"쯧쯧, 이 녀석은 싹수가 노랗네. 아침부터 여자친구랑 침대에서 나뒹굴기나 하고. 여자애가 이쁘긴 하네."

가끔 이렇게 예외 케이스도 발생한다. 대부분의 학부모들은 이런 결과를 본 순간, 그 충격으로 인해 돌처럼 굳어버린다. 하지만 이 정도면 그리 놀랄 일도 아니다. 적어도 그때까지 아이가 건강하게 살아간다는 뜻이니까.

문제는 항상 예기치 않은 순간에 일어난다. 일련번호 B-35, 10세 여성.

'어? 뭐야 이거? 설마, 그럴 리가 없는데.'

아무리 인화지를 들여다보아도 아무런 상도 보이지 않는다. 인화지 전체가 새까맣게 물들어 있을 뿐이다.

블랙아웃(Blackout).

우리가 이런 현상을 부르는 말이다. 블랙아웃은 주로 노인들에게 나타난다. 의뢰인의 수명이 10년도 채 남지 않은 경우, 사진을 인화하면 이렇게 온통 새까만 사진이 나온다. 그는 이미 세상에 존재하지 않기 때문에. 하지만 가끔 어린아이 사진에서도 블랙아웃이 나온다. 애석하게도 앞으로 살날이 10년도 남지 않았다는 뜻이다.

갑자기 왼쪽 이마가 지끈거리기 시작했다. 심장박동이 빨라지면서 가슴이 울렁거린다. 입사 초 그날의 기억이 떠올랐다. 10세 남자아이의 블랙아웃을 처음 보았던 날. 새까매진 사진을 보며 내가 현상액의 성분 비율을 잘못 설정한 게 아닌가 생각했다. 하지만 몇 번을 다시 해보아도 똑같은 결과였다.

그리고 며칠 후 인화된 사진을 찾으러 와 미친 듯이 소리치며 오열하던 아이의 엄마. 그 울음 섞인 찢어지는 목소리가 아직도 귀에 생생하게 남아 있다.

인간이 불안감을 느끼는 순간은 다양하다. 그중에 반드시 일어날 일이지만 시점이 정해지지 않은 불확실성이 주는 공포는 특히 극심하다.

차라리 어느 시점에 죽는지 안다면 마음의 준비라도 가능한 법이다. 하지만 당장 내일이 자식의 마지막 날이라면? 알 수 없는 어느 날 반드시 죽는다면?

자식의 블랙아웃을 본 부모들은 대개 정상적인 삶을 살지 못한다. 불안감이 증폭되면서 아이를 지키겠다는 마음에 하루종일 아이 옆에 붙어 있는 경우도 많다. 평소와 달라진 엄마의 태도에 아이가 의아해하더라도 끝끝내 모든 것을 비밀에 부친다. 그렇게 혼자 가슴앓이를 할 뿐이다.

"윤 대리, 왜 멍하니 있어? 혹시 또 블랙아웃이라도 본 거야?"

잠시 예전 기억이 떠오른 순간, 박 과장이 말을 걸었다.

"네, 그런 것 같아요."

그는 마침 지루하던 참에 잘됐다는 듯이 내 옆으로 다가왔다.

"어허, 이거 또 나왔네. 작년, 재작년에도 윤 대리가 작품 하나씩 만들었잖아. 올해로 3연타네. 대단해."

작품을 만들었다고? 나는 그저 나에게 무작위로 할당된 필름들을 사진으로 인화했을 뿐이다. 이미 오래전부터 느껴왔던 거지만 이 인간과는 말을 하면 할수록 기분이 더러워진다. 누군가가 난처해하거나 괴로워하는 상황을 즐기는 인간. 공감 능력이라곤 전혀 없는 사이코패스인가? 잠깐 머리 좀 식히고 오겠다고 하고 건물 옥상으로 올라갔다.

2

옥상 문을 열자마자, 아차 하는 생각이 들었다. 지난밤 악몽에 나온 장소도 여기보다 높긴 해도 건물 옥상이다. 차라리 1층 정원으로 나갈 걸 그랬나. 처음 블랙아웃을 본 이후로 3월만 되면 건물 옥상에서 학생이 뛰어내리는 꿈을 꾸고 있다.

"냅둬. 그것도 다 본인 팔잔데 뭐 어쩌겠어."

저 멀리 펼쳐진 빌딩들을 하염없이 바라보고 있을 때, 다시 듣기 싫은 목소리가 뒤에서 들려왔다. 박 과장이 입에 담배를 하나 물고 나를 뒤따라 올라온 것이다.

"그것보다 말이야. 마누라가 이번에 자기도 미래 사진을 찍겠다고 하더라고."

"아, 그래요?"

그쪽 집안 얘기는 사실 전혀 궁금하지 않다.

"요즘 애 키우느라 폭삭 늙는 것 같다고. 10년 뒤 얼굴 상태를 확인해야겠다지 뭐야. 보나마나 뻔한 거 아니야? 피부는 푸석푸석해지고 눈가엔 주름살이 가득하겠지. 굳이 그걸 꼭 확인해봐야 아나? 그 평계로 어디 비싼 숍에서 피부 관리나 시켜달라는 거겠지."

그는 적어도 하루에 한 번씩은 꼭 아내에 대한 험담을 늘어놓는다.

"사람마다 관심사는 다 다르잖아요. 미용에 관심 있는 여성분들도 많고요."

내가 예상을 깨고 자기 말에 동조해주지 않자, 그가 흠칫 놀란 것 같았다.

"아니 아무리 그래도 이게 인생에 한 번밖에 없는 기회 아니야? 더 가치 있는 곳에 써야지. 어차피 늙어가는 거 본다고 뭐가 달라져? 차라리 노인이 돼서 언제 죽는지 확인하고 대비하는 게 낫지."

박 과장의 말대로 정부에서는 평생 단 한 번만 미래 사진을 찍을 수 있게 규제하고 있다. 정부 말에 따르면 미래 사진 인화에 필요한 특수 인화지 제조가 생각보다 까다롭다고 한다.

일반 인화지가 특정 수준으로만 변색되어야 한다는데 우리나라엔 정밀 기술이 없다. 결국 해외에서 전량 수입되는데, 전 세계적으로 공급량이 부족한 편이란다.

"아, 그러고 보니, 과장님 미래 사진에서 보셨던 로또 결과 나왔겠네요?"

미래 사진이 처음 등장하자, 너도나도 몰렸던 게 로또였다. 평소 로또를 꾸준히 사던 사람이 로또 추첨 시간에 의뢰하면 사진 속 TV나 휴대폰 화면에 당첨 번호가 보였다.

10년 전의 박 과장도 마찬가지였다. 하지만 문제는 그렇게 미래를 본 사람이 무척 많았다는 것. 당첨자가 많을수록 당첨금은 줄어들게 된다.

"생각할수록 열 받으니까 말도 꺼내지 마. 1등이 얼마나 많았는지 고작 8800원 받았잖아. 아까운 기회만 날리고."

처음에는 사람들의 관심이 오로지 미래의 돈벌이에만 집중되었다. 그러자 정부는 사행성, 투기성 결과가 나오면 사진을 즉각 폐기하고 의뢰인은 확인도 못 하도록 법을 개정했다.

자연히 사람들의 관심은 자신이 미래에 이룩할 성취로 옮겨갔다. 대학, 직업, 재산, 배우자, 수명 등등. 미래 사진에 드러난 자신의 옷차림이나 집이나 차를 통해 생활 수준도 짐작해볼 수 있었다. 이를테면, 한강 뷰 아파트에서 창밖을 바라보며 와인을 마시는 모습이나 페라리를 타고 해안도로를 달리는 모습이 나오길 바라는 이들도 있었다.

하지만 10년 후 한 장면이 꼭 내 뜻대로 보이지만은 않는 법. 때론 미래에 대한 아무 정보도 얻을 수 없는 엉뚱한 모습이 나오기도 한다. 사우나에 홀딱 벗고 앉아 있는 모습이라든지, 어디 허름한 공중화장실에서 힘을 잔뜩 주느라 이마에 핏줄이 돋은 모습처럼 말이다.

며칠이고 반복해서 악몽을 꾸다 보면 잠드는 것 자체가 두려워진다. 최근엔 새벽 출근에 야근까지 하느라 몸이 금방이라도 부서질 것 같은 상태로 집에 돌아오곤 한다. 하지만 집에 와서는 어떻게든 잠들지 않으려고 눈을 부릅뜨고 버틴다. 괴로운 악몽에서 잠시나마 벗어나고 싶단 생각에.

그러다 결국 꾸벅꾸벅 졸게 되고, 새벽 즈음에 쓰러져 잠들면 또다시 똑같은 악몽이 반복된다. 다음 날이면 피로에 찌든 상태로 어김없이 회사로 향한다. 신경은 점점 더 예민해지고, 좀비처럼 반쯤 죽은 것 같은 나날이 지속된다.

"그거 PTSD, 그러니까 외상 후 스트레스 장애 같은 거 아닐까? 예전 지하철에는 스크린도어가 없었다잖아. 그때 선로로 뛰어들어 자살하는 사람들이 적지 않았단 말이야. 그 모습을 목격한 기관사들이 너처럼 계속 악몽을 꾸고 그랬을 거야."

종합병원에서 인턴으로 근무하는 친구에게 고민을 털어놓은 적도 있었다.

"근데, 이상한 게 말이야. 너는 그냥 블랙아웃, 그러니까 아무것도 보이지 않는 까만 사진을 보았을 뿐이잖아. 근데, 왜 자살하는 아이들이 꿈에 나오는 걸까? 그건 어쩌면 너의 상상이 만들어낸 게 아닐까?"

"내 상상이라고?"

인화팀에서 근무하다 보면 별의별 사진을 다 보게 된다. 칼로 사람을 찔러 죽이는 장면은 예삿일일 정도다. 의뢰인이 시체를 토막 내거나, 불에 타 죽고 있는 장면을 본 직원도 있다. 그런 경우라면 외상 후 스트레스 장애라 불러줄 만도 했다.

그런데 나는 친구의 말처럼 그저 새까만 사진들을 보아왔을 뿐이다.

"아무튼, 병원 한번 가봐. 정신과 간다고 회사에서 조사해서 승진에 지장 있고 그런 거 아니라니까. 그런 수십 년 전 루머를 아직도 믿는 거야? 진짜 말 안 듣네."

정말 그 꿈도 내 상상이 만들어낸 허상일 뿐일까? 어떻게 하면 내 상상을 바꿀 수 있을까? 그의 말을 듣고 한동안 고민이 더 깊어졌다.

* * *

민원 담당 부서에서 아침부터 소란스러운 소리가 들린 것은 블랙아웃을 본 지 정확히 3일 뒤였다. 중년 여성의 목소리만 들어도 무슨 일 때문인지 대번에 알 수 있었다. 작년, 재작년에도 똑같은 일들이 있었으니까.

하던 일을 멈추고 조심스레 인화팀 사무실 문을 열고 밖으로 나왔다. 40대 중후반으로 보이는 살집이 조금 붙은 아주머니가 민원 담당 직원 앞에서 통곡하고 있었다.

"부탁이에요. 제발 좀 알려주세요. 언제 무슨 일로 죽는지만이라도요."

최근 며칠간 블랙아웃이 나온 것은 단 한 건. 내가 인화한 B-35

의 어머니가 틀림없다. 자식의 블랙아웃을 보고도 온전히 정신줄을 잡고 있기란 어려운 일이다.

우리 일은 고객 사생활 보호 차원에서 인화 담당과 민원 담당의 업무가 철저하게 분리되어 있다. 인화 담당인 내가 알 수 있는 것은 기껏해야 의뢰인의 나이와 성별 정도. 물론 인화된 사진에서 10년 후의 얼굴은 볼 수 있으나 현재 의뢰인의 모습이나 이름, 주소 등의 개인 신상은 전혀 알 수 없다. 인화가 끝나는 대로 일련번호에 맞춰 봉투에 넣어둘 뿐. 그러면 민원 담당 부서에서 그것을 다시 의뢰인에게 전달한다.

"아주머니, 저희도 알 수 없다고 몇 번을 말해야 알아들으시겠어요? 한창 업무 중인데 여기서 이러시면 정말 곤란합니다."

테가 얇은 안경을 낀 예민해 보이는 민원 담당 직원이 답답하다는 듯 기계적으로 응대하고 있었다.

"아니 그럼 난 앞으로 어떻게 살라고요? 우리 딸이 이제 곧 죽는다는데."

민원실에는 아주머니의 흐느끼는 울음소리 말고는 아무런 소리도 들리지 않았다. 담당 직원 한 명을 제외하곤 모두 컴퓨터 모니터만 뚫어지게 바라보며 마우스를 딸깍거리고 있었다. 사실 민원팀에서 컴퓨터 화면을 볼 일이 많지는 않을 텐데. 다들 자기가 엮이지 않은 게 천만다행이라 여기고 있는 듯하다.

"여기 사인하셨잖아요. 서약서 내용 똑똑히 기억하시죠?"

담당 직원이 가리킨 종이는 미래 사진을 촬영하고자 한다면 누구나 먼저 동의해야 하는 서약서다.

1. 한 번 촬영을 진행하면 평생 다시 촬영할 수 없다.

2. 어떤 결과가 나오더라도 재촬영을 요구할 수 없다.

3. 사진 속 상황에 대한 어떠한 설명도 요구할 수 없다.

4. 사진 속 결과에 대한 책임은 모두 의뢰인 본인이 진다.

......

몇 가지 부수적인 조항들이 더 있지만 대충 이런 내용이다. 차갑고 매정한 문장들로 가득 차 있지만 어느 누구도 주저하지 않고 그 자리에서 사인한다. 미래를 볼 수 있다는 달콤한 유혹이 어쩌면 씁쓸할지 모르는 뒷맛을 망각하게 만든다.

과연 결과에 대한 책임을 본인이 진다는 것이 가능한 일인가? 자식의 예견된 죽음을 알고도 가만히 앉아 있을 부모는 없다. 자기 목숨을 걸어서라도 자식을 구해내고 싶을지언정.

아주머니가 청원 경찰 두 명의 손에 이끌려 밖으로 내쫓기고 있었다. 여기서 놓치면 영원히 그녀의 신상 정보는 알 수 없다. 어쩌면 지금이 기회다. 조심스레 다른 직원들의 눈을 피해 건물 밖으로 따라나섰다.

누군가 지켜보고 있진 않은지 다시 확인했으나 아무도 눈에 띄지 않았다. 회사 앞 정원을 가로질러 터벅터벅 걸어가는 아주머니의 뒷모습이 보였다. 어깨에 힘이 쭉 빠진 상태다.

"저기요, 아주머니!"

아주머니가 곧장 뒤를 돌아보았다. 그녀의 떨리는 눈동자와 마주쳤다.

"저 말인가요? 누구신지요?"

우울함이 서린 눈빛 속에 경계하는 마음이 먼저 읽혔다. 방금 전에 우리 회사 직원들 손에 끌려 나왔기 때문이리라. 먼저 목에 걸고 있는 사원증을 한 손으로 들어올려 보였다.

"미래발전공사 직원입니다. 최근 따님이 블랙아웃 나온 거 맞으시죠?"

그녀는 놀란 듯 눈이 커지더니 다시 곧 울음을 터뜨릴 것만 같았다. 그녀에게 '블랙아웃'이라는 단어는 공포 그 자체였다. 가까스로 이를 꽉 물더니 입을 열었다.

"네, 그런데요."

"시간이 좀 걸릴 수도 있겠습니다만…… 어떻게든 따님의 사망 시기와 원인에 대해 알아보고 연락드릴게요."

그녀는 그렁그렁 눈물이 고인 채 내 말을 경청하고 있었다.

"정말인가요? 꼭 좀 부탁드립니다."

"네, 그게 당장은 어렵고 시간이 좀 필요합니다. 조금만 진정하시고 기다려주세요."

과거에도 두 번이나 비슷한 일을 겪었으나 의뢰인과 직접 만나야겠다는 생각까지는 미처 하지 못했다. 사무실 밖에서 아이 부모의 통곡하는 소리가 들릴 때면 어두운 인화실 안에서 가만히 눈을 감고 있을 뿐이었다.

이 일을 세 번이나 겪고 나서야 이런 생각이 들었다. 어쩌면 의뢰인을 직접 만나는 게 내가 만든 상상을 바꿀 기회가 되지 않을까?

"그 대신 여기서 저를 만났다는 사실은 누구에게도 절대 말하지 말아주세요."

아주머니가 여러 번 세차게 고개를 흔들며 알겠다고 대답했다. 서로의 연락처를 교환하고는 다시 회사 건물로 향했다. 그녀는 나를 향해 몇 번이고 90도로 고개 숙여 인사했다. 인화 담당이 의뢰인을 직접 만나는 것은 회사 내규상 절대적으로 금지되어 있다. 이 사실이 알려지면 중징계를 받을지도 모른다.

뒷문을 통해 회사 건물로 들어오자마자 빠르게 복도 주변을 살폈다. 다행히 인기척은 전혀 느껴지지 않았다. 아무 일도 없었던 것처럼 조용히 인화팀 사무실 문을 열고 들어갔다.

―오늘 한잔할래? 내가 쏠게.

대학 동기이자 입사 동기인 지호에게 메시지를 보냈다.

―인화팀은 오늘도 야근 아니야? 설마 야근 끝나고 마시자고?

입학식 시즌에 업무량이 폭발하는 건 촬영팀과 인화팀이다. 그중에서도 매일같이 야근이 있는 곳은 인화팀뿐. 지호가 속한 민원팀은 어느 시즌이든 정시에 퇴근한다.

―어, 퇴근하는 대로 너희 집 근처로 갈게.

―그래, 그럼 나야 좋지.

지호와 간단히 술 약속을 잡고 오늘 남은 할당량을 인화하기 시작했다. 그래도 내일 정도면 지긋지긋한 야근도 끝날 것 같았다. 마지막으로 인화한 사진을 봉투 안에 넣고 벽에 걸린 시계를 보니 어느새 9시가 다 되었다. 요즘 들어 집에 들어가기 더 싫어하는 박 과장은 아직 회사에 남아 시간을 때울 모양이었다.

막 나가려는 참에 사무실 책상 위에 올려둔 휴대폰에서 진동이 울렸다.

―내일도 새벽 출근인데 술 마셔도 괜찮겠어?

유이였다. 9시니 이제 막 카페에서 아르바이트가 끝났을 것이다.

―조금만 마시고 금방 들어갈게. 피곤할 텐데 쉬고 있어.

―응, 다음엔 나도 같이 봐.

유이는 지호와도 잘 아는 사이다. 우리 모두 경영학과 선후배로 대학 다닐 때는 셋이 종종 어울리기도 했었다. 요즘엔 다들 바쁘다 보니 좀처럼 같이 만날 기회가 없는 편이다.

"이런 데서 사겠다고? 술값 꽤 나올 텐데."

지호를 데리고 평소라면 눈길도 주지 않는 분위기의 이자카야로 들어갔다. 어둑어둑하면서도 은은한 조명이 고급스러움을 더했다. 오늘도 머리가 지끈거리는 상태라 평소처럼 시끄러운 동네 술집만은 피하고 싶었다. 지나가다 우연히 봐뒀는데 조용히 대화하며 한잔하기 딱인 곳이었다.

기모노 차림의 호리호리한 여성 종업원이 우리를 방으로 안내했다. 자리에 앉자마자 지호가 기다렸다는 듯이 입을 열었다.

"오늘 무슨 일 있었어? 표정이 왜 또 울상이냐?"

"뭐긴 뭐겠어. 며칠 전에 또 봤잖아."

"뭐? 블랙아웃?"

나는 말 없이 고개를 끄덕였다. 우리 회사는 기밀로 해야 할 것들이 많았다. 의뢰인들의 은밀한 사생활로 가득한 곳이니 그럴 수밖에. 몇 년 전에는 한 연예인 의뢰인의 10년 후 애인 사진이 SNS에 유출되어 회사가 뒤집힌 적도 있었다. 항상 조심해야 하기에 업무 이야기를 맘 놓고 할 수 있는 것도 결국 같은 회사 직원뿐이다.

적어도 지호는 믿을 수 있었다. 대학 때부터 술잔을 기울여온 동기인데다 입사 동기이기까지 하니, 고민거리가 생기면 언제든 가장 먼저 그를 찾았다.

"아, 그거 또 네가 인화한 거였어? 아까 진짜 난리도 아니었잖아. 그 아줌마, 어찌나 목청이 크던지."

지호가 두꺼운 메뉴판을 펼치더니 유심히 가격을 살피며 말했다. 서로 비밀이 거의 없는 사이였지만 그 아주머니와 따로 만났단 말은 굳이 꺼내지 않았다. 슬쩍 메뉴판을 보니, 예상보다도 가격이 꽤 나가는 술집이었다.

"야, 진짜 미쳐버릴 것 같아. 내가 자기들을 죽인 것도 아닌데 왜 내 꿈에 자꾸 나오는 건데? 이번에 또 한 명이 늘었으니 이제 셋이 번갈아 가면서 나오는 거 아니야?"

내가 땅이 꺼지게 한숨을 쉬면서 말했다.

"작년에 팀장한테 말하지 않았었나? 그때 팀장이 뭐라 했었지?"

블랙아웃을 본 이후로 자주 악몽을 꾸게 되었다는 말을 팀장에게 했을 리가 없다. 문제를 해결해주기는커녕 나약한 소리나 한다고 한소리 들을 게 뻔했다. 그게 지금까지 봐온 우리 팀장 성격이었다.

그렇다고 팀을 옮길 수도 없었다. 미래 사진의 현상과 인화 절차는 회사 내에서도 인화팀 직원만 아는 1급 기밀이다. 기밀을 최대한 유지하기 위해 한번 인화팀은 퇴사할 때까지 인화팀이다. 다른 좋은 방법은 없을까 수도 없이 고민했었다. 회사를 위하는 척 연기하면서 내가 가진 고민도 해결할 묘안이.

그러다 작년 사내 혁신 아이디어 공모 때 의견 제안을 했다. 요지는 블랙아웃이 나온 사람들에게는 몇 장의 인화지를 추가로 더 제공하자는 것이었다. 죽음의 원인과 시기를 조금이라도 더 알 수 있게 도와주자고. 마치 사정이 딱하고 불쌍한 사람들을 돕기 위한 제안인 것처럼 문서를 꾸몄다. 본래의 목적이야 물론 그들의 한이 풀리면 이 지긋지긋한 악몽에서도 벗어날 수 있지 않을까 하는 일말의 기대였다.

"팀장이 아니라 아이디어 공모에 참여했었지. 뭐, 아이디어는 좋으나 실현 가능성이 부족하다고 떨어졌지만."

이야기를 나누는 사이, 종업원이 주문한 술과 참치회를 들고 들어왔다. 기름기 가득한 참치 뱃살이 먹음직스러워 보였다. 술잔을 가볍게 부딪치며 한잔을 쭉 들이켰다. 회는 근래 맛본 것 중 가장 신선했다.

"근데, 솔직히 우리가 국민들을 감쪽같이 속이고 있잖아."

종업원이 문을 닫고 나가자마자, 지호의 눈을 정면으로 쳐다보며 말했다.

"속인다고? 대체 또 무슨 말을 하려는 거야?"

지호의 놀란 표정에는 아랑곳하지 않고 나는 목소리를 낮춰 말을 이었다.

"다들 정말 10년 후 미래만 볼 수 있는 걸로 철석같이 믿고 있잖아. 근데 그게 말이 되냐? 상식적으로 생각해봐. 10년 후를 볼 수 있는 기술이 있다면 5년 후, 아니 당장 내일도 알 수 있지."

"그래, 그건 정부 고위 관료나 우리 회사 직원들만 알고 있는 사실이지."

나는 술을 한 잔 더 따라서 한입에 털어넣었다. 오늘따라 술에서 단맛이 강하게 느껴졌다.

"블랙아웃이 나온 사람들이 언제 어떻게 죽는지도 밝혀낼 수 있단 뜻이란 말이야."

미래 사진이 처음 발견되었을 때는, 한 소녀의 10년 후 미래가 우연히 나타났다. 하지만 그로부터 얼마 지나지 않아 현상액의 구성 성분 비율을 달리하면 10년 이내 다른 시점의 미래도 볼 수 있다는 사실이 밝혀졌다. 이는 물론 1급 기밀이었다.

"그래, 근데 뭐가 달라져? 그럼 특수 인화지는 어떡할 건데? 사인을 밝혀내려면 인화지가 몇 장이나 더 필요할까?"

"내가 계산해본 바로는 적어도 12장?"

내 대답에 지호가 다시 한숨을 푹 내쉬며 말했다.

"멍청한 소리지. 항상 인화지 공급이 부족해서 문제인 거잖아. 한 사람의 사망 원인을 밝혀내기 위해 누군가는 미래를 볼 기회를 빼앗겨야 한다는 말을 하는 거야?"

지호의 양볼이 어느새 빨개졌다. 나보다 먼저 술이 오른 것 같다.

"인화지가 부족하단 말은 사실일까? 그것도 정부의 눈속임이 아니고?"

지호가 다시 한번 눈을 크게 뜨면서 나를 노려보았다.

"야, 대체 어디까지 의심하는 거야? 계속 악몽을 꿔서 신경이 날카로워진 건 알겠는데, 도가 좀 지나친 거 같다."

"아니 뭔가 이상하잖아. 국민 한 명당 한 장씩만 딱 맞춰 쓸 수 있게 공급된다는 게."

특수 인화지의 정확한 수입량은 국가 기밀로 지정되어 있다. 심지어 미래발전공사 직원조차 알 수 없다.

"그렇게 음모론 좋아하다 나중에 큰일 한번 제대로 친다, 진짜. 회사 잘리면 이렇게 좋은 술에 참치회도 못 먹어, 인마. 그냥 술이나 마셔."

지호가 내게 술을 한 잔 더 따라주었다. 이미 좀 취했는지 잔에서 술이 넘쳐 흘렀다. 이때만 해도 전혀 짐작조차 하지 못했다. 지호가 농담처럼 말한 큰일을 내가 제대로 치게 될 줄은.

3

기회는 언제나 예기치 못하게 찾아온다. 미리 대비하지 않으면 기회인지도 모르고 놓쳐버리기 마련이다. 지호와 티격태격하며 술자리를 한 지, 두 달쯤 지난 어느 날이었다. 여느 때처럼 공급처에서 들어온 인화지 수량을 맞춰보고 있었다.

벌써 세 번째 세는 것이었다. 355장. 분명 이번에 요청한 물량은 350장이었다. 다섯 장이 더 많다. 무슨 일일까? 지금까지 단 한 번도 이런 적이 없었다. 공급처에서 혼동이 있었던 걸까?

슬쩍 옆에 앉은 박 과장의 눈치를 살폈다. 뭘 보고 있는지 스마트폰 화면에 푹 빠져 있다. 재빠르게 인화지 다섯 장을 빼내 내 책상 서랍 안에 넣고 문을 잠갔다. 마치 도둑질이라도 한 것처럼 심장이 두근거렸다. 뭐, 도둑질이라 볼 수도 있지만.

특수 인화지가 담긴 포장 상자에는 공급처 명에 '서유무역'이라 적혀 있었다. 만약 그 회사에서 수량에 오류가 있었다는 사실을 알아차린다면 며칠 내로 연락이 올 것이다. 그때는 재빨리 다시 다섯 장을 꺼내 원래대로 쌓아두면 된다.

하루, 이틀이 지나도 아무 연락이 없었다. 사흘째 되는 날, 확신했다. 이 여분의 존재는 아무도 모르고 있다.

며칠 전, B-35의 어머니에게 문자가 온 터였다.

— 안녕하세요. 전에 뵈었던 민서 엄마예요. 요즘 도통 불안해서 잠도 안 오고 하루하루가 너무 힘들어서 이렇게 연락드려요. 우리 민서가 왜 죽는지 알려면 아직 시간이 더 필요하시겠죠?

그때는 사실 아무 계획도 없었다. 그러면서 뻔뻔하게 기다려달라 말한 것이다. 우선 아주머니의 연락처라도 받아두고 싶었다. 그래야 무슨 방법이 생겨도 연락할 수 있으니.

하지만 지금까지 두 달 동안 아무런 진척이 없었다. 몇 가지 아이디어를 떠올려보았으나 가능성이 높지 않았다. 아주머니에게 괜한 기대만 심어준 것이다. 조금 죄송한 마음도 들어, 차마 답장도 못 보내고 있었다.

그런데 이렇게 갑작스레 기회가 찾아왔다. 다섯 장의 인화지가 말 그대로 하늘에서 뚝 떨어진 것이다. 이 인화지를 내 미래를 확인하는 데 쓸 수도 있다.

하지만 이미 안정적인 직장도 얻은데다 여자친구와도 별 탈 없이 잘 지내고 있다. 순탄하게만 흘러갈 것 같은 미래를 굳이 들여다보고 싶지 않았다. 지금 나에게 가장 중요한 문제는 나아질 기미가 없는 악몽과 불안감을 해결하는 것이었다.

다섯 장이라면 정확히 언제인지는 몰라도 대략적인 죽음의 시점은 알아낼 수 있다. 그것만으로도 많은 것이 변하리라.

작전을 실행하기로 계획한 것은 한 달에 한 번 있는 당직 날. 이날 실패한다면 다시 한 달을 기다려야 했다. 모든 것이 톱니바퀴처럼 완벽하게 맞물려 가야만 했다. 인화실 안에는 총 네 대의 CCTV가 설치되어 있다. 아무리 특수 인화지를 우연히 얻어냈다 하더라도 인화하는 장면은 찍힐 수밖에 없다. 범행 현장을 그대로 기록에 남겨둘 수는 없었다.

작전 전날 밤, 서너 번은 자다 깨다를 반복했다. 이런 짓을 하다 발각된다면 중징계를 받을지도 모른다. 하지만 이런 우연한 기회가 다시 찾아오는 것도 아니다. 내 머릿속의 상상을 완전히 바꿔줄지 모를 뜻밖의 기회.

작전 당일, 퇴근 시간이 다가올수록 긴장된 마음에 심장이 빠르게 쿵쾅거렸다. 박 과장은 오늘도 일찍 갈 생각은 없는 듯 보였다. 하지만 상관없다. 오늘 밤 안이라면 언제든 계획을 실행할 수 있었다.

"윤 대리, 이번 달 범죄 보고서는?"

'범죄'라는 단어에 괜히 심장이 덜컹했다.

"작성 끝냈습니다. 총 세 건 있습니다."

과장에게 이미 작성해둔 보고서를 건넸다. 우리의 중요한 역할 중 또 하나는 인화된 미래 사진에서 범죄 행위를 목격한다면 바로 신고하는 것이다. 살인, 상해, 강간, 방화 등 미래 사진에 범죄 행위가 적나라하게 드러날 때, 이를 의뢰인에게 돌려주지 않고 그대로 경찰에 넘긴다.

"살인 두 건에 강간 한 건이라. 이 예비 범죄자들은 어떻게 될까?"

과장이 보고서를 천천히 넘겨 보면서 말했다. 첨부된 사진 중 한 장에는 복부가 피로 물든 채 쓰러진 여성 옆에 한 손에 칼을 쥔 채 서 있는 남성의 얼굴이 그대로 드러나 있었다.

"그야 경찰의 집중 감시 대상이 되겠죠."

"그걸 몰라서 묻겠어? 만약 고위층의 자제라면 어떨까?"

고위층의 자제라. 유력가가 자기 아들이 미래의 범죄자라는 사실을 안다면 가만두지 않을 것이다. 범죄 예정일에는 아예 집밖으로 나가지 못하게 가둬놓지 않을까. 그런다고 끝까지 막아낼 수 있을지는 모르겠지만.

그는 오늘도 다른 직원들이 모두 퇴근할 때까지 괜히 어슬렁거리며 서류들을 만지작거리더니, 오후 8시가 거의 다 되어서야 가방을 싸기 시작했다.

"오늘 당직인가?"

"네."

"수고하라고."

박 과장이 마지막으로 사무실을 나가고 나서야 회사가 고요해졌다. 이제 이 건물에는 당직을 서는 청원 경찰 두 명과 나까지 셋이 남아 있을 뿐이다. 앞으로 청원 경찰이 사내를 순찰할 가장 가까운 시간대는 대략 오후 9시경. 그때가 기회였다.

인화실 안에 있는 네 대의 CCTV. CCTV가 비추는 영역은 서로 조금씩 겹친다. 만약 한 대의 CCTV가 작동하지 않더라도 다른 카메라가 일부 모습을 찍을 수 있다. 하지만 어디든 빈틈은 존재하는 법. 오직 한 대의 CCTV에만 찍히는 구석진 공간이 있다는 걸 나는 알고 있었다.

밤 9시가 가까워질 때쯤, 서둘러 1층 복도 끝에 있는 남자 화장실로 이동했다. 여기서 안전 관리실까지는 20미터도 채 안 된다. 화장실 입구 쪽에 몸을 기댄 채 숨을 죽였다. 9시 2분, 안전 관리실 문이 열리면서 두 사람이 떠드는 소리가 들린다. 목소리는 점점 더 멀어져갔다.

지금 순찰을 가는 게 틀림없었다. 발소리를 죽이며 화장실을 빠져나와 안전 관리실로 향했다. 평소라면 일반 직원은 출입이 금지된 곳이다. 하지만 당직 날 근무하는 직원은 출입증을 받는다. 출입증을 찍고 들어가 곧바로 CCTV 녹화기 케이스를 열었다.

모니터링 화면을 보면서 각각의 CCTV가 찍는 위치를 확인해보았다. 가장 오른쪽 케이블을 뽑아 커터 칼로 가볍게 흠집을 낸 뒤 바로 다시 꽂아보았다. 인화실의 모습이 그대로 나왔다. 케이블을 다시 뽑아서 좀더 깊은 흠집을 냈다. 긴장된 마음에 얼굴과 등에서 땀이 흘러내리기 시작했다. 다시 꽂자, 한 화면이 까맣게 바뀌었다. 성공이었다.

안전 관리실을 나와 어두운 복도 불빛 아래 주변을 살핀다. 아무도 없었다. 다시 엘리베이터를 통해 3층에 있는 인화팀 사무실로 돌아왔다. 내 자리에 앉기가 무섭게 사무실 문이 열렸다.

"수고하십니다."

청원 경찰 두 명이 순찰 차 사무실을 둘러본다. 기분 탓일까? 오늘따라 더 꼼꼼하게 주변을 살피는 것 같은 느낌이다. 태연하게 모니터 화면을 보는 척해도 시선은 그들의 움직임에 집중한다.

잠시 후, 그들이 문을 닫고 나가자마자 잠긴 서랍 문을 열고 인화지 다섯 장을 꺼냈다. 그러고는 서둘러 인화실 문을 열었다. CCTV의 사각지대를 통해 이동하여 CCTV가 작동하지 않는 공간에서 작업하면 안전할 터였다.

청원 경찰이 순찰을 마치고 안전 관리실로 돌아가면 CCTV 한 대가 작동하지 않는 것을 금세 눈치챌 것이다. 곧바로 업체에 전화하여 수리공을 부를 것이고, 단순 케이블 손상이란 것을 알고 조치를 하는 데 한 시간도 채 걸리지 않을 것이다. 그전에 인화를 무사히 마쳐야 했다.

"우선, 5년 후부터."

B-35의 필름을 가져와서 현상액의 성분 비율을 평소와 다르게 조정했다. 선명한 모습이 보이지 않아도 된다. 블랙아웃만 아니면 살아 있다는 뜻이다. 노란 인화지를 현상액 속에서 조금씩 흔들자, 사진의 형상이 나타나기 시작한다. 사람의 실루엣이 보인다. 아이는 살아 있다.

그렇다면 촬영 일로부터 5년 후, 10년 이내에 죽는다는 말이 된다. 이번엔 그 중간 시점인 7년 6개월 후로 세팅한다. 잠시 시간이 흐르고 이번에도 형상이 나타난다. 역시, 살아 있다. 다음으로 8년 9개월 뒤, 9년 4개월 뒤까지 아이는 살아 있다.

이제 남은 인화지는 단 하나. 어차피 다섯 장으로는 정확한 사망 시점까지는 알 수 없다.

띠리리릭, 띠리리릭.

인화팀 사무실 쪽에서 전화벨 소리가 울렸다. 이 시간에 전화가 올 곳은 한 곳밖에 없다. 잠시 인화를 멈추고 잰걸음으로 사무실로 갔다. 숨을 크게 한 번 고르고 전화를 받았다.

"네, 인화팀 윤시우입니다."

"아, 수고하십니다. 혹시 사무실에 이상 없으시죠?"

예상대로 청원 경찰 중 한 명이다. CCTV 이상으로 전화한 것이 틀림없다. 이미 업체에는 연락을 해두었을 테고. 혹시나 하는 마음에 전화한 게 분명하다.

"네, 아무 이상 없습니다."

잠시 정적이 흘렀다. 그가 이내 다시 입을 열었다.

"네, 인화실 CCTV 하나가 말썽을 부려서요. 업체에서 지금 케이블을 확인하고 있습니다. 카메라 쪽 문제면 좀 이따 올라가보겠습니다."

"아, 그렇군요. 알겠습니다."

CCTV가 복구되기 전에 어서 마지막 한 장을 인화해야 한다. 서둘러 인화실로 돌아갔다.

9년 4개월에서 10년 사이 중간 지점인 9년 8개월 뒤로 세팅을 하고, 현상액에 인화지를 담갔다. 액체 속에서 서서히 사진의 형상이 드러났다. 어느새 성인에 가깝게 자라난 아이. 이때도 살아 있다.

그러면 결국 B-35 소녀는 열아홉 살인 11월에서 스무 살인 이듬해 3월 초 사이에 죽는다는 의미였다. 이때라면 수능 시험 전후로부터 대학 입학 직전까지다.

인화실을 나와 문을 닫자마자 다시 전화벨이 울렸다. 다시 한번 숨을 고르고 수화기를 들었다.

"문제는 잘 해결되었나요?"

"네, 단순 케이블 손상이라네요. 그런데 이상한 점이 하나 있어요."

"네? 뭐가요?"

이상한 점이라고? 계획에 없던 부분이다.

"누가 일부러 손상을 입힌 것 같다고 하네요."

역시 초짜가 엉성하게 저지른 범죄는 티가 난다. 할 말이 생각나지 않아 잠시 머뭇거리며 가만히 있었다. 잠깐의 정적이 지나고 그가 다시 말을 이었다.

"그럴 리가 없잖아요? 여기 아무나 들어올 수 있는 것도 아니고."

"당연히 그렇죠."

바로 그의 말에 동조했다.

"그래서 그냥 돌려보냈어요. 뭐 사무실에도 이상 없다고 하셨죠?"

"네, 계속 저 혼자 있는 상태입니다."

"그럼 괜찮겠죠. 알겠습니다."

전화를 끊자마자 가슴을 쓸어내렸다. 어느새 상체가 땀으로 흠뻑 젖었다. 절대 두 번 할 짓은 아니다. 당직실 안에 있는 샤워실에서 몸을 좀 씻고 오는 편이 나을 것 같았다.

지- 잉, 지- 잉.

사무실의 정적을 깨는 진동 소리에 놀라 몸을 움찔했다. 메시지 발신자를 확인하니, 유이였다.

─오빠, 근무 잘하고 있지? 알바 사장님이 이번 달 매출이 내 덕에 많이 올랐다고 전시회 티켓 두 장 주셨어! 주말에 보러 갈까?

당연히 좋다고 답장을 보내면서 서둘러 샤워실로 향했다.

4

의뢰인과의 사적인 만남은 절대 회사에 발각되어서는 안 되는 일이었다. 가능하면 주말, 그것도 회사와 멀리 떨어진 곳에서 만나는 것이 안전했다. 행여나 알아보는 사람이 있을까 모자를 깊게 눌러쓴 채로 약속 장소로 갔다.

B-35의 어머니 얼굴은 그날 잠깐 본 것이 전부였으나 또렷이 기억하고 있었다. 약속보다 10여 분 일찍 도착했으나 아주머니는 이미 카페에 와 있었다. 모자를 쓰고 있었음에도 카페로 들어서자마자 대번에 나를 알아보셨다.

"안녕하세요. 그때 그 직원분 맞으시죠?"

'미래발전공사'라는 회사명은 절대 밖에서 언급하지 말아달라고 미리 부탁했기에 어딘지 어색한 인사말이 되어버렸다.

"네, 맞습니다."

가까이서 보니, 아주머니의 표정이 그날에 비하면 한결 밝아 보였다. 내 문자를 받고 조금은 기대를 한 걸까?

"미리 말씀드린 대로 정확한 사망 날짜, 그리고 사망 원인까지는 알아내기 어려웠습니다."

"네, 아무렴 괜찮습니다. 아주 작은 것이라도 뭐든 괜찮습니다. 민서를 살릴 수만 있다면."

떨리는 목소리에서 간절함이 묻어났다. 우선, 몰래 인화한 다섯 장의 사진을 가방에서 꺼냈다. 각 사진에는 민서의 나이와 날짜를 적어두었다.

"보시다시피, 따님은 열아홉 살 11월이 될 때까지 매우 건강한 모습입니다. 안색도 좋은 편이고요. 제가 의료인은 아니지만 어린 나이라는 점을 감안할 때, 지병이 있거나 할 것으로 보이지는 않습니다."

아주머니는 내가 가져온 사진들을 모두 기억 속에 새겨두려는 듯 뚫어지게 쳐다보았다. 그 표정 속에는 여전히 슬픔이 서려 있었다.

"그럼, 사고 때문일까요?"

"그것까지는 저도 알기 어렵네요. 다만, 그때가 수능 시험이 있는 달로부터 이듬해 대학 입학식이 있을 때까지의 시기입니다. 대입 문제로 따님의 심경 변화가 클 수 있는 시기겠죠. 스무 살 성인이 되는 시점이다 보니 자유롭게 술도 마시면서 마음껏 해방감을 느끼는 시기이기도 하고요."

명확한 사망 원인은 알아낼 수 없었다. 수능 성적을 비관해 자살한다거나 만취한 상태에서 밤늦게 낯선 남자에게 봉변을 당한다거

나. 이런 흔한 스토리가 아니더라도 일어날 수 있는 사건의 종류는 무궁무진했다.

"네, 그럼 일단 그때까지는 마음을 좀 놓고 있어도 괜찮겠죠? 그때 가서는 제가 어떻게 해서든 딸아이를 잘 감시하면 되겠지요? 그렇죠?"

"만약 우발적인 사건, 사고 때문이라면 그 시기만 조심하면 될 겁니다. 하지만 학업 스트레스가 심해서 자살을 한다든가 우울증에 시달린다든가 하는 경우는 하루아침에 바뀔 수 없겠죠? 지금부터 아이에게 여러모로 부담을 주지는 말아주세요."

아주머니가 말없이 고개를 끄덕였다. 사실 이 죽음이라는 것이 어떤 노력을 해야 피할 수 있을지는 알 수 없었다.

"이것만큼은 확실합니다. 미래는 바뀔 수 있어요. 블랙아웃이 나왔던 노인들이 10년이 지났는데도 아직 살아 있다는 기사가 속속 나오고 있죠. 한 노인의 인터뷰가 생각나네요. 블랙아웃을 보고 놀라서 회사 일도 바로 그만두고 평생 피우던 담배도 끊었답니다. 아무 걱정 없이 마음 편히 먹고 즐기며 10년간 살았다고 하더군요. 그랬더니 정확히 무엇 때문인지는 몰라도 미래는 바뀌었고 여전히 살아 있다고요. 아이들의 미래도 마찬가지겠죠?"

지금까지 이 회사에서 일하면서 알게 된 중요한 사실은 그것이었다. 정해진 미래를 알게 된 후에도 변화를 위해 노력하면 전혀 다른 미래를 맞이할 수 있다는 것. 아주머니는 몇 번이고 고개를 숙여 감사의 인사를 했다.

"오늘 있었던 일은 모두 우리 둘만의 비밀이에요. 저를 만났다는 사실도, 제가 했던 얘기도 가족에게조차 발설해서는 안 됩니다."

"네, 알겠어요. 감사해요, 정말."

그녀와 헤어지고 돌아서는 발걸음이 조금은 가볍게 느껴졌다. 단단하게 얼었던 마음이 녹아내리듯 편안해지는 기분이었다.

뭐, 정확히 왜 죽는지까지는 몰라도 이 정도면 아이의 삶은 바뀌지 않을까? 결국, 내 상상이 만들어낸 괴물도 쫓아낼 수 있지 않을까.

* * *

그렇게 B-35의 어머니를 만난 지도 석 달이 지났다. 입학식 시즌이 끝난 덕분이기도 하겠으나 그날 이후로 악몽을 꾼 적은 단 한 번도 없었다. 결국, 악몽이란 것도 내가 갖고 있던 마음의 부담감이 만든 결과였던 걸까.

내가 아주머니를 만났다는 사실은 누구에게도 발각되지 않았다. 여분의 인화지를 몰래 사용한 것 또한 눈치챈 이는 없었다. 심지어 가장 가까운 사람인 유이나 지호에게조차 이 일들은 비밀로 해두었으니까.

하지만 만약 또다시 블랙아웃을 마주하게 된다면 그땐 어떻게 해야 할까? 두 번 다시 이런 식으로 해결하고 싶지는 않았다. 아니, 사실상 할 수가 없었다. 공급처의 실수로 여분의 인화지가 발생한다는 확률 낮은 우연에 기대야 했으니까. 안도한 것도 잠시뿐, 다시 불안감이 벌레처럼 스멀스멀 올라오고 있었다.

"오늘은 좀 달려야지?"

새로운 본부장이 취임한 날, 박 과장은 낮부터 회식 생각에 들떠 보였다. 아무튼, 집에 안 들어갈 구실만 생기면 저렇게 좋아한다니까. 오늘은 취임한 본부장을 환영하며 전 직원과의 회식 자리가 예정돼 있었다.

전임 본부장이 갑작스럽게 사표를 냈다. 회사에 중대한 손실을 입히거나 징계 사유가 있지 않은 한, 임원이 중도에 그만두는 일은 없었다. 연봉만 몇억인데, 누구든 제 발로 내려올 리가 없었다.

게다가 전임 본부장은 직원들로부터 평판도 아주 좋았다. 직원의 어려움을 자기 일처럼 잘 신경 써주기로 유명했다. 그런데 부임한 지 6개월도 안 되어 제 발로 나가다니 굉장히 이례적인 일이었다. 그가 떠난다니, 아쉬움에 눈물을 흘리는 신입들도 있었다.

사실 신임 본부장은 평판이 그다지 좋지 않았다. 몇 년 전, 여직원 성추행 전력도 있었고 술과 여자를 좋아하기로 유명한 사람이었다.

회식은 중식당 하나를 통째로 빌려서 진행되었다. 이런 날에는 본부장에게 잘 보이고 싶은 직원들이 그의 주변 자리를 선점한다.

우리 팀 팀장도 어느새 본부장 근처로 한 자리를 차지했다. 항상 그렇듯이 나는 지호와 함께 구석 어딘가에 찌그러져 있었다.

"나도 다음 인사 때 이동 쓸까봐. 이제 3년 차니까. "

지호가 불만 가득한 표정으로 소주를 한잔 들이켜더니 말했다.

"왜 또. 벌써 질린 거야?"

"민원팀이 하는 일 너도 잘 알잖아. 의뢰인한테 맨날 봉투만 전달하는 거. 이게 그냥 알바인지 미래발전공산지 알 게 뭐야."

원칙적으로 누구나 팀 이동을 요청할 수는 있다. 하지만 그런 식으로 인화팀에 온 케이스는 단 한 명도 없다. 입사 시 바로 배치되거나 특출난 업무 능력을 보여야만 올 수 있는 팀이다.

"다른 팀도 비슷하지, 뭐."

나는 식탁에 놓인 땅콩을 하나 집어 씹으면서 말했다.

"야, 그래도 너는 인화라도 해보잖아. 미래발전공사의 꽃이 인화 아니겠냐? 사람들의 미래를 본다는 게 아무나 경험할 수 있는 일이 아니잖아."

"그거야 그렇지만 끔찍한 사진도 많이 본다. 정신 건강에 안 좋아."

말은 이렇게 했으나, 이 팀이 승진도 가장 빠르고 회사에서도 인정해주는 분위기였다. 악몽만 꾸지 않을 수 있다면 직장으로서는 최적의 조건이었다.

"그야 가끔이잖냐. 이렇게 평생 서류 전달이나 하며 살 생각을 하면 숨이 턱 막힌다, 진짜."

항상 술에 취하다 보면 비슷한 패턴의 대화를 나누게 된다. 바뀌지도 않을 신세 한탄이나 하면서. 오늘따라 왜 그런지 술이 더 잘 넘어간다. 어느새 둘이 소주 세 병을 비운 참이었다.

"이 대리, 윤 대리. 오늘도 자기들끼리만 마시는 건가요?"

지호가 속한 민원팀 팀장이 우리 테이블로 와서 앉았다. 어느새 회식 자리가 무르익었지만 그녀는 전혀 흐트러짐 없이 단아하기만 했다. 긴 머리를 단정하게 묶었는데 머리카락 한 올 흘러내리지 않은 모습이었다.

원래 항공사 승무원으로 일하다 이직했다고 들었다. 설령 항공기 납치 사건이 일어나더라도 침착할 것 같은 느낌이었다. 전 직장에서도 동기 중 가장 먼저 사무장까지 올라갔다더니, 이곳에서도 승진이 빠르기로 유명했다.

"안녕하세요, 팀장님."

"가서 새로 오신 본부장님께 인사도 드리고 그래야죠."

안 그래도 이제 자리를 옮겨볼까 생각하던 참이었다. 회식 자리에서는 모두가 취할 무렵부터 자리 이동을 시작한다. 어찌 보면, 이게 유럽의 파티 문화와 비슷하달까. 평소 교류가 없는 직원들과 얼마든지 대화를 나눠볼 기회가 있었다. 물론, 만취한 상태로 소주잔을 한 손에 쥐고 어슬렁거린다는 점에서는 좀 달랐지만.

민원팀 팀장에게 술 한잔을 따른 뒤, 자리에서 일어섰다. 머리가 핑 돌았다.

"이 대리는 나랑 잠깐 얘기 좀 하자."

지호는 담당 팀장인 그녀가 붙잡아서 자리를 뜰 수 없었다. 마침 본부장 앞자리가 비어 있었다. 앞에 앉아 있던 사람이 화장실에 갔거나 다른 자리로 옮겨간 듯했다.

"안녕하십니까. 인화팀의 윤시우 대리라고 합니다."

가까이 다가가 허리를 깊이 숙여 인사했다.

"그래, 앉게."

본부장은 이미 얼굴이 벌게진 상태였다. 아마도 직원들에게 승진 축하주를 많이 받은 듯했다. 본부장과 정면으로 마주 보는 자리에 앉은 것은 입사 이래 처음이다.

"일하는 데 어려운 건 없고?"

"네, 괜찮습니다."

본부장이 양주를 한 잔 따라주었다. 발렌타인 21년산, 누가 축하 차원에서 가져온 모양이었다. 한 잔 들이켜니 속이 타오르는 듯하면서도 깊은 향이 느껴졌다.

"내가 취임하면 싹 바꿔버리겠다고 직원들에게 호언장담하고 다녔는데."

본부장의 표정에서 넘치는 자신감이 읽혔다. 뭘 그렇게 다 바꾼다는 걸까? 그가 술을 한 잔 더 스트레이트로 따라준다. 술기운이 점점 올랐다.

"뭐 건의사항 같은 건 없나?"

건의사항이라. 보통 이런 질문에는 없다고 대답하는 게 직장 예의라 배웠다. 특히 나 같은 젊은 직원은 회사에 아주 만족할뿐더러

일을 할 수 있어 하루하루가 행복하다고 답해야 임원들이 좋아한다고 들었다.

하지만 이런 기회가 흔치 않은 것도 사실이다. 어쩌면 술에 취하다 보니, 용기가 생겼는지도 모른다. 술을 쭉 들이켠 후 조심스레 입을 열었다.

그리고 이것이 내 운명을 완전히 뒤바꾸어놓았다.

"건의사항이라 하기는 좀 그렇습니다만……."

그때 누군가 내 옆자리에 와서 앉았다. 슬쩍 고개를 돌려 보니, 우리 팀 팀장이었다. 본부장을 보고 능청스레 웃는 표정이 꼴도 보기 싫었다. 전형적으로 윗사람들 비위 맞추기를 좋아하고 아부에 능통한 스타일. 원래 팀장 자리가 여기였나?

"그래, 뭔가?"

사실 작년에 혁신 아이디어를 제안했을 때 팀장에게 크게 한소리 들었다. 네가 무슨 정의의 사도라도 되는 양 착각하지 말라고. 말도 안 되는 소리는 집어치우고 지금 하는 일이나 잘하라고. 그런데 하필이면 이 타이밍에 그가 내 옆에 또 앉아버렸다. 하지만 나는 망설임 없이 입을 열었다.

"사실 몇 달 전에도 블랙아웃이 나온 의뢰인의 어머니가 회사에 찾아와 통곡했던 적이 있습니다. 자식의 사망 원인을 알려줄 수는 없냐고 했었죠. 사람들의 미래를 보여주는 것도 물론 뜻깊은 일입니다. 그런데, 거기서 끝난다면 무슨 큰 의미가 있을까요? 한 발 더 나아가 원치 않는 미래를 보게 된 사람들, 알 수 없는 죽음을 기다리는 사람들에게 한번 더 기회를 줄 수는 없을까? 그런 생각을 해 보았습니다."

본부장이 살짝 고개를 끄덕였다. 그 모습을 보고 계속 말을 이었다.

"그렇게 된다면 지금의 다소 차갑고 매정해 보이는 회사 이미지를 개선하는 데도 큰 도움이 되리라 생각합니다. 좀더 국민을 위하는 회사라는 이미지를 심어줄 수 있을 것 같습니다."

옆에서 잠자코 듣고 있던 팀장의 얼굴이 금세 누르락붉으락 달아올랐다. 충분히 예상했던 반응이다. 일개 팀원 주제에 건방진 소리나 지껄이고 있다고 여길 게 뻔했다. 자기 직속 팀장이 바로 옆에 떡하니 앉아 있는데 한참 위의 본부장에게 직접 제언하고 있으니.

"자네, 많이 취한 거 같은데 이제 집으로 들어가보는 게……."

역시 팀장이 먼저 끼어들었다. 화가 난 것을 참느라 이를 악문 채 말하는 것이 느껴졌다.

"아니, 계속해보게."

본부장이 팀장의 말을 가로막았다. 평소 그렇게 거만하던 팀장의 안절부절못하는 표정이 볼 만했다.

"그래, 그래서 구체적인 방안은 있나?"

본부장의 표정에 사뭇 진지함이 묻어났다. 분명 내 얘기에 관심이 있다는 증거다.

"우선은 여분의 인화지만 확보할 수 있으면 충분합니다. 블랙아웃 한 사람당 열두 장이면 사망 시점과 원인에 대해……."

"알겠네. 참고하지."

아직 말하는 중이었는데. 본부장이 알 수 없는 표정을 지으며 이번에는 내 말을 끊었다. 어떤 의미일까? 결국에 여분의 인화지는 지호 말처럼 실현 가능성이 없다는 건가? 팀장이 계속 본부장의 눈을 피해 내 엉덩이를 옆으로 밀었다. 이제 그만 다른 데로 가보라는 것이다.

"아, 그리고 국민을 위하는 회사 이미지를 만든다라…… 그게 대체 우리에게 어떤 이익을 줄 수 있는 건가?"

본부장이 무표정하게 물었다. 구체적이고 눈에 보이는 이익에 의해서만 움직인다는 말인가? 역시 괜한 기대를 했던 건가. 회사 이미지 개선은 사실 핑계에 불과했다. 하지만 적어도 눈앞의 이 사람은 차가운 회사 이미지에 아주 잘 어울려 보인다.

본부장과 팀장에게 고개 숙여 인사를 하고 자리에서 일어섰다. 술과 분위기에 취해 괜한 말만 꺼낸 것 같았다. 내일 팀장한테도 한바탕 깨지겠지. 술 때문인지 머리가 띵했다.

지호가 앉아 있는 테이블 쪽을 바라보니 여전히 담당 팀장과 둘이 대화를 나누고 있었다. 아까는 분명 마주 보고 앉아 있었던 것 같은데? 이제는 팀장이 지호 옆으로 붙어 앉아 있었다.

두 사람의 관계가 직장 상사와 부하 직원답지 않게 굉장히 친밀해 보였다. 설마 둘이? 아무리 그래도 그럴 리가 없지. 술기운 때문에 점점 망상에 빠져드는 것 같았다.

잠시 바람도 쐴 겸, 밖으로 나왔다. 꽉 막힌 공간에 있다 나오니

밤공기가 한결 상쾌했다. 담배를 피우러 나온 직원들이 삼삼오오 모여 있었다. 무심코 휴대폰을 보니 메시지가 하나 와 있었다.

－술 적당히 마시고 회식 끝나면 바로 연락해.

유이가 9시 5분에 보낸 메시지였다. 지금 시간을 확인하니 벌써 10시가 다 되어 있었다. 이렇게 시간이 많이 흐른 줄도 몰랐다.

－이제 곧 끝날 것 같아. 좀 이따 연락할게.

유이에게 메시지를 남긴 채 다시 식당 안으로 들어왔다. 이미 다들 술에 잔뜩 취한 상태였다. 정신없이 시끄러웠지만 내 정신도 멀쩡하지 않아 금세 아무렇지 않게 느껴졌다. 박 과장이 날 보더니 손짓했다.

"윤 대리! 술은 안 마시고, 어디 숨어 있다가 이제 와? 이리 와서 좀 앉아봐."

사무실에서 매일 보는 것만으로도 지긋지긋한데, 하필 또 눈에 띄었다. 어쩔 수 없이 그의 옆으로 가서 앉았다. 맞은편을 둘러보자 못 보던 얼굴이 하나 보였다. 핏기가 전혀 없는 새하얀 얼굴에 유난히 마른 몸. 나이는 박 과장과 비슷하게 30대 중후반 정도로 보이는 남자였다.

"내 동긴데, 이태수라고. 파견 나갔다가 이번에 복귀했어. 인사해."

"안녕하세요. 인화팀 윤시우라고 합니다."

그는 가볍게 고개를 끄덕여 내 인사를 받았다. 물론, 화사하게 웃으며 인사를 받아줄 거란 생각은 하지 않았다. 그런데 웃음은커녕 기분 나쁠 정도로 표정의 변화가 없다. 아, 후배는 거들떠보지도 않고 선배만 챙기는 타입인가? 우리 팀장 같은?

"어디로 파견을 가셨던 건가요?"

그래도 초면인데 몇 마디 대화를 나누는 편이 좋을 것 같았다. 사실 별로 궁금하지는 않았으나 술에 취한 김에 의례적인 질문이나 던졌다. 아무리 시끄럽다지만 분명 내 말을 들었을 텐데 별다른 반응이 없었다. 대놓고 무시하는 건가?

"자자, 한잔씩 하자고."

박 과장의 제안에 다 같이 소주잔을 높이 들어올렸다. 그렇게 몇 잔의 술을 연거푸 더 받아마셨다. 이태수는 계속 여기저기 다른 테이블의 눈치를 살피고 있었다. 왜 저러는 거지?

좀더 자세히 관찰해보니, 테이블 위로 올린 오른손 손가락을 심하게 떨고 있는 것이 보였다. 나도 가끔 불안 증세가 나타나서 알 수 있었다. 저 표정에 손 떨림까지 종합해본다면 무언가 극도로 불안해하고 있다는 증거였다. 저렇게까지 조심스레 주변을 살피는 걸 보면 불안의 대상이 이 안에 있다는 걸까?

"윤 대리, 뭔 생각을 그렇게 해? 얼른 술이나 마셔!"

박 과장의 한마디에 다시 정신이 돌아왔다. 나도 모르게 과몰입하고 있었다. 사실 내가 알 바는 아니었다.

그보다는 본부장에게 괜한 말을 꺼낸 것이 잘못이었다. 말을 하기 전에는 모름지기 들을 사람이 어떤 사람인지부터 알아야 한다. 술기운이 판단을 흐리게 만들었다. 또다시 이런저런 생각에 빠져

들면서 기계적으로 술잔을 비워나갔다. 이젠 평소 주량을 넘어선 것 같은데. 조금씩 정신이 혼미해져갔다.

5

　정신을 차려보니 차 안 뒷좌석에 등을 기대고 있었다. 속이 울렁거려 배를 살짝만 눌러도 바로 토가 나올 것 같았다. 여긴 어디지? 분명 차에 탄 기억이 없는데 어디론가 움직이고 있었다. 반사적으로 고개를 돌려 옆자리를 살펴보았다. 다행히 익숙한 얼굴이 보였다. 유이였다.

　"유이야, 어쩐 일이야?"

　내 놀란 얼굴을 보더니, 유이는 안쓰럽다는 표정을 지어 보였다.

　"어쩐 일이긴. 금방 끝난다더니 계속 연락이 안 되기에 뭔 일인가 해서 왔지."

　"아, 그래? 여기 있는지는 어떻게 알고."

　한마디씩 말을 내뱉을 때마다 머리가 지끈거렸다.

　"지호 오빠한테 물어봤어."

　하긴 회사 사람 중에 유이가 연락처를 알고 있는 건 지호뿐이다.

"지호는 잘 들어갔고?"

"응, 지호 오빠는 멀쩡해 보이던데. 대체 술을 얼마나 마신 거야?"

시계를 보니 이미 12시가 넘었다.

"아, 어쩌다 보니. 내일 아침 일찍 학교에서 모임이 있다고 그랬지? 나 때문에 괜히 고생이네. 지금이라도 집으로 돌아가는 게 좋겠다."

"됐어. 이제 오빠 집 거의 다 왔는데 뭘."

오늘도 밤 9시까지 카페 아르바이트를 했을 텐데, 만취한 남자친구를 위해 데리러까지 와주다니. 항상 잘 챙겨주는 마음이 고마워 어떻게 보답할까 고민하던 찰나에 또 잠이 들어버렸다.

"다 왔어. 이제 좀 일어나!"

유이가 팔을 잡고 흔드는 바람에 겨우 눈을 떴다. 어느새 유이 무릎 위에서 잠들어 있었다. 검은 치마에 침 자국도 좀 남기고 말았다. 카드로 택시비를 결제하고 내리는데, 유이가 운전석으로 다시 다가가서 잠시 기다려달라고 말하는 것 같았다. 아마 나를 집 앞까지 바래다주고 다시 택시를 타려는 모양이었다.

"늦었는데 그냥 자고 가."

유이의 눈이 동그랗게 커졌다.

"미쳤어? 아버님 계시잖아."

어렸을 때 어머니가 사고로 돌아가신 후로 나는 아버지와 단둘이 살고 있었다. 아버지는 지금쯤이면 집에서 주무시고 계실 시간이다.

"아침 일찍 일어나자마자 나가면 전혀 모르실걸."

"헛소리하지 말고."

유이가 아파트 정문까지 나를 떠밀더니 자기는 다시 택시를 탄다고 했다.

"와줘서 정말 고마워. 이번 일은 진짜 어떻게든 보답할게."

"됐어. 얼른 들어가서 쉬어."

그녀가 걱정스러운 표정으로 손을 흔들었다. 다시 택시를 타는 모습까지 가만히 지켜보다가 집 쪽으로 발걸음을 옮겼다. 속이 급격히 울렁거리기 시작했다.

* * *

아침부터 회사가 소란스러웠다. 회식 다음 날은 숙취 때문에 모두 의도치 않게 침묵하는 편이었다. 대체 무슨 일이 일어난 거지?

"어제 그 사람, 교통사고로 즉사했대."

"복귀하자마자 무슨 일이래."

어제 회식 자리에서 내내 불안감에 떨던 그 사람. 죽은 사람은 파견직에서 막 복귀한 이태수였다.

"근데, 민원팀 과장이 분명 들었다고 그랬거든. 태수 씨가 대리 기사 부르는 거."

"그러니까 이상하단 말이야. 태수 씨가 사고 당시 운전석에 앉아 있었다는데."

"운전석? 그럼 대리를 결국 못 부른 거 아닐까?"

"음주운전에 의한 사고사라고 경찰 발표도 났어요."

박 과장이 부추기는 바람에 마지막에 계속 술잔을 비웠던 기억이 떠올랐다. 이태수도 분명 많이 마셨을 텐데 직접 운전을 했다고?

바로 인터넷 뉴스 기사를 살펴보았다. 포털 메인에는 한 기자가 어젯밤 자택에서 목을 매어 자살했다는 기사가 더 화제가 되고 있었다. 천해일보면 3대 메이저 신문사인데, 삶이 그렇게까지 고달팠던 걸까? 기사들을 아래로 쭉 내려보니 저 밑에 이태수 기사가 보였다. 그가 만취 상태에서 음주운전을 하다가 대형 트럭과 추돌 사고가 났다는 기사였다.

어젯밤 계속 눈치를 살피며 극도로 불안에 떨던 그의 모습이 떠올랐다. 그 창백한 얼굴과 지독한 무표정. 아무리 생각해도 꺼림칙한 마음이 남았다. 그는 대체 무엇을 두려워하고 있었던 걸까?

직원들이 한참 이태수에 대한 이야기로 열을 올리는 와중에 팀장이 나를 불렀다.

"윤 대리, 여기 좀 와서 앉아봐."

분명 어제 내가 본부장과 나눈 대화 때문에 열이 뻗친 것이다. 가만히 술이나 마셨어야 하는 건데.

"그렇게 말하니까 이제 속이 좀 후련해?"

뭐라 달리 할 말이 없었다.

"아니, 그거 작년에도 혁신인지 나발인지 아이디어 냈다가 탈락한 거잖아. 거기서 그 얘기가 왜 또 나오는데?"

"아, 제가 좀 취했었나 봅니다."

일단, 자초지종을 떠나 사과하는 편이 나을 것 같았다.

"그거 굉장히 안 좋은 습관이야, 윤 대리. 날 허수아비처럼 놔두고 본부장하고 독대해서 뭘 요구하고 그러는 거. 그럼 왜 회사에 직급이 있고 조직이 있겠어? 어?"

그 후로도 아무 변명 없이 죄송하다는 말만 반복했다. 그나마 대꾸 없이 듣고 있었기에 잔소리가 30분 만에 끝날 수 있었다. 자리로 돌아오자, 이번엔 옆에 앉은 박 과장도 한마디 거들었다.

"윤 대리, 회사 생활이라는 건 말이야. 위아래 순서가 있는 거야. 아무리 똑똑하고 지 혼자 잘났으면 뭐 해? 혼자 힘으로 회사가 돌아갈 것 같아? 3년 차쯤 됐으면 기본적인 개념은 탑재되었어야지."

박 과장은 요새 심심하던 차에 또 한 건 물었다는 듯 만족스러운 표정이었다. 한동안은 이 얘기를 밥 먹듯이 할 게 뻔했다. 술에 취해 한번 잘못 말을 꺼낸 것치고는 여파가 상당했다. 그래서 다들 연차가 쌓일수록 상사 앞에서 꿀 먹은 벙어리가 되는구나. 한동안은 쥐 죽은 듯 조용히 지낼 수밖에 없었다.

* * *

다행스럽게도 별 탈 없이 서너 달이 지난 12월의 어느 겨울날이었다. 그날의 여파는 이제 완전히 사라졌다고 생각할 즈음이었다. 전혀 뜻밖에도 사실 그때부터가 진짜 시작이었다.

겨울의 기운이 물씬 느껴지는 매서운 바람이 부는 날이었다. 회사 사무실로 들어서자마자 팀장이 다급하게 나를 불렀다.

"윤 대리, 이리 와서 좀 앉아봐."

아직 가방도 내려놓지 않았는데, 아침부터 뭐 그리 바쁘다고 또 호들갑인 걸까? 가방을 대충 의자 위에 올려두고 잰걸음으로 팀장에게 다가갔다.

"본부장님이 오후에 좀 보자네."

"저를요?"

"어, 나도 같이 들어간다니까 자네만 오래."

대체 무슨 일일까? 본부장과 평사원이 독대할 일은 거의 드물다. 지난번 회식처럼 술자리가 아니라면. 보통은 큰 잘못을 저질러 징계받을 때나 볼 법했다.

"지난번처럼 허튼 소리 하면 알지? 회사 오래 다니고 싶으면 괜히 나대지 말라고."

"네, 알겠습니다."

본부장과의 미팅은 오후 2시로 잡혔다. 온갖 생각이 머릿속을 휘

젓기 시작했다. 먼저 떠오른 것은 몰래 인화했던 사건이었다. 설마 지금 와서 인화지를 빼돌렸던 게 들킨 걸까? 아니면 그 아주머니와 몰래 만난 게 발각된 걸까? 둘 중 하나라면 매우 심각한 상황이다. 여태껏 잘해온 회사 생활이 완전히 꼬이는 셈이다.

혹시라도 술기운을 담아 말했던 내 제안을 긍정적으로 검토했을 가능성은? 이건 솔직히 확률이 거의 없어 보였다.

오전 내내 아무 일도 손에 잡히지 않았다. 이럴 때는 아무 생각 없이 인화 작업이나 하는 편이 나은데 마침 오늘은 인화할 물량도 별로 없었다. 점심도 많이 먹다간 체할 것 같아 구내식당에서 반 이상 남겼다.

계속 시간만 확인했다. 그러다 오후 1시 50분이 되자 8층에 있는 임원실로 가기 위해 엘리베이터에 탔다. 본부장실은 엘리베이터 바로 근처에 있었다. 단아한 인상의 여비서가 환하게 웃으며 반겨 주었다.

"지금 바로 들어가셔도 돼요."

크게 심호흡을 한 뒤, 가볍게 문을 두드렸다.

"들어오게."

본부장실에 들어와본 것은 입사 이래 처음이었다. 방 크기는 열 명이 함께 쓰는 인화팀 사무실만 했다. 오른쪽 구석으로 책상과 책꽂이가 놓여 있고 중앙에는 커다란 소파와 나무 테이블이 있었다. 이 큰 방을 혼자서 독식하다니. 이래서 다들 임원까지 달고 싶어 안달이구먼.

본부장과 소파에 마주 앉자마자 노크 소리가 들렸다. 비서가 차를 가져온 것이다.

"편히 차 한잔 들게."

대체 무슨 용무로 부른 걸까? 긴장감이 점점 고조되었다.

"다름이 아니라 이번에 자리가 하나 나서 그런데……."

그가 찻잔을 입으로 가져가더니 가볍게 한 모금 마신 후 말을 이었다.

"자네를 파견직으로 추천할까 해서 말이야."

"파견직이오?"

전혀 상상치도 못했던 주제였다. 뜬금없이 파견직이라니.

"그렇네. 강남 쪽으로 출근을 해야 할 거야."

"어떤 일을 담당하게 되는 건가요?"

본부장이 난감한 듯 잠시 할 말을 정리하는 것 같았다.

"지금 말해주기는 곤란하네. 다만, 내가 자네를 추천하려는 이유는 말해줄 수 있을 것 같군."

대체 무슨 일이기에 지금 말할 수 없다는 걸까? 우리 회사에서 그런 비밀스러운 일을 한단 얘기는 여태껏 들어본 적이 없다.

무척이나 궁금하다는 듯이 그를 바라보자 본부장이 다시 말을 이었다.

"지난번 회식 때 자네가 그렇게 말했지. 원치 않는 미래를 보게 된 사람들에게 기회를 주고 싶다고."

설마 내 제안과 관련이 있는 건가?

"네, 그렇습니다만……."

"그런 사람에게 새로운 기회를 주는 일이라고만 해두지. 그 이상은 업무를 시작하면 자연스레 알게 될 거야."

내가 아는 바로는 블랙아웃을 당한 사람들에게 다시 기회를 주는 일은 없다. 대체 어떤 일을 말하는 걸까?

"혹시 저에게 선택권이 있는 건가요?"

본부장이 허허, 하면서 가볍게 웃음을 지었다.

"물론, 인사 발령이 나면 자네 의사와 관계없이 파견직 업무를 수행해야 하지. 3년 차는 됐으니 그 정도는 알 테고."

어차피 본부장 마음대로 할 거라면 그냥 팀장을 통해 통지해도 된다. 굳이 날 부른 이유는 뭘까? 본부장도 내 표정을 보더니 무슨 마음인지 읽은 것 같았다.

"그런데도 이렇게 자네를 부른 것은, 이 일이 워낙 중대한 기밀 업무이기 때문이야. 원치 않는 사람을 보냈다가 제대로 적응도 못하면 회사로서는 타격이 이만저만이 아니거든. 아버지가 변호사시지?"

인사 카드에 있는 아버지의 직업까지 미리 살펴본 모양이다.

"네, 맞습니다."

"신원도 확실하고, 책임감도 있어 보이고. 아무래도 적격인 거 같아서 말이야."

들을수록 알 수 없는 말들의 연속이었다. 뭔가 꺼림칙한 냄새가 났다.

"간단히 조건을 말해준다면 연봉은 아마 지금의 두 배 정도로 뛸 거야."

그의 말에 손에 들고 있던 찻잔을 그대로 놓칠 뻔했다. 연봉을 두 배씩이나 준다고? 나도 모르게 몸을 움찔했다. 입사 3년 만에 담당 팀장보다도 더 번다는 말인가?

"아, 그리고 이건 가족이나 다른 직원한테도 절대 말해서는 안되는 건데."

이번엔 또 무슨 엄청난 말을 꺼낼지 기대되는 마음에 조용히 침만 꿀꺽 삼켰다.

"먼저 수습 2개월을 잘 마치면, 특수 인화지 열 장을 지급해줄 걸세. 앞으로 문제가 없으면 매해마다 열 장씩."

"네? 인화지를요? 그건 어떤 용도로 쓰는 거죠?"

"자네 자유야. 뭐든 쓸 수 있어. 파견직만의 굉장한 특혜지."

평생 누구나 한 장밖에 쓸 수 없는 인화지였다. 그런 인화지를 해마다 열 장씩이나 준다고? 이건 연봉 두 배보다 믿기 어려운 혜택이었다. 대체 무슨 일을 담당하기에 이렇게 파격적인 대우를 해준다는 걸까?

"뭐 아주 급한 건 아니니 2주 정도 생각해보고 답을 주게. 이달 말까지는 결정하면 좋을 듯하네. 정 싫다면 다른 직원을 알아볼 테니."

그렇게 본부장과의 대화를 마치고 방에서 나왔다. 뜻밖의 말들이 쉴 새 없이 쏟아진 탓에 머리가 어지러울 지경이었다. 다시 마주

친 비서는 자신은 아무것도 모른다는 듯 여전히 온화한 미소를 보여줄 뿐이었다.

6

카페 창가에 앉아 조용히 창밖을 바라보고 있었다. 제법 추워진 날씨에 사람들이 제각기 코트 주머니에 손을 찔러넣은 채 걸음을 재촉하고 있었다. 일주일 후면 크리스마스라 그런지 멀리 트리 장식을 해놓은 빌딩도 눈에 띄었다.

한참 동안 멍하니 창밖을 바라보다가 카페 문이 열리는 소리에 고개를 돌렸다. 유이가 한 손에 제법 무거워 보이는 종이가방을 들고 낑낑대며 들어왔다.

"일찍 왔네."

"응, 방금 왔어. 그건 뭐야?"

유이가 종이가방을 테이블 위에 올리더니 내 앞에 앉았다.

"엄마가 싸주신 거."

종이가방 안을 들여다보니 반찬이 든 밀폐용기가 몇 통 들어 있었다. 맨 위에 보이는 것은 장조림인 것 같았다.

"이렇게나 많이?"

"응, 오빠 우리 엄마가 만든 반찬 좋아하잖아. 엄마가 주는 크리스마스 선물이래."

유이가 배시시 웃으면서 말했다. 그녀와 사귀면서 종종 그녀의 집에 놀러 갔었다. 그녀의 부모님은 그녀가 고등학생일 때 이혼했고, 그 이후로 유이는 어머니와 단둘이 살고 있었다. 그녀의 어머니가 해주신 음식을 먹다 보면 어릴 적 엄마 생각이 많이 났다. 밥을 참 맛있게 잘 먹는다고 반찬을 싸주신 적도 여러 번 있었다. 어렸을 때 어머니를 여의었다는 사실을 알고 계셨기 때문이리라.

"정말 너무 감사하다고 전해드려. 몸도 편찮으셔서 힘드셨을 텐데."

유이 어머니는 평생에 걸쳐 약을 복용해야 일상생활이 가능한 병을 앓고 계셨다. 인구 10만 명당 한 명 정도가 걸리는 희귀병으로, 혹시라도 제때 약을 드시지 않으면 심한 복통과 함께 어지럼증을 느끼신다. 몸이 많이 편찮으신 날에는 유이의 부탁으로 어머니를 모시고 대학병원에 간 적도 몇 번 있었다.

의사의 말에 따르면 다행히 약만 꾸준히 잘 복용하면 평균 수명에 가깝게 살 수 있다고 했다. 하지만 제대로 된 직장을 잡고 일을 하시기엔 체력적으로 무리가 컸다. 결국 유이가 고등학생 때부터 재수 기간을 포함해 지금까지 줄곧 아르바이트에 매달려온 것도 다 집안 사정 때문이었다.

그녀를 처음 알게 된 건 5년 전, 군 제대 후 복학 첫 학기였다. 한

교양 수업에 그녀가 다급하게 강의실로 들어오는 모습을 보곤 그야말로 첫눈에 마음이 끌렸다. 정확히 무엇 때문에 반했냐고 묻는다면 말로 설명하긴 어려웠다. 그녀의 첫인상은 도도해 보이면서도 어딘지 모르게 신비로운 느낌이었다.

하지만 그런 생각은 며칠도 지나지 않아 산산이 부서져버리고 말았다. 수업 시간 내내 단 한 번도 그녀의 얼굴을 제대로 볼 수 없었다. 매 수업마다 책상과 얼굴이 껌딱지처럼 딱 붙어 있었기 때문이다. 혹시 졸음을 참지 못하는 병에라도 걸린 건 아닐까 하는 생각이 들 정도로 그녀는 수업 시간 내내 혼수상태였다.

그 사연을 알게 된 건 석 달쯤 뒤였다. 그때 막 친해졌던 지호와 학교 근처 고깃집에서 늦은 저녁을 먹고 있을 때였다. 기름때에 전 앞치마를 두른 채 서빙 아르바이트를 하는 그녀를 보게 된 것이다. 그녀는 매일같이 새벽 2시까지 아르바이트를 하고 있었다. 그날 이후, 나는 모든 인맥을 동원하여 그녀가 일하는 고깃집을 일주일에 세 번씩은 찾아갔다. 어느 정도 안면을 튼 후에 드디어 작전에 돌입했다.

"저기요. 휴대폰 놔두고 가셨거든요."

일부러 자리에 폰을 둔 채 가게를 빠져나왔고, 곧이어 그녀가 밖으로 나왔다. 그렇게 처음으로 단둘이 대화를 나누었고, 그녀가 나와 같은 경영학과였다는 사실도 알게 되었다. 조금씩 친해지면서 아르바이트가 끝날 때까지 기다렸다 집에 바래다주기도 했다. 그렇게 천천히 스며들듯 그녀와의 관계가 점점 깊어지게 되었다.

그녀와는 서로를 끌어당기는 알 수 없는 힘이 존재하는 것만 같았다. 내게 어머니가 안 계신 것처럼 그녀에겐 아버지가 안 계셨다. 허전했던 빈자리를 마치 예전부터 그래왔던 것처럼 서로가 채워주는 느낌이었다.

겉으론 누구보다 강한 척하지만 그녀는 사실 무척이나 마음이 여린 사람이었다. 그래서 곁에서 더 지켜주고 싶었다. 한편으로 나역시 그녀에게 많이 의지하고 있었다. 그녀가 없었다면 지금까지 한 발짝도 앞으로 나아가지 못했을 것이다.

오늘은 그녀의 취업 대비를 위한 면접 연습을 함께하기로 한 날이다. 생계를 위해 아르바이트를 하느라 휴학까지 몇 번 하다 보니 취업이 동기들보다 많이 늦어진 편이었다. 그녀가 가방에서 종이 몇 장을 꺼내더니 테이블 위에 올려두었다. 글자가 빼곡히 적힌 것이, 면접 대비용 예상 질문지 같았다. 그런데 그녀는 정작 중요한 종이는 가만 놔둔 채 휴대폰 화면을 열심히 들여다보며 손가락을 바쁘게 움직이기 시작했다.

금세 원하는 것을 찾았는지 휴대폰 화면을 나에게 불쑥 내밀었다. 30대 후반 정도로 보이는 커플이 다정하게 고급 레스토랑에 앉아 있는 사진이었다. 완전히 똑같은 두 장의 사진을 나란히 놓고 카메라로 다시 찍은 사진이었다.

"누구야?"

"아, 내 친구 하린이."

"응? 내가 아는 그 하린이 맞아? 너랑 고등학교 동창이잖아. 나이가 꽤 들어 보이는데."

"아, 이거 미래 사진이야."

바보 같은 질문을 하고 말았다. 매일 보는 게 미래 사진이면서 그 생각을 미처 못 하다니.

"아, 옆에는 누구? 지금 남자친구?"

유이가 조용히 고개를 끄덕였다.

"오, 그럼 10년 안에 둘이 결혼하나 보네. 어디 자세히 좀 보자. 결혼반지도 낀 거 같고."

"그래서 말인데."

유이가 갑자기 얼굴을 가까이 들이밀었다.

"우리도 찍을까?"

그녀가 이렇게 적극적으로 뭔가를 제안하는 경우는 거의 드물었다.

"아, 미래 사진? 좋지."

유이와 사귄 지도 어느새 햇수로 5년이 넘었다. 10년 후의 미래에는 내 곁에 누가 있을까? 사실 알 수 없으나 그녀일 확률이 높다고 믿어왔다. 미래 사진으로 미리 확인해보는 것도 나름의 의미가 있는 일이다.

"근데, 오빠도 그렇고 나도 그렇고 아직 둘 다 안 썼잖아."

요즘엔 부모들이 자식이 어느 대학에 입학하는지 알아보기 위해 미래 사진을 써버리는 경우도 많다. 미성년자의 경우 부모 동의만 있다면 어릴 때도 사용할 수 있다. 그러면 그 아이는 성인이 되어서도 평생 미래 사진을 찍을 수 없게 된다. 부모가 자식의 권리를 박탈해버리는 것이다.

이를 계속 허용해도 되는지 시사 토론 주제로도 종종 등장한다. 하지만 우리가 어렸을 때는 아직 미래 사진이 도입되기 전이었다. 다행히 둘 다 써볼 기회가 아직 남아 있었다.

"크리스마스이브에 같이 찍으러 가는 게 어때?"

그녀가 눈빛을 반짝이며 속삭였다. 하지만 그녀의 제안에 곧바로 흔쾌히 대답하기는 어려웠다.

크리스마스이브에는 미래 사진을 찍으려는 이들로 항상 회사가 북새통이다. 사람들이 미래를 보려는 목적은 크게 두 가지다. 불확실한 미래를 알고 싶은 마음과 안정적인 현재가 유지되길 바라는 마음.

솔로인 여성들은 미래의 남자친구나 배우자를 알고 싶어 삼삼오오 찾곤 한다. 과거에는 타로카드가 했던 역할을 미래 사진이 꽤나 대체한 셈이다. 그에 반해, 사귄 지 오래되거나 관계가 깊은 커플들은 자신들이 미래에도 여전히 함께하는지를 확인하고자 찾아온다.

"근데, 꼭 둘 다 찍어야 할까? 한 명만 찍어도 결과를 알 텐데."

사진 한 장으로도 10년 후에 두 사람이 같이 있을지는 충분히 알 수 있었다. 유이의 입이 뾰로통해졌다. 평소에는 좀처럼 보기 힘든 표정이라 웃음이 나왔다.

"그건 물론 알지. 근데, 솔직히 말하면 하린이 커플이 좀 부러워. 평생 한 번뿐인 기회를 서로를 위해 쓴 거잖아."

유이가 다시 사진을 들어 보이며 말했다. 사실 사진 한 장은 그냥 날리는 비효율적인 방식이지만, 어떤 연인에게는 이것이 곧 사랑의 징표였다.

"그래, 그럼 그렇게 하자. 이브 날 우리 회사에 들러야겠네."

언젠가를 위해 내 미래 사진은 좀더 아껴두고 싶었다. 그때 문득, 본부장의 말이 떠올랐다. 다른 기회가 또 생길 수 있다면야, 그녀의 뜻에 따르는 편이 좋았다.

"응, 처음이라 좀 떨린다. 상사분들 작은 선물 같은 것도 사가야 할까? 옷도 좀 신경 써야겠지?"

생각만 해도 긴장이 되는지 순간 그녀의 표정이 잔뜩 얼어붙었다.

"됐어. 촬영실에서 찍으면 되니까 우리 팀 상사들은 만날 일도 없을 거야. 그냥 편하게 입고 와."

"그래도 어떻게 그래? 다들 쳐다보면서 수군댈 게 뻔한데."

직원 누구의 애인이라 하면 또 다들 모여서 수군대긴 하겠지만 잠깐일 뿐이다. 그리 신경 쓸 필요는 없었다.

그전에 나도 유이에게 할 말이 있었다.

"참, 나 어쩌면 파견 가게 될지도 몰라."

"갑자기 파견? 어디 해외로 나가는 거야?"

유이가 놀란 듯 테이블 위에 올려두었던 양손을 꽉 움켜쥐며 말했다.

"아니, 그렇게 대단한 건 아니고. 강남 쪽으로."

"멀리 나가는 줄 알고 깜짝 놀랐잖아."

그제야 안심이 되었는지 유이의 표정이 부드러워졌다.

"근데, 연봉이 두 배래."

"뭐?"

이번엔 아까보다 더 놀란 듯이 눈이 곧 튀어나올 것처럼 커졌다.

"난 아직 취업도 못 했는데, 오빠는 벌써 연봉이 두 배라니."

자기 일처럼 기뻐할 줄 알았는데, 오히려 낙담한 것처럼 보였다. 요즘 자신감이 많이 떨어진 것 같았다.

"같이 면접 준비하면 되지. 이번엔 꼭 붙을 거야."

"무슨 일이 있어도 꼭 그래야지."

수습 기간 후에 특수 인화지 열 장을 받을 수 있다는 말은 꺼내지 않았다. 본부장의 당부에 따라 유이에게까지 비밀로 하려는 것은 아니었다. 다만, 굳이 지금 말을 꺼낼 필요는 없어 보였다.

7

"시우야, 유이 왔다."

지호가 사무실로 전화했다. 지호는 민원 담당이다 보니, 의뢰인들을 항상 가장 먼저 만난다. 뭐 언짢은 일이라도 있었는지 통명스러운 말투였다.

"어, 바로 나갈게."

하던 일을 정리하고, 서둘러 사무실 밖으로 나왔다. 민원실로 들어서자, 빨간 코트를 입고 어딘지 어색한 표정으로 서 있는 유이의 모습이 바로 눈에 들어왔다. 예상대로 민원팀 직원들이 수군거리는 소리가 들렸다. 아마도 내 여자친구라는 것을 알아차린 듯하다.

"지금 많이 바쁜 건 아니지?"

"아니야, 괜찮아."

사실 크리스마스 이후부터 본격적으로 바빠진다. 크리스마스이브에 커플들이 대거 사진을 찍기 때문에. 그에 비하면, 아직은 한가로운 편이다.

"좀 긴장된다."

유이와 약속한 대로 이브인 오늘 미래 사진을 찍기로 했다. 10년 후에 누구와 사랑에 빠져 있는지 확인하기 위해서는 특별한 날 사진을 찍는 게 가장 중요했다. 예를 들자면, 크리스마스이브나 의뢰인의 생일날 저녁 시간 정도? 그렇지 않으면 의도치 않게 엉뚱한 사진이 나오곤 한다.

이런 날은 커플들로 회사가 많이 붐비는 편이다. 평소 오후 9시면 마감인 촬영 시간도 11시까지로 연장한다. 그래서 솔로인 지호가 뿔이 난 걸까? 다행히 촬영팀에 미리 예약해두었기에 곧바로 촬영에 들어갈 수 있었다.

"여자친구 분이 상당히 미인이었네."

평소 친하지 않은 편인데도 촬영팀 직원이 너스레를 떨었다.

"감사합니다."

유이가 쑥스러워하며 대답했다.

"내가 먼저 찍을게."

나는 긴장한 유이의 어깨를 살짝 두드려주고는 의자에 가 앉았다.

촬영 방식은 일반적인 여권 사진을 찍을 때와 비슷하다. 스튜디오 가운데 놓인 의자에 홀로 앉아 있으면 촬영팀 직원이 필름 카메라로 촬영을 진행한다.

이때, 절대 두 명 이상이 동시에 찍을 수는 없다. 두 장의 미래가 겹쳐져서 알아보기 힘든 사진이 인화되기 때문이다.

일반 사진 촬영과 다른 점이라면 머리 스타일이나 옷매무새를 정리할 필요가 전혀 없다는 것이다. 어차피 지금이 아니라 10년 후의 모습이 인화될 테니까. 잘 나온 사진을 고르기 위해 여러 장을 찍을 필요도 없다. 한 번의 촬영이면 족하다.

촬영은 순식간에 끝났다. 이번에는 유이가 겉옷을 벗었다. 코트 안에는 자주색 원피스를 입고 있었다. 평소에는 잘 하지 않는 목걸이까지 하고 왔다. 몸을 움직일 때마다 하트 모양의 큐빅이 반짝였다.

"아, 지금 입은 옷이랑 목걸이는 어차피 안 나옵니다."

촬영팀 직원이 웃으며 말하자, 유이도 겸연쩍은 듯 웃어 보였다. 사실상 코트를 벗을 필요도 없었다. 그렇게 우리의 한 번뿐인 미래 사진 촬영이 금세 끝나고 말았다.

"생각보다 좀 허무하네. 그지?"

유이는 뭔가 잔뜩 기대하고 온 것 같았다. 다른 사람들 역시 그런 마음으로 찾아왔다가 촬영이 끝나면 허전한 기분으로 돌아가곤 했다.

"그렇지. 잘 찍혔는지 확인해볼 필요도 없고."

"결과는 언제 나온다고?"

"보통은 사흘 내로 전해주는데. 지금은 아무래도 바쁜 시즌이다 보니 일주일 정도 후에?"

오늘이 12월 24일이니, 늦어도 12월 31일 정도면 나올 듯했다.

"어느 시점의 모습이 나오는 거야?"

"우리가 방금 촬영한 시간. 10년 후 오후 6시 33분쯤이 되겠네."

"10년 후라…… 우리 그때도 지금처럼 같이 있을까?"

유이가 내심 신경이 쓰이는 듯 말했다.

"당연히 그렇겠지?"

"아, 정말 내 옆에 다른 남자가 있는 모습은 상상해본 적도 없는데 말이야."

잠시 대화를 나누는 동안, 촬영팀 직원이 다가왔다.

"나중에 사진 찾으러 올 때, 이 카드를 내면 돼요."

그가 건넨 것은 명함 크기의 작은 종이였다. 내가 받은 일련번호는 Y-59였고, 유이는 Y-60이었다.

유이 앞에서는 애써 태연한 척했으나 사실 긴장되는 건 나도 마찬가지였다. 누구라도 똑같으리라. 자신의 10년 후를 본다는 데 긴장하지 않을 사람은 없다. 지금 같은 관계를 유지한다면 당연히 그녀가 곁에 있을 것이다.

하지만 사람 일이란 게 또 모르는 것 아닌가. 10년은 너무 먼 미래다. 작은 사건 하나도 나비 효과처럼 큰 변화를 가져올 수 있다. 어떤 미래가 기다리고 있을지 짐작조차 할 수 없었다.

* * *

인화는 반드시 촬영한 순서대로 진행하는 게 원칙이었다. 어떤 결과가 나올지 궁금했지만 촬영한 지 거의 일주일이 지난 12월 30일에야 우리 사진을 인화할 차례가 왔다.

마침 박 과장은 오늘 외부 출장으로 자리를 비웠다. 내 사진을 인화하는 걸 알면 또 옆에서 보여달라고 난리 칠 게 뻔했다. 오늘 인화하게 된 게 천만다행이었다. 서둘러 인화 작업을 진행하기 위해 인화실로 들어갔다.

우선, Y-59인 내 사진을 인화하기 시작했다. 평소에 눈 감고도 해오던 일이었으나 이번에는 마음가짐이 달랐다. 긴장된 마음에 나도 모르게 손끝이 미세하게 떨렸다.

먼저 필름 현상을 끝내고 본격적인 인화 작업에 들어간다. 현상액 속에서 사진이 또렷하게 나타나는 데까지 걸리는 시간은 10분 남짓. 일반 사진보다 오래 걸리는 편이다. 1분, 1분이 마치 한 시간처럼 길게 느껴졌다. 잠시 눈을 감고 기다렸다. 조금씩 사진의 윤곽이 드러나고 있었다.

사진의 중앙에 테이블이 하나 놓여 있다. 분위기를 보니 카페 같기도 하다. 한 쌍의 남녀가 테이블을 사이에 두고 마주 보고 앉아 있는 모습이다.

나는 검은 정장을 입고 있다. 여자의 모습도 조금씩 드러난다. 그녀 역시 검은색 원피스를 입었다. 실루엣을 볼 때, 얼핏 유이 같기도 하다. 유이보다는 좀더 볼륨 있는 몸매인 것 같다. 10년 후니까 그럴 수도 있겠지.

점점 여성의 얼굴이 드러난다. 머리는 지금의 긴 생머리보다 약간 짧다. 화장 스타일도 좀더 성숙한 느낌이다. 마지막으로 얼굴 생김새를 자세히 살폈다. 10년 후라 조금 변한 듯하나 다행히 유이였다. 안도의 한숨이 나왔다.

완전히 인화된 사진을 보니, 유이의 왼손 약지에서 반지가 빛나고 있었다. 결혼반지처럼 보였다. 내 왼손은 반대편이라 보이지 않는다. 어쨌든 우리가 10년 내에 결혼하는 것 같았다. 그런데 둘 다 표정이 그리 밝아 보이지는 않았다. 무슨 일이 있는 걸까?

이 일을 몇 년째 하면서 뼈저리게 느끼게 된 사실이 있다. 사진은 끝없이 연속된 시간 속에서 단 한순간만을 보여줄 뿐이라는 것. 아무리 행복한 시간을 보내고 있더라도 잠시 표정을 찡그릴 수 있는 법이다. 경험상 그리 신경 쓸 필요는 없었다.

다음으로 Y-60 차례였다. 이미 Y-59에서 내가 유이와 같이 있는 사진이 나왔기 때문에 Y-60은 볼 필요도 없었다. 긴장감이 떨어진 상태에서 인화를 시작했다. 또 10분이 흘렀다. 현상액 속에 잠긴 인화지가 점점 진하게 물들어간다.

이상한 일이었다. 내가 뭘 잘못한 건가? 그럴 리가 없는데? 사진을 꺼내 좌우로 흔들어보았다. 아무리 흔들어도 온통 검은색이다.

블랙아웃. Y-60 26세 여성은 블랙아웃이었다.

절대 이럴 수가 없는데. 유이가 블랙아웃이라니. 그녀가 10년 내로 죽는다는 뜻이었다. 그렇다면 내 사진 속 그녀는 누구인가? Y-60 사진을 테이블에 올려둔 채, 다시 Y-59 사진을 자세히 살펴보았다.

분명 유이라 생각했는데, 묘하게 유이가 아닌 것 같기도 했다. 오류가 날 수도 있는 건가? 한쪽 미래에는 살아 있는데, 다른 한쪽에서는 죽는다니. 지금까지 수많은 인화 케이스를 보아왔으나 그런 이야기는 들어본 적도 없었다. 머릿속이 혼란스러웠다.

10년 사이에 우리에게 대체 무슨 일이 일어나는 걸까? 설마 유이가 정말 죽는 걸까? 좀더 구체적으로 미래를 들여다보고 싶어졌다. 이렇게 한 장씩만 보느니 차라리 보지 않는 편이 나았다. 이제야 이해가 갔다. 자식의 블랙아웃을 본 부모들이 그렇게까지 미래에 집착했던 이유가.

하지만 이미 평생 한 번밖에 쓸 수 없는 기회를 우리 둘 다 써버리고 말았다. 다른 방법은 없는 걸까? 고민하다 보니 불현듯 머릿속을 스치는 생각이 있었다.

'수습 2개월을 잘 마치면, 특수 인화지 열 장을 지급해줄 걸세.'

파견직은 조건이 워낙 좋아 당연히 수락할 마음이 더 컸다. 그러면서도 대체 무슨 일을 하게 될지 모른다는 생각에 꺼림칙하기도 했다. 바로 내일이 본부장이 정한 기한이었다. 이제야 확실히 파견직을 수락하는 쪽으로 마음이 기울었다. 특수 인화지를 추가로 얻으면 분명 우리의 미래에 대한 실마리를 찾을 수 있을 것이다.

하지만 또 하나의 문제가 남아 있었다. Y-60을 유이에게 건네는 일. 일정대로라면 오늘 인화한 모든 사진은 봉투에 담겨 내일 의뢰인들에게 전달된다. 유이가 블랙아웃인 자신의 사진을 본다면 어떤 반응을 보일까?

그 충격을 과연 어느 누가 감당할 수 있을까? 변하지 않을 사랑을 기다리던 와중에 자신의 죽음을 선고받은 그녀의 심정은 상상하기조차 괴로웠다. 그녀를 속일지언정 안심시킬 방법이 필요했다. 오늘 안으로 그 방법을 반드시 찾아내야 했다.

인화실 안을 맴돌면서 머리를 굴려보았다. 도무지 마땅한 방법이 떠오르지 않았다. 한 10분 정도 지났을까? 다시 의자에 앉아 방금 인화한 사진 두 장을 뚫어지게 쳐다보았다. 문득 머릿속을 스치는 아이디어가 있었다. 이 방법이라면 적어도 지금 당장은 그녀를 안심하게 만들 수 있었다.

우선 그녀와 함께 있는 모습이 담긴 내 미래 사진을 Y-60의 봉투에 넣었다. 그리고 블랙아웃인 사진을 반대로 Y-59의 봉투에 집어넣었다. 그대로 두 봉투를 모두 봉인해버렸다.

8

12월의 마지막 날은 오전부터 함박눈이 내리기 시작했다. 회사 앞 정원이 온통 하얗게 물든 후에야 눈이 멎었다.

"이게 내 거야? 오빠 거는 뜯어봤어?"

유이와는 근무 시간 중에 잠깐 회사 정원의 벤치에서 만나기로 했다. 원래 계획대로라면 퇴근 후에 만나 같이 저녁을 먹으면서 미래 사진을 건네줄 참이었다. 그런데 점심시간이 끝나갈 때쯤 유이에게 문자가 왔다. 결과가 너무 궁금해서 아무 일도 손에 잡히지 않는다는 것이었다. 결국 기다리지 못하고 여기까지 찾아왔다.

"일하느라 내 건 아직 못 봤어."

유이에게 Y-60이 적힌 봉투를 건넸다. 내가 직접 인화했다고는 말하지 않을 생각이었다.

"아, 너무 떨린다. 괜찮겠지?"

뭐라 대답할 수 없었다. 봉투를 뜯는 유이의 손끝이 미세하게 떨렸다. 실은 내가 더 긴장하고 있는지도 몰랐다.

사진은 일반적인 4×6 사이즈로 손바닥만 했다. 사진을 쓱 꺼내본 유이의 눈동자가 놀란 듯 커졌다. 그러곤 굳은 표정으로 한동안 아무 말이 없었다. 알 수 없는 긴장감이 감돌았다.

"오빠."

평소와 달리 낮게 깔린 목소리였다. 그녀와 눈을 마주치기 어려울 정도로 위압감이 느껴졌다.

"사진 바꿔 넣었지?"

그녀의 한마디에 너무 놀라 숨이 멎는 듯했다. 대체 어떻게 알아낸 거지?

"어? 그럴 리가."

아무렇지 않게 말하려 했지만 나도 모르게 당황한 기색이 드러났다.

"이 여자 내가 아니잖아."

분명 유이일 거라 생각했는데. 그렇다면 이 여자는 대체 누구란 말인가? 내 표정에도 고스란히 혼란스러움이 드러났을 것이다.

"내 사진은 어딨어? 이걸 왜 바꾼 거야?"

그녀는 모든 것을 다 아는 듯 말했다. 이렇게 서늘한 표정으로 화를 내는 건 처음이었다. 하지만 아무 말도 할 수 없었다. 사실을 그대로 밝힌다면 이 자리에서 혼이 나갈 만큼 큰 충격을 받을 게 분명하다. 앞으로 어떤 일도 손에 잡히지 않을 것이고, 죽음에 대한 불안감이 모든 것을 집어삼킬 것이다. 내가 아는 그녀라면 그렇다.

하지만 특수 인화지만 얻어낸다면 사정이 완전히 달라진다. 블랙아웃의 이유도 밝혀낼 수 있고 얼마든지 미래를 바꿀 수도 있다. 그때까지는 차라리 그녀가 나를 오해하는 편이 나았다.

"진짜 최악이다."

유이는 한마디 인사도 남기지 않은 채 그대로 돌아서서 떠나가 버렸다. 그녀를 알게 된 후로 이렇게 차갑고 싸늘한 뒷모습은 본 적이 없었다. 하는 수 없이 사무실로 돌아가서 메시지를 보내보았으나 계속 '읽지 않음' 상태였다. 박 과장의 눈치를 살피며, 틈날 때마다 전화를 걸어보아도 묵묵부답일 뿐이었다.

그래도 해야 할 일을 차근차근 진행해야 했다. 본부장에게 파견직 일을 담당하겠다고 말해야 했다.

다른 직원들은 모두 인화된 사진을 확인하고 보고서를 쓰는 데 정신이 팔려 있었다. 그 틈을 타 사무실 전화로 본부장 비서에게 전화를 걸었다.

ㅡ본부장님은 한 시간쯤 후부터 일정이 있으세요. 지금 바로 오시면 괜찮을 것 같아요.

* * *

살짝 노크하고 본부장실로 들어갔다. 안경을 낀 채 창가 쪽 책상에 앉아 서류를 읽고 있는 본부장의 모습이 보였다. 날 보더니, 안경을 내려놓고는 소파가 놓인 중앙으로 걸어 나왔다.

"여기 앉게. 그래, 생각은 좀 해보았나?"

그가 노려보듯 내 얼굴을 바라봤다. 긴장된 마음에 입에 침이 바짝 말랐다.

"파견직 근무를 희망합니다."

그제야 본부장이 흐뭇한 미소를 짓더니, 앉은 채로 내 왼쪽 어깨를 잡았다.

"그래, 잘 결정했네. 절대 후회하지 않을 거야."

그는 지갑 안에서 명함 하나를 꺼내어 건네며 말을 이었다.

"다음주에 바로 여기로 찾아가게. 담당 팀장에게는 내가 잘 일러둘 테니."

"당장 다음주부터 말입니까?"

마음의 준비는 어느 정도 하고 왔으나 이렇게 속전속결일 줄은 몰랐다.

그가 건넨 것은 익숙한 디자인의 우리 회사 명함이었다. 그런데 다른 명함과 달리 회사 이름이 적히는 자리가 비어 있었다. 'VIP 담당 실장 이준'이라는 이름과 함께 청담동에 있는 한 빌딩의 주소와 전화번호만 적혀 있을 뿐이었다. 가본 적은 없으나 마치 고급 헤어살롱의 명함 같았다.

"혹시, 이제 어떤 일을 담당하는지 여쭈어도 되겠습니까?"

본부장이 입안에서 혀를 좌우로 굴리더니, 천천히 입을 열었다.

"VIP를 담당하는 걸세. 자세한 건 이 실장한테 직접 듣도록 하고."

VIP? 우리 회사와 VIP라는 단어 간의 연관성을 찾기 어려웠다.

"아, 그리고 회사에서 개인 차량이 지급될 테니 그걸 타고 가면 되네."

굳이 개인 차량까지 지급해줄 이유는 무엇인가? 여전히 모든 것이 베일에 감춰져 있었다. 본부장이 마치 중요한 걸 잊고 있었다는 듯 종이 한 장을 건넸다.

"아 참, 이거 읽어보고 사인하게."

한 장짜리 문서의 가장 상단에는 '서약서'라고 쓰여 있었다. 앞으로 파견직 업무를 수행하며 알게 된 모든 정보는 절대 누설해서는 안 되며, 기밀로 해야 한다는 것이었다. 심지어 퇴사 이후에라도 기밀을 누설할 경우 형사 고발 조치를 받을 수 있다는 내용이었다.

날카롭고 살벌한 표현들이 난무했으나 결국 업무 기밀만 잘 지키면 된다는 것이었다. 파견직이 아니더라도 기밀 준수 의무는 충분히 지키고 있었기에 주저하지 않고 바로 사인을 했다.

본부장의 격려를 받고 방에서 나오자 비서가 자리에서 일어났다. 바로 옆에 서니 생각보다 키가 컸다.

"윤 대리님, 본부장님이 차량 안내를 도와드리라고 해서요. 잠깐 주차장에 같이 가실까요?"

비서와 함께 엘리베이터를 타고 주차장이 있는 지하 2층 버튼을 눌렀다.

"파견직을 뽑는 일이 자주 있나요?"

엘리베이터가 서서히 내려가는 동안, 그녀에게 물었다.

"음, 그렇진 않아요. 이번에 결원이 생겨서 뽑는다고 들었어요."

결원이라? 그러고 보니 몇 달 전에 교통사고로 죽은 이태수도 파견직에서 복귀했다고 했었다. 엘리베이터 문이 열리고 차량이 주차된 곳까지 비서의 뒤를 따라 걸었다.

"이 차예요. 키는 여기 있고요."

"이거라고요?"

비서가 가리킨 차는 블랙 컬러의 제네시스 G90이었다. 우리 회사 사장이 타는 차와 같은 기종이다. 이게 도무지 말이 되는 일인가. 일개 직원에게 이런 차를 제공하면서까지 시킬 일이 있었단 말인가.

사무실로 돌아오자, 우리 팀 직원들이 한 번씩 흘기듯 나를 쳐다보았다. 한 명, 한 명의 시선이 이전과 달리 따가웠다. 나에 대해 뭔가 말을 들은 것이 분명했다.

"윤 대리, 이리 와봐."

팀장이 손짓하며 다급하게 불러댔다. 가까이 다가가기도 전에 그가 입을 열었다.

"자네, 다음주부터 파견직으로 발령 날 거라고 연락받았네. 운 좋은 자식이야."

본부장이 그새 팀장에게 연락한 모양이었다. 팀장은 파견직에 대해 뭘 좀 알고 있는 걸까? 그러니 운이 좋다고 말하겠지.

"네, 그런데 팀장님, 혹시 파견직 업무에 대해 좀 알고 계시나요?"

팀장은 내 말에 못 들은 척 고개를 돌렸다.

"뭐, 우리 하는 일이 다 비슷하지. 일하던 거 잘 마무리하고. 내일 쉬는 날인데, 나와서 책상 정리 좀 해야겠어."

뭐야? 전혀 모르면서 아는 척한 건가? 내 자리로 돌아와 앉자, 옆자리 박 과장도 부러워하는 눈빛이었다.

"이야, 윤 대리가 그럴 줄은 몰랐네. 맨날 순진한 척하더니 언제 또 본부장한테 잘 보여서 좋은 자리로 가나."

박 과장마저 비꼬는 걸 보니, 파견직이 괜찮은 자리임에는 틀림없어 보였다. 다음주면 모든 것이 밝혀지겠지. 그래도 이렇게 갑작스레 옮기게 될 줄은 몰랐다.

이 순간 가장 먼저 떠오른 사람은 유이였다. 그녀에게 모든 것을 알리고 싶었다. 하지만 아직까지 그녀에게서는 아무런 응답이 없었다.

유이와 사귄 이후 매년 12월 31일은 언제나 둘이 함께였다. 보신각에서, 좋아하는 가수의 콘서트장에서, 어느 작고 허름한 술집에서…… 새해를 앞두고 항상 그녀와 함께 카운트다운을 했다. 그러곤 앞으로도 평생 제야의 종소리를 함께 듣자고 약속했다. 하지만 올해만은 그 약속을 지킬 수 없게 되었다.

퇴근 후 집에 돌아와서도 그녀에게 수차례 메시지를 남기고 전화를 걸어보았다. 하지만 통화 연결음만 끝없이 울릴 뿐이었다.

올해의 마지막을 우울한 기분으로 방구석에서 보내고 싶지는 않았다. 답답한 마음에 지호에게 메시지를 보내봤다. 마침 침대에서 뒹굴고 있던 참이라며 술이나 한잔하자기에 바로 약속을 잡고 밤거리로 나왔다.

성북동에 있는 빈티지한 분위기의 실내 포장마차에서 그를 만났다.

"세상 참 불공평하네."

지호도 내가 파견직으로 떠난다는 말을 어디서 들은 모양이다.

"부럽다, 이 자식아. 나처럼 묵묵히 일하는 직원한테는 아무런 보상도 없는데. 연봉도 두 배에 전용차까지 나온다고? 세상이 왜 이리도 가혹하냐 정말."

지호가 술을 몇 잔, 연거푸 들이켜더니 말했다. 그래도 내가 친군데, 참 솔직한 녀석이다.

"아휴, 내가 오늘 쏜다. 근데 괜히 그렇게 잘해주겠냐? 세상에 공짜가 어딨겠어? 뭐 끔찍하게 더러운 일이라도 시키려는 거겠지."

"나도 더러운 일 좀 하고 싶다. 너무 깨끗해서 못살 거 같다."

지호는 한동안 계속 내가 부럽다는 말뿐이었다. 사실 대학 때까지만 해도 지호가 나를 부러워할 일은 없었다. 학점도 과에서 가장 높았고, 등록금 전액에 생활비까지 지원해주는 외부 장학회에 선발되었으니까. 그러고 보니 지호는 대학 내내 가장 선망하던 IT 기업에도 합격했었다. 그런데도 결국 이 회사를 택한 게 의아했던 기억이 났다.

"근데, 오늘 같은 날 웬일로 나를 다 만나냐? 유이는 무슨 일 있어?"

"좀 일이 있었어. 지금 연락도 안 되는 상황이야."

그 말을 듣자 지호도 상당히 놀란 표정이었다. 하긴 우리가 사귀면서 이렇게 연락까지 안 된 적은 없었으니까.

"무슨 일로? 유이 잘못은 아닐 테고."

"뭐, 내 잘못이라면 잘못이라 할 수 있지. 암튼 복잡한 상황이야."

유이의 블랙아웃은 사실 누구에게도 말할 수 없었다.

"진짜 복에 겨웠다, 윤시우. 세상에 유이 같은 애가 어딨냐? 잘 좀 해라, 잘 좀."

"나도 안다. 이제 그만 좀 해라."

한동안 티격태격하면서 소주를 세 병 정도 비웠다. 안주로 시킨 막창과 닭똥집이 막 떨어진 시점이었다.

"그러는 너는 왜 여자 안 만나냐? 호감 가는 사람도 없고?"

내 질문에 지호가 말을 할까 망설이는 눈치였다.

"있어."

지호가 내 눈을 피한 채 대답했다.

"있다고? 누군데?"

지호에게서 이런 말을 들은 것도 오늘이 처음이었다.

내가 유이와 만나는 동안 지호가 여자친구를 사귄 적은 단 한 번도 없었다. 대학 시절에도 남자를 좋아하는 게 아닌가 싶을 정도로 여자에 무관심했다. 그런데 관심 가는 사람이 있었다고? 가장 먼저 떠오른 사람은 회식 날 유독 친밀해 보이던 민원팀 팀장이었다.

"혹시 비행기 자주 타던 사람 아니야?"

"뭐?"

지호가 무슨 말인지 도통 모르겠다는 표정을 지어 보였다.

"좀 많이 연상은 아니지? 열 살 이상?"

"이 자식아. 누굴 말하는 거야?"

갑자기 지호의 얼굴이 붉어졌다. 그는 내 눈을 똑바로 보지 못하고 눈을 내리깐 채 말했다. 뭔가 수상했다.

"담배나 한 대 태우고 올게."

그가 투덜거리며 밖으로 나갔다. 휴대폰으로 시간을 확인해보니 11시 58분이었다. 하필 나가도 지금 나가서 다가오는 새해를 혼자 맞이하게 생겼군.

이렇게 된 거 유이한테 한번 더 연락해볼까? 새해로 넘어가는 시점이니 화가 좀 났어도 혹시 받아줄지도 몰랐다. 전화를 걸자 통화 중이라는 안내 음성이 나왔다. 이 시간에 누구랑 통화하는 걸까? 내 전화는 계속 받지도 않으면서? 뭔가 이상했다.

지호가 다시 돌아오자마자 1차는 마무리하고 2차로 자리를 옮겼다. 미국식 펍에서 병맥주까지 몇 병 더 마신 후에야 집으로 돌아왔다. 간단히 세수만 하고, 침대에 눕자마자 정신이 핑 돌면서 그대로 잠들어버렸다.

9

자동차 광고를 너무 많이 본 탓일까? 회사 CEO들이나 타는 고급 세단에 앉아 강남 한복판을 달리다 보니, 성공한 남자라도 된 듯한 착각에 빠졌다. 입에서 휘파람이 절로 나왔다. 그러면서도 마음 한편에는 여전히 찝찝한 기분이 남아 있었다. 세상에 공짜란 없는 법. 이런 파격적인 대우까지 해주면서 대체 어떤 일을 시키려는 걸까?

아침 일찍 회사에 들러 인화팀 직원들과는 가볍게 작별 인사를 나눴다. 다들 겉으로는 축하해주는 분위기였으나, 속으로는 '왜 하필 나는 아니고 저 자식일까?' 이런 생각을 하고 있는 것처럼 보였다.

떠나기 전에 인화실에서 Y-60, 유이의 상이 담긴 필름을 몰래 챙겼다. 그러고는 미리 준비한 폐기 처분 예정인 다른 필름을 넣어두었다. 나중에 다른 시점의 미래를 확인하기 위해서는 원본 필름이 있어야 했다. 이미 사진도 제공했으니 필름이 바뀌었다는 사실을 들킬 가능성은 희박했다.

회사를 떠나기 전, 본부장이 준 명함에 적힌 번호로 전화를 걸자 한 남자가 대답했다.

"이번에 파견될 윤시우 씨군요. 반갑습니다."

망설임이나 머뭇거림이란 전혀 없는 단호한 어투. 목소리로 보건대, 나이는 30대 후반 정도로 추정되었다.

"그쪽 잘 마무리하고 가능하면 오전 10시까지 강남 사무실로 와주시기 바랍니다."

첫날부터 할 일이 있으려나. 내비게이션의 안내에 따라 청담동에 있는 5층 높이의 짙은 회색 건물 앞에 도착했다.

신축인 듯 깨끗해 보였다. 건물 어디에도 우리 회사 이름은 쓰여 있지 않았다. 다른 상호도 없는 것으로 보아 건물을 통째로 쓰는 듯했다. 건물 유리창도 짙은 색으로 선팅을 했는지 내부가 전혀 보이지 않았다.

정문 앞에는 우람한 체격의 젊은 가드 두 명이 서 있었다. 청원경찰조차도 우리 회사와는 다른 느낌이었다. 그들은 우선 신원 확인을 위해 신분증을 요구했다. 내가 사원증을 보여주니 한 명이 누군가에게 무전을 했다. 내가 오기로 되어 있는지 재차 확인하는 것 같았다.

겨우 그들을 통과하여 대리석 바닥이 깔린 로비 안으로 들어섰다. 전체적인 조명은 어둡고 은은하다. 고급 호텔의 라운지에 온 느낌. 위압감이 들 정도로 세련된 분위기다.

"윤시우 씨?"

정면에서 한 남자가 구두 소리를 또각거리며 걸어오고 있었다. 오전에 통화한 그 목소리의 주인공이었다.

"네, 맞습니다."

그는 자신을 이준이라 소개했다. 훤칠한 키에 호리호리한 몸매. 이목구비가 뚜렷한 얼굴. 외모를 보고 뽑았나 싶을 정도로 우리 회사에서는 보기 드문 눈에 띄는 외모였다.

그가 이끄는 대로 1층에 있는 한 사무실로 들어갔다. 미팅룸처럼 보이는 그곳에는 중앙에 기다란 테이블을 두고 양쪽으로 의자가 대여섯 개씩 놓여 있었다. 정면에는 거대한 스크린이 하나 켜져 있었다.

"여기서 간단히 오리엔테이션을 진행할게요."

텅 빈 사무실 공간에 그의 목소리가 울려 퍼졌다. 이번에 파견되는 사람이 나 하나뿐이라 그런가? 결국, 이 실장과 나, 둘밖에 없는 썰렁한 오리엔테이션이 시작되었다.

"그동안 우리가 어떤 일을 하는지 궁금했죠?"

이 실장이 내 마음을 꿰뚫어 보기라도 한 듯 말을 건넸다.

"네, 본부장님께서도 자세히 말씀을 안 해주셔서……."

"그럴 수밖에 없었습니다. 지금부터 윤시우 씨가 앞으로 담당할 일에 대해 간단히 설명해줄게요."

기대와 우려가 뒤섞인 채 그의 말에 주의를 기울였다.

그가 스크린을 향해 리모컨을 조작하자, 화면이 바뀌면서 한 남자의 얼굴이 나타났다. 저 사람이 누구였더라? TV에서 몇 번 본 것 같은 얼굴이었다.

"윤시우 씨가 앞으로 담당할 의뢰인입니다. 이름 김시진, 나이 57세. 서광그룹의 사장님이시죠."

"제가 담당한다는 게 어떤 뜻이지요?"

보통 인화팀에서는 하루에도 수십 명의 사진을 인화한다. 그런데 고작 한 명이라니?

"윤시우 씨는 앞으로 김시진 사장님과 그 가족들의 건강과 미래를 책임지는 일을 맡게 됩니다."

"건강과 미래요?"

내가 어디 건강식품 회사에 잘못 와서 앉아 있는 건가?

"네, 우리 VIP 담당은 정부 고위직과 정재계 주요 인사 가족의 행복을 최우선으로 생각합니다. 담당 직원에게는 의뢰인과 관련된 일이라면 무제한으로 쓸 수 있는 특수 인화지가 제공될 것입니다. 의뢰인이 꿈꾸고 원하는 미래를 이루어나갈 수 있도록 밤낮으로 그들을 돕고 헌신하는 것이 파견 직원의 주된 역할입니다."

그의 설명에 커다란 망치로 뒤통수를 무자비하게 얻어맞은 것처럼 머리가 아찔했다. 참으로 당혹스러워서 한동안 뭐라 말을 할 수조차 없었다. 공기업인 우리 회사에서 사회 고위층만을 위한 특별한 서비스를 제공하고 있었단 말인가?

"특수 인화지를 무제한으로 준다는 게 사실인가요?"

"물론, 사실이죠."

그는 눈 하나 깜박하지 않고 대답했다. 마치 인공지능 로봇이 말을 하는 것만 같았다.

"특수 인화지는 해외로부터 수급이 제한되어 한 사람당 평생 한 번밖에 쓸 수 없는 것으로 아는데……."

이 실장의 무표정했던 얼굴에 조금씩 미소가 번졌다. 그러더니 갑자기 큰 소리로 웃기 시작했다. 대체 내 말에서 뭐가 우습다는 걸까?

"정부가 하는 말을 곧이곧대로 다 믿는 착한 시민 분이 우리 회사에도 계신지는 몰랐군요. 당연히 모두 새빨간 거짓말이죠. 매년 남아도는 인화지가 수십만 장씩 있습니다. 그렇다고 모든 국민에게 한 장씩 더 주기에는 부족한 양이죠. 자, 생각해봅시다. 그걸 어떻게 활용하는 것이 가장 현명한 방법일까요?"

사실 블랙아웃처럼 어려운 상황에 처한 사람에게 기회를 더 줄 수도 있다. 정부가 해야 할 일이라면 그게 더 합당하다. 하지만 그가 원하는 대답은 그렇지 않을 게 뻔했다.

"가장 높은 비용을 지불하는 고객에게 기회를 준다는 건가요?"

철저하게 자본주의의 원리를 따른다면 이게 맞았다.

"비슷하죠. 여기서 높은 값이란 단순히 경제적인 능력만을 뜻하는 것은 아닙니다. 사회적인 권력을 포함하죠. 그래서 돈만 많다고 누구나 VIP로 가입할 수 있는 건 아닙니다. 까다로운 내부 심사 기준을 모두 충족한 분들만을 대상으로 비밀리에 운영하고 있죠."

어안이 벙벙했다. 마치 드라마 같은 일이 이곳에서 실제 벌어지고 있었다.

"이미 본부장님께 연봉이나 전용 차량에 대해서는 들었죠? 또 하나, 수습 2개월을 완료하는 시점부터 특수 인화지 열 장이 지급되는 것도요. 여기서 중요한 것이 있습니다."

그는 잠시 숨을 고르더니 다시 말을 이었다.

"수습 2개월 이후 정식 파견직 직원이 되기 위해서는 의뢰인과 그 가족의 평가가 절대적으로 중요합니다. 윤시우 씨 같은 경우에는 의뢰인 김시진 사장님과 사모님, 따님이 평가자로 지정되어 있네요."

그 집 가족들에 의해 나의 회사 커리어, 어쩌면 인생까지 좌우된다는 말인가? 이 혜택을 계속 누리려면 꼼짝없이 그들 말에 따를 수밖에 없는 구조다. 재벌가 집안의 불합리한 요구도 수용해야 하는 대기업 직원들처럼. 그런 게 싫어서 공기업에 들어온 건데.

"이게 정말 가능한, 아니 해도 되는 일인가요? 많이 좀 혼란스럽네요."

그는 충분히 예상한 반응이라는 표정이었다. 그의 눈빛에도 전혀 흔들림이 없었다.

"다들 처음에는 그런 식으로 반응하죠. 하지만 막상 일을 시작하고 나면 별로 다를 바 없을 거예요. 직장 상사의 명령과 지시에 따를 것이냐, VIP의 요구 사항에 맞출 것이냐, 그 차이뿐인 거예요. 불합리한 것이 사라질 순 없죠. 윤시우 씨가 을이 아닌 갑이 되는 상황은 본래부터 존재하지 않았기 때문이죠."

굳이 저렇게 기분 나쁘게 표현해야만 하는 건가. 본부장이 했던 말을 다시 떠올려보았다. 분명 원치 않는 미래를 보게 된 사람들에게 새로운 기회를 주는 일이라 했다. 그 '사람들'이 단지 내가 생각하는 '사람들'과 대상이 달랐을 뿐. 그가 날 속인 것은 없었다.

"네, 일단 알겠습니다."

여기까지 온 이상 그대로 받아들일 수밖에 없었다. 결국 모든 것은 김 사장과 그 가족들이 어떤 사람들이냐에 달렸다. 제발 상식적이기를 바랄 뿐.

그때 회의실 밖에서 하이힐 소리가 멈추더니 누군가 노크를 했다. 이 실장의 들어오라는 말에 한 여자가 문을 열고 회의실 안으로 들어왔다. 깔끔한 검은색 정장 차림의 젊은 여자로, 우아하면서도 프로페셔널한 분위기가 났다. 일을 맡기면 뭐든 철두철미하게 처리할 듯했다. 설마 이 사람도 우리 회사 직원인가?

"기본적인 설명은 다 한 것 같네요. 이분은 앞으로 윤시우 씨의 스타일링을 담당할 한시아 씨예요. 인사 나누시죠."

스타일링? 이 맥락에서 무슨 뜻인지 알 수 없었다. 우선 나도 자리에서 일어나 서로 가볍게 인사를 나눴다.

"시아 씨, 여기 카드 받아가요. 금일 한도 600만 원 내에서 자유롭게 골라도 돼요. 일단 고객 미팅 시 착용할 정장하고 구두 좀 같이 골라주세요. 넥타이는 사모님 취향에 맞는 걸로."

"네, 알겠습니다."

스타일링이란 게 결국 나를 꾸며주겠다는 말 같았다.

"지금 제 정장과 구두를 말씀하시는 거지요? 옷은 집에 충분히 있고, 구두도 새로 산 지 얼마 안 되었습니다만……."

한순간 고요한 정적이 흘렀다. 그러더니 이준과 한시아가 어이없다는 듯 동시에 웃음을 터뜨렸다.

"설마 지금 입은 옷이랑 구두 같은 걸 말하는 거예요?"

한시아가 미간을 찡그린 채 나를 위아래로 훑어보더니 말했다.

"지금 입은 옷이 뭐가 잘못되었나요?"

"아니요, 그런 뜻은 아니고요."

그녀의 표정에 어딘지 거만함이 담겨 있었다.

"부담 가질 필요 전혀 없어요. 어차피 고객 분들이 낸 특별 기탁금으로 구매하는 거니까요. 정부 세금도 아니고요."

이번엔 이준이 말했다.

"아니, 그래도……."

"당장 내일 오후 2시에 사모님과 첫 미팅이 예정되어 있습니다. 뭐든 첫인상이 가장 중요한 거 아시죠? 오늘은 한시아 씨와 백화점에 들렀다 바로 퇴근해도 좋아요. 집에 가서 자기 전에 팩도 좀 하고요."

우물쭈물하는 사이, 한시아가 먼저 회의실 문을 열었다.

"얼른 정리하고 나오세요. 밖에서 기다릴게요."

이 모든 것이 정말 실제 일어나고 있는 일인가? 하룻밤 사이에 도무지 믿기 어려운 일들이 벌어졌다. 유이든 지호든 누군가에게 터놓고 이야기라도 하고 싶었다. 하지만 파견직과 관련된 모든 것은 기밀이라고 했다. 이 실장은 설령 우리 회사 직원일지라도 파견직 업무에 대해서는 절대 누설해서는 안 된다고 신신당부를 했다. 우리 팀 팀장조차 파견직 업무를 전혀 몰랐던 이유가 여기 있었다.

어제는 태어나서 처음으로 수백만 원을 호가하는 명품 정장을 샀다. 오늘 오전에는 강남 사무실로 첫 출근을 하여, 한시아 씨로부터 메이크업과 헤어 스타일링을 받았다.

"이렇게 하니까 완전 다른 사람이죠?"

그녀의 말대로 거울 속 내 모습이 낯설게 느껴졌다. 마치 연예인이라도 된 기분이다. 유이가 이 모습을 본다면 뭐라 말할까? 오전 업무라고는 오로지 의자에 앉아 머리 손질과 화장을 받는 일뿐이었다. 이러고도 연봉은 배로 받는다니. 어안이 벙벙해진 상태로 있는데, 그녀가 휴대폰으로 무언가를 확인했다.

"사모님이 시더우드와 머스크향이 나는 프레데릭 말 향수를 좋아하시네요."

오늘 의상부터 넥타이, 헤어 스타일까지 VIP 사모님의 취향에 맞추었다. 마지막으로 그녀의 취향에 맞는 향수까지 뿌리며 마무리. 하루아침에 전혀 다른 직업으로 바뀐 기분이다.

점심은 회사 근처 식당에서 혼자 초밥을 먹고 왔다. 고급 일식당이라 평소 같으면 못 갈 곳이지만 강남 사무실은 직원 식비까지 지원해주었다. 이곳에서는 다른 직원들과의 교류가 원칙적으로 금지되어 있었다. 친분이 쌓이다 보면 사적인 얘기를 하게 되고, 그러다 보면 서로 담당하는 VIP의 사생활을 누설할 수 있다는 이유에서였다. 앞으로도 점심은 항상 혼자다.

식사를 가볍게 마치고 전용차에 올라탔다. 첫 미팅을 위해 VIP의 자택이 있는 한남동으로 향하는 중이었다. 휴대폰 진동이 울려서 무심코 보니, 유이의 메시지였다. 연락이 안 된 지 나흘 만이었다.

－연락 안 돼서 답답했지? 내가 너무 감정적으로 굴었어. 미안해……. 괜찮다면 오늘 만나자.

유이의 문자를 보니 마음이 놓였다. 퇴근 후에 만나기로 약속을 잡고, 한결 가벼워진 마음으로 액셀을 밟았다.

* * *

서울 한복판에도 이런 집이 있었단 말인가. 저택은 내부를 전혀 엿볼 수 없도록 철옹성처럼 높은 담벼락으로 가려져 있었다. 50대 초반으로 보이는 가사 도우미가 나를 맞이하기 위해 정문까지 나왔다. 마치 오래전부터 이 집에 있었던 것처럼 몸의 작은 움직임 하나하나까지 익숙해 보였다.

안으로 들어서자, 넓은 정원과 연못이 가장 먼저 눈에 들어왔다. 모든 곳이 세심하게 잘 손질된 느낌이었다. 마치 영화 속 유럽의 어느 저택에 온 기분. 그녀를 따라 조금 걷자, 웅장하고 기품 있어 보이는 이층집이 눈에 들어왔다. 이런 집에서 살면 대체 어떤 기분일까? 그녀의 안내에 따라 집 안으로 들어섰다.

"잠시, 여기 앉아 계세요."

거실 크기가 우리집만 했다. 소파에서 바깥 정원을 조망할 수 있게 한쪽 면이 커다란 통유리로 되어 있었다. 소파에 앉아 주변을 둘러보니, 가구부터 가전까지 온통 고급이었다. 마치 다른 세상에 온 것 같은 기분.

"안녕하세요. 윤시우 씨 맞으시죠?"

여기저기를 훔쳐보듯 둘러보고 있을 때였다. 갑자기 내 이름이 불리는 바람에 놀라서 움찔하고 말았다. 재빨리 자리에서 일어나 소리가 나는 방향으로 몸을 돌렸다.

"안녕하세요. 오늘부터 고객님 가족을 담당하게 된 윤시우라고 합니다."

이 실장이 코치한 대로 90도로 허리를 깊이 숙여 첫인사를 했다. 그녀는 내가 상상하던 회장 사모님의 모습과는 전혀 딴판이었다. 기껏해야 30대 초중반으로 보이는 나이. 배우라 해도 믿을 정도로 아름다운 얼굴과 몸매. 대학원생 딸이 있다고 들었는데, 이게 현실적으로 가능한 일인가?

"어떤 분이 오실지 어젯밤부터 설렜는데 기대만큼 멋진 분이 오셨네요."

그녀는 진심으로 나를 반가워하는 표정이었다.

"감사합니다. 올해 처음 진행하신다고 하셨죠?"

이 고객의 가족은 이전에 VIP 서비스를 이용한 적이 없다고 들었다. 신규 고객인 셈이다.

"맞아요. 시우 씨도 저희가 처음이라 들었는데."

"VIP 담당 업무는 처음입니다."

"서로 모르는 게 있더라도 앞으로 같이 힘을 모아서 잘 지내봐요."

그녀는 티 없이 해맑게 웃으면서 말했다. 정말이지 순수해 보이는 표정. 괴팍하고 까칠한 사모님이면 어떡하나 잔뜩 긴장한 채 온 게 무색할 정도다.

"우선 요구 사항을 말씀해주시겠습니까?"

"그렇게 서두르지 마요."

그녀가 미간을 살짝 찌푸리며 말했다. 너무 빨리 본론으로 들어갔나?

"일단 서로에 대해 천천히 알아가도 좋잖아요. 급할 것도 없는데."

이번에는 수줍은 듯 미소를 띠며 말했다. 마치 이성을 유혹하는 듯한 태도가 자연스레 몸에 밴 사람 같았다.

오늘 아침 이 실장이 몇 가지 당부 사항이 적힌 서류를 건네주었다. 거기에는 고객 응대의 원칙이 몇 가지 적혀 있었다. 고객 방문 시에는 반드시 검은 정장을 착용한다, 항상 웃는 얼굴과 부드러운 말투를 유지한다, 매너 있게 행동한다, 고객의 요구 사항은 최대한 맞춰준다 등이었다.

"죄송합니다."

"아니, 사과를 받으려 그랬던 건 아니에요. 그렇게 딱딱하게 대하지 말고요. 저를 좀더 편하게 생각해주셔도 좋아요."

오늘 처음 봤는데 편할 리가 없었다. 괜히 내 반응을 떠보려는 걸까? 편하게 대하라는 말을 곧이곧대로 믿고 선을 넘었다가 금세 돌변하는 사람을 많이 봐왔다. 하지만 어쩐지 그녀의 말은 다르게 들렸다.

이 큰 저택에서 혼자 낮시간을 보내는 게 따분해서일까? 그녀에게는 미래 사진이 아닌 대화 상대가 필요한 듯 보였다. 그녀의 뜻대로 한동안 가벼운 대화를 나눴다. 시시콜콜한 이야기를 나누는데도 그녀의 웃음이 멈추지 않았다.

"시우 씨, 생각보다 재밌으시네요."

한참이 지난 후에야 본론으로 들어갈 수 있었다. 우선 언제 인화지를 쓰고 싶은지 물어보았다.

"음…… 남편 관심사는 오로지 아들이에요. 이제 여덟 살이거든요. 민재한테 다음 날 일어날 일을 미리 알면 좋을 거 같아요."

"매일 정기적으로 알고 싶으시다는 거죠?"

"네, 맞아요. 혹시 학교에서 넘어져서 무릎이라도 다칠지 전날 미리 알면 좋을 것 같아요. 도우미 아주머니한테 말해서 잘 살피라고 지시하게요."

그러니까 정리하자면 아들의 가벼운 찰과상을 피하기 위한 목적으로 매일 한 장씩 인화지를 쓰고 싶다는 말이었다.

"아, 그리고 또 있어요. 10년 후도 알 수 있으면 좋겠어요. 남편이 아들은 최소 의사나 검사를 시키려 하거든요. 10년 후면 열여덟 살이겠네요. 고등학생이 되어도 공부를 잘하고 있는지 계속 지켜보면 좋을 거 같아요."

"이것도 매일 원하시는 건가요?"

"당연하죠."

그럼 아들을 위해 매일 두 장씩 인화지를 쓰겠다는 것이었다. 사실 VIP는 무제한으로 인화지를 쓸 수 있었기 때문에 아무 문제는 없었다. 다만 그 순간 자식의 블랙아웃을 보고 오열하던 여자의 얼굴이 떠올랐다. 단 한 번의 기회 밖에 없었던 여자. 왠지 그 울음소리가 자꾸 귓가에 맴도는 것만 같았다.

"아드님은 그 정도로 된 것 같고. 사모님은 어떤 걸 원하세요?"

그녀가 아무 말 없이 나를 빤히 쳐다보았다. 얼굴에 뭐가 묻었나 싶어 손으로 양볼을 짚어보았다.

"저는 일주일 후를 알고 싶어요."

그녀가 표정 변화를 감추려는 듯 무미건조한 어조로 말했다.

"일주일 후요?"

먼 미래도 아니고 굳이 일주일 후를 알려는 이유가 궁금했다.

"네, 일주일 후 저녁 8시 정도면 좋을 것 같아요. 그때 보통 남편이 퇴근해서 집에 있을 테니까."

"매일 일주일 후 저녁 8시를 확인해드리면 되는 거죠?"

요구 사항을 다시 한번 확인하자 그녀가 고개를 끄덕이며 말했다.

"네, 맞아요. 꼭 그 시간이어야 해요. 무슨 일이 있어도 다른 시간은 절대 보면 안 되고요."

대체 뭘 원하는 것인지 영문을 알 수 없었다. 다른 시간은 왜 또 절대 안 된다는 거지? 하지만 그 이상 묻는 것도 예의는 아닐 거란 생각에 입을 다물었다.

"그럼 마지막으로 촬영만 진행하면 될 것 같습니다."

일반적으로는 고객이 꼭 우리 회사를 방문해야 미래 사진을 찍을 수 있었다. 하지만 VIP에 대해서는 이것조차 예외였다. 이미 촬영을 위한 필름 카메라를 챙겨왔다.

사진은 그녀가 거실 소파에 앉은 상태 그대로 찍었다. 처음 찍는 미래 사진일 텐데도 당황한 기색 없이 자연스러웠다. 그저 집 안에 앉아 있는 것뿐인데, 마치 연예인의 화보 같은 포즈가 나왔다. 사진가라면 모델이 아까워서라도 사진을 몇 장 더 찍고 싶게 만들 정도였다.

"이제 아드님 사진만 찍으면 되겠네요."

그녀가 도우미에게 지시하자, 도우미가 곧장 방에서 아들을 데려왔다. 그 또래 남자아이답지 않게 수줍음이 많은 아이 같았다. 도우미와는 사이가 좋은지 그녀의 몸에 찰싹 달라붙어 있었다. 아들을 따로 떼어내고 나서야 겨우 사진을 찍을 수 있었다.

촬영을 끝으로 고객과의 첫 미팅을 무사히 마쳤다. 정작 김 사장의 요구 사항은 없다는 게 조금 의아했다. 부인이 매일 한 장, 아들이 두 장이었다.

강남 사무실로 돌아가 이 사진들만 인화하면 오늘 업무는 끝이다. 주어진 일만 마치면 퇴근 시간도 비교적 자유로웠다. 세상에 이렇게 한가한 꿈의 직장이 존재했단 말인가?

10

강남 사무실에는 인화실이 30개나 있었다. 이곳은 뭐든 과하다. 넓은 인화실은 1인이 단독으로 사용하게 되어 있었다. VIP의 사생활을 철저하게 보호하기 위해서다. 1층 대기실에서 비어 있는 인화실을 확인하고 예약 후에 사용할 수 있는 시스템이었다. 사무실로 돌아와서 인화실 현황을 살펴보니, 13개가 비어 있었다. 2층에 있는 7번 방을 예약했다.

엘리베이터 앞에서 올라가는 버튼을 누른 채 기다리고 있었다. 잠시 후 문이 열리자, 마스크를 쓴 키 큰 직원이 엘리베이터에서 빠르게 내렸다. 마치 나를 투명인간 취급하듯 서로 간에 눈 마주침조차 없었다.

강남 사무실 내에서는 항상 마스크를 쓰고 다녀야 했다. 다른 직원과는 서로 안면도 트지 말라는 뜻이었다. 모든 것이 고객 중심으로 돌아가는 곳이었다.

7번 방으로 들어와 먼저 아들의 사진 두 장을 인화해보았다. 첫 번째 사진은 이틀 후 오후 8시로 설정했다. 그래야 내일 오후 고객에게 사진을 전달할 때, 그다음 날 저녁의 모습을 보여줄 수 있었다. 점차 사진의 형상이 드러났다.

아들이 인상을 잔뜩 찡그린 채, 컵에 담긴 뭔가를 마시고 있다. 무슨 약이라도 먹는 건가? 한 낯선 남자가 무표정한 얼굴로 그 모습을 뒤에서 지켜보고 있었다. 괴상한 풍경이다. 다만, 아들의 얼굴이나 몸 상태를 봤을 때 넘어지거나 다친 흔적은 없어 보인다.

아들의 두 번째 사진은 10년 후 오후 8시로 설정했다. 그때라면 고등학교 2학년에 올라가기 직전의 겨울 방학일 것이다.

사방이 가로막힌 좁은 공간 안에 책상과 스탠드만이 놓여 있다. 프리미엄 1인 독서실 같은 건가? 아들은 거기에 앉아 공부 중이었다. 문제가 잘 안 풀리는지 표정이 썩 좋진 않았다. 일단 이 사진도 큰 문제는 없어 보였다.

이번에는 부인이 원한 사진을 인화할 차례였다. 요청한 시간대로 설정하고 인화했다.

부인은 거실 소파에 앉아 남편과 대화를 나누고 있었다. 나이 차가 많아 보여 부부라기보다는 아빠와 딸에 가까워 보인다. 어쨌든 두 사람의 표정 모두 나쁘지 않다. 특히 부인의 얼굴에 미소가 만연해 있다. 별다를 것 없는 평온한 일상의 모습이다.

그런데 부인은 왜 이 사진을 원한 걸까? 대체 이런 걸 매일 확인할 필요가 있을까? 여전히 의문이 풀리지 않은 채 남아 있었다.

* * *

    일을 마치고 성수동에 있는 파스타 집으로 이동했다. 유이와 만나기로 한 장소다. 그날 그렇게 헤어진 뒤 처음 만나는데다, 월급도 꽤 오른 기념으로 TV에 몇 번 출연한 적이 있는 셰프의 레스토랑으로 예약해두었다. 레스토랑 주차장에 차를 대고 있는데 유이가 식당을 향해 걸어오는 모습이 보였다.

    "유이야."

    내가 부르자 그녀는 '잘못 들었나' 하는 표정으로 내 쪽을 바라보았다. 평소와 큰 차이는 없는데도 어딘지 초췌해 보였다. 그녀가 나를 향해 걸어오며 말했다.

    "그 차는 뭐야?"

    "아, 회사 차야. 파견직 업무 시작하게 되었거든."

    내 얼굴을 유심히 보던 그녀가 미간을 살짝 찌푸렸다.

    "설마 화장도 했어? 머리도 그렇고. 완전 다른 사람이 됐네."

    "어, 어쩌다 보니 그렇게 됐어."

    화장한 모습을 보이는 게 쑥스러워 살짝 고개를 숙였다.

    "이럴 줄 알았으면 나도 좀 꾸미고 나올 걸 그랬네."

    유이의 표정이 썩 좋지 않았다.

    "안 꾸며도 예쁜데, 뭘."

    하지만 그녀는 내 말에 아무런 반응도 하지 않았다. 식사하는 내

내 느낄 수 있었다. 그녀의 태도가 평소와는 다르다는 것을.

"지난달에 본 면접, 어제 결과 나왔거든. 결국, 또 떨어졌어."

유이의 스펙이 결코 취업에 유리한 편은 아니었다. 블라인드 채용이라곤 하지만, 회사들도 볼 건 다 보고 있었다. 딱히 내세울 강점은 없는데다 휴학이 잦아 나이까지 많은 편이었다. 여성이라는 점 또한 취업엔 불리하게 작용한다. 요즘 같은 세상에 성차별이 어딨냐며 큰소리들 치고 있지만.

"백 번을 떨어져도 하나만 붙으면 되니까. 그리 걱정하지 말아. 네 진가를 알아보는 회사가 나타날 거야, 곧."

"오빠는 가장 가고 싶었던 회사에 한 번에 붙었잖아. 잘될 사람만 알아보는 거 아닌지 몰라."

그녀가 한숨을 크게 내쉬며 말했다. 입맛도 별로 없는지 파스타 양도 줄지 않고 있었다.

"잘될 사람은 무슨. 다 네 덕분이었지."

내가 미래발전공사 서류 전형에 합격했을 때, 유이는 마치 자기가 합격한 것처럼 기뻐했다. 면접 준비를 도와준다면서, 며칠 동안 인터넷에 떠도는 우리 회사 합격 후기를 모두 긁어모았다. 그 자료에 형광펜으로 밑줄까지 치면서 다시 다 정리를 하더니, 면접 예상 질문을 만들어주었다. 게다가 가장 까다로웠던 PT 발표 주제가 유이의 예상 문제에서 그대로 적중했다.

"파견직 업무는 어때?"

화제가 내 업무로 옮겨갔다. 사실 아직 자세한 이야기를 꺼내기는 조심스러웠다.

"뭐 그냥 비슷해. 여기서도 사진 인화하고 그런 거지."

"근데, 돈을 왜 그렇게 많이 주는 거야? 어두운 인화실에만 있는 거면 화장은 왜 시키는 거고?"

대충 얼버무리려 했지만 누가 봐도 이상한 점투성이였다. 좀더 성의 있게 둘러댈 필요가 있었다.

"아, 여기 지점 고객은 고위층들이 많아서 직원들도 더 관리를 시키더라고."

유이는 여전히 의심쩍다는 듯이 고개를 갸웃했다. 그러고 보니 이상했다. 유이가 그토록 무섭게 화를 냈던 미래 사진. 그녀는 그에 대해 함구하고 있었다. 의도적으로 그 주제는 피하고 있는 것이 분명했다. 무슨 속셈일까?

물론 나로서는 다행이었다. 지금은 뭐라 변명하기도 어렵다. 2개월 후에 특수 인화지를 받을 때까지 시간이 더 필요했다. 그녀의 미래를 확실히 알아낸 다음 모든 것을 밝히면 된다. 그때까지는 차라리 아무 일 없었던 것처럼 지내는 편이 낫다.

유이는 결국 파스타를 절반 이상 남겼다. 마음이 좋지 않은 모양이었다.

"집까지 바래다줄게."

비록 회사 차였지만 차가 생기면 꼭 여자친구를 집까지 바래다주고 싶었다.

"아니야, 그냥 지하철이 편해."

몇 번 더 붙잡았으나 그녀는 한사코 거절했다. 결국 근처 역까지만 바래다주고 차로 돌아왔다. 당분간 그날의 일로 상한 마음은 풀리지 않을 듯했다.

* * *

VIP를 상대하는 업무에는 생각보다 쉽게 적응할 수 있었다. 낯선 남자가 지켜보는 앞에서 매일 이상한 액체를 마시는 아들의 사진은 여전히 적응하기 어려웠지만 말이다. 일을 시작한 지 2주 정도 지나자 긴장도 많이 풀어졌다. 고객 미팅 시간은 대개 오후 두세 시 정도로 잡혔다. 부인의 요청에 따라 유동적이었으나 큰 변동은 없었다.

내가 할 일은 단지 매일 세 장의 사진을 분석하여 솔루션을 제시하는 것이었다. 사실 부인의 사진은 어떤 코멘트를 할 것도 없었다. 거의 매일 같은 사진의 반복이었다. 남편과 거실에 앉아 와인을 마시거나 과일을 먹는 모습. 남편과의 사랑을 매일 확인하고 싶은 걸까?

아들의 사진은 가끔 솔루션이 필요한 때가 있었다. 한번은 얼굴에 가벼운 상처 자국이 보였다. 분명 어디서 넘어졌거나 부딪힌 흔적이었다. 무슨 일로 다쳤는지 알아내기 위해 시간대별로 추가적인 인화 작업에 돌입했다. 인화지를 네 장이나 더 사용한 끝에, 학교 운동장에서 친구와 장난치다가 넘어져서 생긴 상처라는 것을 알아냈다.

"내일 오후에는 학교에 가서 아들이 넘어지지 않도록 살펴봐주세요."

부인은 직접 아들을 돌보는 경우가 거의 없었다. 대개 가사 도우미에게 지시를 내렸다. 부인에게 아들의 미래 사진을 설명해주어도 건성으로 듣는 티가 났다. 머릿속으로는 딴생각을 하고 있는 듯했다. 항상 도우미에게 다시 한번 설명해주라는 말뿐. 그녀의 관심사는 오로지 자신의 일주일 후 사진을 확인하는 것뿐이었다. 별다를 바 없는 똑같은 그 사진.

아들의 10년 후 미래 사진에도 솔루션을 적용해야 할 때가 있었다. 아들의 표정이 유난히 어둡거나 정처 없이 밤거리를 배회하는 날. 그날 다른 시점의 사진들을 인화해보면 그 원인을 알 수 있었다. 대개는 시험 결과가 좋지 않아서인 경우가 많았다. 시험 점수가 평소보다 조금이라도 낮게 나오면 그 사실을 부인에게 즉각 알려야 했다.

"혹시 틀린 문제까지 알아낼 수 있나요? 과외 선생님한테 그 부분 좀 지금부터 확실히 해두라고 하려고요. 애 아빠가 특히 수학은 무조건 만점을 받아야 한다고 했거든요."

이런 이유로 인화지를 쓰겠다는 생각이나 고등학생이 되어 틀릴 문제를 여덟 살 아이한테 미리 가르치겠다는 생각도 상식적으로 보이진 않았다. 하지만 무엇보다 이상한 건 매일같이 아이가 인상을 찡그린 채 마시는 무언가와 이를 지켜보는 남자의 모습이었다.

"아드님이 표정을 찡그리고 있던데, 뭘 먹고 있는 건가요?"

또다시 같은 사진을 인화한 다음 날, 바로 부인에게 물어봤다.

"아, 그거요. 물범탕이라고 아이 집중력 높여주는 거예요. 머리에 좋은 건데, 애가 잘 안 먹으려 드네요."

물범탕? 예상치 못한 이름을 듣고는 내용물이 상상되어 눈살이 찌푸려졌다.

"대치동에서 고3 수험생들한테 인긴데, 우린 빨리 시작했죠. 캐나다산 물범에다 철갑상어, 캥거루 꼬리까지 온갖 좋은 재료가 다들어가거든요. 시우 씨도 한잔 드릴까요?"

재료를 듣고는 나도 모르게 인상을 찌푸리며 고개를 저었다.

"괜찮습니다. 뒤에 서 있는 사람은 누군가요?"

"아, 그 사람이오. 민재 웨이커(Waker)예요. 이번에 새로 뽑았죠."

알고 보니, 민재에게는 자기 방 말고 지하실에 공부방이 따로 있었다. 일명, '생각의 방'이라 불리는 곳이었다. 다른 방해 받지 말고 공부에만 집중하라고 김 사장이 초등학교 입학 기념으로 마련해준 공간이었다. 그곳은 외부의 모든 소리가 완벽하게 차단되어 있었다.

사진 속 남자의 정체는 웨이커. 쉽게 말해, 아이가 공부하는 것을 뒤에서 감시하는 역할이다. 혹시 아이가 잠들기라도 하면 바로 몸을 흔들어 깨운다. 그것도 매일 새벽 2시까지.

서로 잘 알지도 못하는 사이에 뭐라 조언을 하기엔 부담감이 컸다. 결국 2주가 지나고 나서야 부인에게 한마디 건넬 수 있었다.

"사모님, 이러다 민재가 완전히 공부에 질려버릴까 솔직히 겁이 좀 나네요. 이제 겨우 1학년인데 이렇게까지 감시하며 공부를 시키는 건 아드님한테 스트레스가 상당할 것 같아요."

내가 계속 다그치자 부인도 조금 고민하는 척했다. 하지만 뭐가 문제인지는 인식하지 못하는 듯했다.

"그럼 이번 3월 모의고사 때까지만 이대로 해보죠. 성적이 잘 나오면 그때는 방식을 바꾸는 것도 고민해볼게요."

"네, 꼭 그러는 게 좋을 것 같아요."

하지만 그녀의 표정을 보니 내 조언을 진심으로 받아들이는 것 같진 않았다.

"시우 씨, 항상 고마워요."

그녀가 나를 빤히 쳐다보면서 말했다. 조금 부담스러운 눈빛이었다.

"아직 2주밖에 안 됐지만요, 시우 씨한테는 분명하게 느껴져요. 우리 가족을 진심으로 위하는 마음이."

진심이라기보다는 단지 아동 학대에 가까운 행위를 멈추고 싶었을 뿐이었다.

"아닙니다. 저는 단지 해야 할 일을……."

그 순간 그녀가 양손으로 내 손을 감쌌다. 따뜻한 온기가 느껴졌다. 평생 고생이라곤 안 해본 듯 매끄러운 손. 부엌에서 걸어 나오던 도우미가 그 모습을 보더니 고개를 숙인 채 뒷걸음질쳤다. 설마 무슨 오해를 한 걸까? 괜히 죄를 지은 기분이 들었다.

"아, 그리고 오늘 제 사진은 인화하지 않아도 돼요. 하지 말아주
세요. 잊지 말고요."

부인이 내 손을 꼭 움켜쥔 채 말했다. 그녀가 자신의 일주일 후
사진을 원치 않은 건 이날이 처음이었다.

11

미팅을 마치고 여느 때처럼 강남 사무실로 돌아왔다. 빈 인화실로 들어가 앉아 불은 켜지 않은 채 가만히 눈을 감았다. 이렇게 조용히 있으면 머릿속을 정리하기 좋았다.

업무에 적응하고 여유가 생겨 그런지 문득 예전 기억이 떠올랐다. 이제 한 달 반쯤 지나면 다시 입학식 시즌이다. 올해는 입사 후 처음으로 아이들의 대학 입학식 사진을 인화하지 않아도 된다. 월급이나 차 말고도 파견직의 장점이 하나 더 있는 셈이다. 이제 끔찍한 악몽에서도 완전히 벗어날 수 있는 걸까?

시선이 인화실 구석에 탑처럼 쌓인 수천 장의 인화지에 가닿았다. 그러자 블랙아웃을 당한 딸의 어머니를 위해 다섯 장의 인화지를 훔쳤던 일이 떠올랐다. CCTV 케이블까지 끊어가며, 혹시라도 발각될까 조마조마했던 기억.

기껏해야 다섯 장인데. 쓸쓸한 웃음이 나왔다. 세상엔 아무 거리낌 없이 수천 장의 인화지를 물처럼 써댈 수 있는 사람들이 있었다.

　VIP를 직접 만난 건 그로부터 일주일 후였다. 한 달 가깝게 이 집을 오가면서 정작 김 사장을 만날 일은 없다는 게 의아했다.

　미팅 시간을 정하는 것은 고객의 고유 권한이었다. 이날은 부인이 평소보다 몇 시간 늦은, 오후 5시에 만나기를 원했다. 늘 그렇듯 부인과 인화한 사진들에 대한 이야기를 거의 마칠 때쯤이었다. 특별한 이슈가 없으면 30분 이내로 끝난다.

　현관 쪽에서 말소리가 들려 자연스레 고개를 돌리니 50대 중후반으로 보이는 남자가 거실로 들어왔다. 허튼 농담은 절대 받아주지 않을 것처럼 엄격해 보이는 인상에 체격은 그 나이대치고 좋은 편이었다.

　그 뒤를 따라 내 나이쯤 되어 보이는 검은 정장 차림의 남자가 들어왔다. 운동을 좀 한 듯 다부져 보였는데, 나를 발견하고는 바로 경계하는 눈빛이 되었다. 인상이 썩 좋지 않았다.

　"일찍 오셨네요."

　부인이 반갑게 웃으면서 종종걸음으로 그에게 다가갔다. 역시 아빠와 딸이지, 아무리 봐도 부부 같지는 않았다. 김 사장이 인상을 찌푸린 채 나를 힐끔 보더니 그녀에게 말을 걸었다.

　"누구야?"

　"아, 미래발전공사 직원분이에요."

　그 말을 듣고 나서야 김 사장의 표정이 조금 누그러졌다.

"윤시우라고 합니다. 인사가 많이 늦었습니다."

"아, 집사람한테 얘기는 많이 들었소. 가족들 일로 수고가 많다고."

"아닙니다."

김 사장 뒤의 남자는 아직도 매서운 눈빛으로 나를 노려보고 있었다.

"바쁘지 않으면 식사라도 같이하고 가시는 게?"

예의상 던지는 말일지 몰랐다. 일단 사양하는 편이 나을지도.

"돌아가서 처리할 일이 좀 남아 있습니다."

"그러지 말고 같이 먹읍시다. 이렇게 볼 기회가 자주 있는 것도 아니고."

묘하게 강한 압박을 주는 말투였다. 그룹 사장의 카리스마가 이런 것인가. 이렇게까지 말하니 그의 뜻에 따를 수밖에 없었다.

"자네는 이제 가보게. 수고했네."

그림자처럼 김 사장의 뒤를 지키던 남자는 90도로 인사하더니 현관 쪽으로 발을 돌렸다. 나가는 모습을 가만히 지켜보고 있으니 나를 다시 한번 힐끗 쳐다보았다.

"저분은 누구인가요?"

그 남자가 사라진 후에 부인에게 물었다. 역시나 느낌이 좋지 않은 사람이다.

"아, 남편 운전 기사이자 비서예요."

저녁 메뉴는 연어 스테이크였다. 도우미가 부엌에서 직접 만든 요리를 식탁으로 나르고 있었다. 연어가 익는 향이 코끝을 자극했다.

"술도 한잔하겠나?"

김 사장이 당연하다는 듯 말을 놓았다. 김 사장의 맞은편으로 내가 앉고, 부인은 아들과 마주 보고 앉았다. 김 사장의 지시에 따라 도우미가 와인을 한 병 들고 왔다. '솔라이아'라고 적힌 이탈리아산 레드 와인이었다.

"아버지가 변호사라 했던가?"

그렇게 말한 적은 없으나 분명 회사에서 직원 개인 정보를 넘겨주었을 것이다.

"네, 맞습니다. 공익 변호사로 활동하고 계십니다."

"좋은 일 하시는구먼."

그다지 관심이 없어 보이는 말투다. 접시에 놓인 연어를 잘라 한입 물었다. 부드럽고 촉촉한 식감이 일품이었다.

"일한 지는 얼마나 되었고?"

"인화팀에서 3년 정도 일했습니다. 파견직은 이제 막 한 달 되었고요."

"그 정도면 사진을 인화하는 데는 도가 텄겠구먼. 사실 나도 젊어서부터 사진 찍는 게 취미라네. 필름 사진 인화는 많이 못해봤지만."

사실 나에게 사진은 취미가 아니었다. 기껏해야 휴대폰으로 유이 사진이나 찍어주는 게 전부였으니. 이 일을 하면서 자연스레 접하게 되었을 뿐이다. 전문적인 이야기로 들어가면 밑천이 드러날 게 뻔했다.

"아, 그러시군요. 카메라 장비에도 관심이 많으시겠네요."

스스로 사진이 취미라 말하는 중년 남자라면 대개 장비 자랑을 하고 싶어하리라. 가만히 자랑을 들어주는 방향으로 대화를 틀어버리는 편이 나았다.

"그렇지, 필름 카메라만 열다섯 대 정도 갖고 있으니. 국내에 몇 대 없는 희귀한 게 많아. 내가 가장 아끼는 모델은 1929년에 라이카에서 한정판으로 나온 럭서스 1이라네. 나중에 기회 되면 서재에서 한번 보여주지."

그의 말에 가볍게 고개를 끄덕였다. 그가 와인을 한 모금 맛보더니 말을 이었다.

"나도 옛날엔 암실에서 직접 인화하곤 했는데. 미래 사진이란 건 일반 사진하고 인화하는 방식이 좀 다른가?"

"네, 조금 차이가 있습니다. 과정이 제법 복잡한 편이라 따로 몇 개월 정도 익히지 않으면 원하는 시점의 사진을 건지기 어렵습니다."

"하긴, 미래를 본다는 데 같을 리가 없겠지."

그는 카메라나 사진, 내가 하는 일에 관심이 많아 보였다. 식사 내내 부인과 아들은 거의 아무 말 없이 접시에 놓인 음식만 먹고 있었다. 부인은 이따금 와인만 한 모금씩 들이켜며 우리 대화를 듣고 있었다.

부인이야 그렇다 해도 어린 아들까지 저렇게 조용히 있을 줄이
야. 김 사장이 엄격하게 훈육하고 있는 게 틀림없었다.

식사가 끝나고 김 사장은 먼저 방으로 들어갔다.

"미안해요, 남편이 갑자기 식사 제안을 해서 너무 늦어버렸네
요."

"아니에요. 덕분에 맛있게 잘 먹었어요."

그렇게 부인에게 인사하고 VIP의 집을 나섰다. 처음 맛본 고급
와인의 부드러운 잔향이 입안을 맴돌았다. 사무실로 돌아가 인화
까지 끝내고 집에 가면 늦은 밤이 될 터였다.

* * *

일이 이상하게 돌아가기 시작한 것은 그다음 날부터였다. 미팅
시간인 오후 2시에 맞춰 평소처럼 VIP의 집을 찾아갔다.

"시우 씨, 오늘은 할 얘기가 좀 있어요."

항상 할 얘기는 부인에게 있었다. 새삼스레 무슨 할 얘기가 더 있
다는 걸까.

"남편이 마음에 많이 들었나 봐요."

"네? 뭐가 마음에 들었다는 건지요?"

갑자기 무슨 말인지 도통 알 수 없었다.

"당신이오."

부인이 검지손가락으로 나를 가리키며 말했다.

"우리 딸 있는 거 알죠?"

그러고 보니 이 집에는 대학원생 딸도 있었다. 유일하게 아직 한 번도 얼굴을 못 봤지만.

"네, 사실 회사에서 고객님의 가족관계에 대해서는 미리 알려주었어요. 다만, 좀 의문이 가는 부분은 따님 나이가……."

궁금했던 점은 부인의 나이에 어떻게 대학원생 딸이 있을 수 있냐는 것이었다.

"제가 낳은 딸이 아니에요. 전 부인이 낳은 딸이죠."

그녀는 이미 내가 가진 의문을 간파하고 있었다. 하긴 김 사장 나이라면 재혼했을 가능성도 있었다.

"딸이랑 만나볼래요?"

"만난다는 게……?"

설마 우려하는 그런 의미는 아니기를 바랐다.

"만나보고 서로 좋으면 데이트도 하고 그런 거죠."

지금까지 그녀와 나눈 수많은 대화 중에 가장 난처한 제안이었다. 그녀는 이미 내게 여자친구가 있다는 사실도 알고 있었다. 그녀와 사적인 이야기도 자주 나누다 보니, 한두 번쯤 말했던 기억이 있었다.

"전에도 말씀드렸다시피, 만나는 사람이 있어서요."

"그냥 한번 만나기만 해봐요."

틀림없는 갑을 관계인데 이렇게 사적인 영역까지 침투하는 것은 비겁한 짓이다. 그녀는 마치 사탕을 사달라 조르는 아이같이 굴었다. 골치 아픈 일이었다. 지금까지 고객의 요구 사항이라면 다소 사적인 것일지라도 군말 없이 들어준 편이었다. 회사의 지침을 최대한 따르고자 노력했다. 그래야 정규 파견직이 될 수 있었으니까. 하지만 이것은 도를 지나친 요구였다.

"정중히 거절하겠습니다."

부인이 다소 언짢아할 수도 있었다. 하지만 여기서 단호하게 끊지 않으면 계속 요구할 게 뻔했다.

"이제 나 안 볼 생각이에요?"

그녀의 목소리에서 감정이 격해지는 것이 느껴졌다. 목 뒷덜미가 싸늘해졌다. 누군가에게 이런 거절을 받아본 적 없이 자기 뜻대로 살아온 사람 같았다.

"아니요, 그런 뜻이 아니라……."

"내 말 한마디면 우리 관계 끝인 거 알죠? 나는 시우 씨를 정말 가족처럼 생각했는데. 시우 씨는 내가 어렵게 용기 내서 처음으로 한 부탁을 그렇게 매몰차게 거절하는군요."

인턴 후 정규 파견직이 되기 위해서는 VIP의 평가가 절대적이었다. 충동적인 성격의 부인이 날 좋지 않게 평가하면 이대로 모든 게 끝이었다. 이제 한 달만 더 버티면 인화지를 얻을 수 있었다. 그런데, 이렇게 한순간에 모든 게 무너져버리는 걸까.

"쉽게 거절한 게 절대 아니에요. 저도 항상 사모님께 감사하게 생각하고 있습니다."

부인의 큰 눈동자에 눈물이 고이기 시작했다.

"내가 원한 것도 아니란 말이에요. 남편이 당신이 마음에 든대요. 딸을 꼭 소개해주라고 했단 말이에요. 남편 말을 따르지 않으면 제가 어떻게 될지 모른다고요."

김 사장의 얼굴을 떠올려보았다. 분명 화가 나면 걷잡을 수 없이 무서울 것 같은 인상이다.

아무리 그렇다 해도 부부 사이인데 이런 관계가 있을 수 있는 건가? 마치 그녀는 일방적으로 남편의 말에 복종해야만 하는 것 같은 인상을 풍겼다.

게다가 김 사장과는 어제 단 한 번 같이 식사를 했을 뿐이었다. 대체 뭘 보고 나를 딸에게 소개해주려는 걸까? 그 마음을 이해하기 어려웠으나 그의 뜻을 거절하기도 힘든 처지였다.

"그럼 딱 한 번만 만나보겠습니다."

다른 방법이 없었다. 이대로 모든 일을 망치지 않으려면. 이것이 나와 유이를 위한 길이라 생각했다.

"정말이죠?"

부인이 금세 울음을 그치더니 미소 띤 얼굴로 내 양손을 잡았다. 설마 가짜 울음이었던 건가? 그녀의 전 직업이 궁금해졌다.

"딸이 당신을 어떻게 생각할지 모르잖아요. 마음에 들지 않을 수도 있고. 그러면 자연스럽게 한 번의 만남으로 관계가 끝날 거예요.

내 말 들어줘서 정말 고마워요."

　도우미가 또다시 부엌에서 나오려다 발걸음을 멈추는 듯했다. 항상 부인이 내 손을 잡고 있는 타이밍에 나타나는군. 나는 정중하게 그녀의 손을 내려놓고 인사를 건넨 후 집을 나왔다.

12

—오빠, 일 끝났어? 난 지금 알바 가는 중이야. 이따 끝나고 연락
할게.

그사이 도착해 있던 유이의 메시지를 보니 마음 한구석이 더 먹
먹해졌다. 그녀는 취업 문제로 여전히 의기소침해 보였다. 그런데
도 가정 형편 때문에 아르바이트를 그만두고 취업 준비에만 집중
할 수도 없는 노릇이었다.

그동안 불합리해 보이는 고객 응대 원칙까지 순순히 따랐던 건
모두 그녀의 미래를 알아내기 위해서였다. 그런데 이젠 그녀를 위
한다는 명목으로 다른 여자를 만나야 했다. 이렇게까지 해야 하는
건가. 내 판단은 과연 옳은 걸까. 모든 게 혼란스러웠다.

답답한 마음에 연거푸 한숨을 내쉬고 있는데, 지호에게 메시지
가 왔다.

—오늘 바쁘냐? 술이나 한잔하자.

때마침 반가운 연락이었다. 지호에게 이런 이야기를 속시원히 터놓을 수도 없는 노릇이었으나 일단 집 근처에서 만나기로 했다.

약속 장소는 평소 단골인 화로구이 집이었다. 낡고 허름한 노포였으나 항상 인기가 좋은 편이었다. 문밖에도 사람들이 예닐곱 명 기다리고 있었다. 가게 안을 살펴보니 다행히 지호가 먼저 자리를 잡고 앉아 있었다. 이미 주문도 해둔 상태였다.

"일은 할 만하고?"

지호의 물음에 가볍게 고개만 끄덕일 뿐, 모든 것이 기밀이라 좀처럼 할 수 있는 말이 없었다.

"대체 무슨 일이기에 같은 회사 직원끼리도 말을 못 하게 하는 거야? 진짜 궁금해 죽겠네."

지호도 회사 사정을 이해하는지 집요하게 캐묻지는 않았다. 갈빗살을 구워먹으며 순식간에 소주 두 병 정도를 비웠다. 알딸딸하게 취하자, VIP의 딸을 만나야만 하는 사정을 털어놓고 싶었다. 하지만 있는 그대로 얘기할 수는 없었다.

"지호야. 만약에 너한테 여자친구가 있다고 생각해봐. 근데 아버지가 선 자리를 알아보신 거야. 중요한 고객 부탁이라 꼭 나가야 한다면 어떻게 할 것 같아?"

이야기를 약간 각색하여 꺼내놓았다. 지호는 들고 있던 젓가락을 멈춘 채 허공을 쳐다보며 생각에 잠겼다. 그러더니 금세 마음을 정한 듯 고기 한 점을 집으며 말했다.

"일단 나가볼 것 같아."

의외로 담담한 말투였다.

"여자친구한테는 어쩌고?"

"여자친구 몰래 나가는 거지. 알 리가 없잖아."

그렇게 쉽게 해결되는 문제였던가.

"근데 그걸 왜 묻는 거야? 너희 아버지가 선 자리 잡아주셨구나."

나는 긍정도 부정도 하지 않은 채 술잔만 바라보고 있었다.

"어떤 사람이기에?"

"뭐 돈 많은 집 딸인 거 같은데."

지호가 그 말을 듣자마자 인상을 찌푸렸다. 그러더니 이내 다시
히죽 웃으면서 말했다.

"그럼 뭐 더 좋을 수도 있겠네. 여차하면 갈아타면 되지."

지호가 원래 이런 애였나? 대학 때만 해도 꽤나 순수했던 걸로
기억하는데. 이제 사회 물을 많이 먹어서 그런가.

"됐다. 내가 알아서 할게."

역시 친구는 같이 술이나 마시는 게 좋다. 고민 해결은 결국 자기
몫이다.

"그래도 일단 나가기는 할 거지? 거절하긴 어렵나 보네."

지호가 집요하게 물어댔으나 어떤 대답도 할 수 없었다. 타오르
는 화롯불만 바라보고 있을 뿐이었다.

* * *

주말 중 하루는 유이와 만나서 데이트를 하는 편이다. 나머지 하루는 집에서 빈둥거리거나 다른 일정을 세우곤 했다. 이번 주는 토요일 낮에 그녀와 만났다. 유이가 좋아하는 일본 카레 집에서 점심을 먹다가 말을 꺼냈다.

"일요일엔 뭐 해?"

"낮에 취업 세미나 갔다가 저녁 때 하린이랑 보기로 했어."

"어디서 보려고?"

"아직 안 정했는데. 왜?"

"그냥……."

만일을 대비해 유이의 주말 스케줄과 동선을 미리 알아두는 편이 좋았다. 일요일에 VIP의 딸과 만나기로 했기 때문이다.

"오빠는 뭐 하려고? 집에서 쉴 거야?"

"아마도 그럴 것 같아."

표정 변화 없이 자연스럽게 거짓말을 하려고 애썼다. 아마도 눈치채지 못했을 것이다. 지금까지 이런 적이 한 번도 없었으니.

VIP의 딸과는 오후 6시에 서래마을에서 보기로 했다. 유이가 평소 자주 놀러 다니는 동네는 아니라 그쪽으로 정했다. 하린이가 그쪽에서 보자고 제안하지만 않는다면 우연히 마주칠 일은 없을 것이다. 꼭 그러기를 바랐다.

다음 날, 회사 차를 타고 서래마을의 한 프렌치 레스토랑으로 향했다. 주말에 자유롭게 전용차를 탈 수 있는 것도 파견직의 특권 중 하나였다. 레스토랑 앞 주차장에 도착하여 시간을 확인하니, 5시 50분이었다.

키가 180센티미터 후반은 되어 보이는 남자 종업원이 예약해둔 자리로 정중하게 안내해주었다. 레스토랑 안 깊숙한 곳 중 입구 쪽을 볼 수 있는 자리에 앉았다.

주말 저녁 시간이라 그런지 사람들이 한두 명씩 계속 가게 안을 채웠다. 아직 그녀의 얼굴은 모른다. 입구 쪽을 계속 관찰하고 있는데, 하얀 코트 차림을 한 미모의 여성이 들어왔다. 남자들에게 꽤나 인기 있을 타입이었다. 나이대를 보니 얼추 20대 중후반 정도 같았고, 옷이나 가방도 고급스러워 보였다. 저 여자일까?

웨이터에게 예약자 이름을 확인하는 것 같다. 이쪽을 한번 쳐다본다. 나와 눈이 마주쳤다. 그녀가 천천히 내 방향으로 걸어왔다. 자리에서 일어나 인사할 채비를 했다. 하지만 그녀는 내 바로 옆 테이블에 멈춰 서더니, 그 자리에 그대로 앉아버렸다.

휴대폰으로 시간을 확인해보니, 5시 57분이었다. 긴장된 마음으로 다시 입구 쪽을 보는데, 또 다른 여성이 문을 열고 들어왔다. 순간적으로 온몸이 오싹하면서 심장이 멎는 줄로만 알았다. 이게 대체 무슨 일인가. 하필이면 유이가 이곳으로 들어온 것이다.

평소와 다르게 화려하게 꾸민 차림이었다. 하린이랑 여기서 보기로 한 건가? 뭐라 얘기하면 좋을까? 고객과 갑작스레 미팅이 잡혔다고 해야 할까? 머릿속이 새하얘졌다.

당장 마주치지 않는 방법은 레스토랑 안에 있는 화장실로 대피하는 것뿐이었다. 눈을 마주치지 않기 위해 고개를 돌리고 조용히 자리에서 일어났다. 화장실 방향만을 응시한 채 한 걸음씩 발을 움직이는데, 누군가 다가와서 말을 걸었다.

"윤시우 씨 맞으시죠?"

고개를 돌려보니, 유이였다.

아니, 유이가 아니었다.

"김서연이에요."

유이를 쏙 빼닮은 얼굴이었으나 가까이서 보니, 어딘지 느낌이 미묘하게 달랐다. 유이가 수수한 느낌이라면 이 여자는 좀더 화려한 인상이랄까. 화장법부터 옷차림까지 꾸미는 스타일도 전혀 달랐다. 흔히 생각하는 학생답지 않게 화려하면서 우아한 스타일이었다. 코트 안에는 몸에 달라붙는 살구색 원피스를 입고 있었다. 얼핏 보아도 유이보다 볼륨 있는 몸매였다. 설마 이 여자가? 순간 떠오른 것이 있었다.

"네, 반갑습니다. 윤시우입니다."

화장실을 가려다 엉거주춤한 자세로 첫인사를 하고 말았다. 내 이름을 듣자, 그녀가 살짝 눈웃음을 지어 보였다. 웃는 모습도 유이를 꼭 빼닮았다. 혹시 도플갱어인가? 그렇지 않다면 이렇게까지 닮을 수 있는 걸까?

"어머니께 얘기 많이 들었어요. 가족 일로 요즘 고생 많이 하신다고."

"아니요, 제가 해야 할 일을 할 뿐이죠."

나도 모르게 그녀의 얼굴을 유심히 바라보게 되었다.

"뭐 묻었나요?"

"아, 아니에요."

그녀가 가방에서 거울을 꺼내더니 얼굴을 확인했다. 거울을 보는 그녀의 얼굴을 무심코 또 바라보았다. 도저히 믿기지 않았다. 메뉴판을 보는 내내 생각은 딴 곳에 가 있었다. 메인 요리로 그녀는 로스트덕, 나는 양갈비를 주문하고, 어울리는 와인도 한 잔씩 하기로 했다. 가격이 꽤 나올 것 같지만 어쩔 수 없었다.

"시우 씨는 어떤 스타일의 여자를 좋아하세요?"

최대한 예의는 갖추되, 적극적이지 않은 모습을 보이는 것. 이것이 오늘 만남을 위해 고심 끝에 생각해낸 전략이었다.

"이상형이라면…… 겉으로는 시크해 보여도 속은 따뜻한 사람이오."

애피타이저로 나온 양파 수프로 스푼을 가져가며 말했다. 사실은 유이를 떠올리며 한 말이다. 그 말을 듣더니 그녀가 수줍은 듯 미소를 지어 보였다.

"제가 자주 듣는 말인데…… 첫인상은 도도해 보이는데, 알고 보면 전혀 아니라고요."

그러고 보니 그녀도 유이와 첫인상이 비슷했다. 괜한 말을 해버리고 말았다. 외모는 비슷해도 목소리는 확실히 유이와 달랐다. 유이보다 약간 톤이 더 높은 편이었다. 곧 메인 요리가 등장했다.

"졸업 후에는 어떤 일을 하고 싶으세요?"

이상형이라든지 최근에 본 영화는 남녀 사이에 처음 만나 나눌 만한 대화 소재였다. 이런 유의 질문은 일부러 피할 생각이었다. 마치 지루한 표정의 면접관이 물을 것 같은 딱딱한 질문을 택했다.

"실은……."

그녀가 수줍은 듯 망설였다. 졸업 후 진로에 그렇게 부끄러워할 만한 게 있던가?

"미래발전공사에서 일하고 싶어요."

아, 그래서 그런 거였군. 입사 희망 회사의 현직자가 바로 눈앞에 앉아 있다 보니 주저한 것이다.

"뭔가 매력적인 것 같아요. 사람들의 미래를 볼 수 있다는 게."

다들 처음에는 그런 환상을 갖고 입사한다. 하지만 환상이란 깨지라고 존재하는 법. 누군지도 모르는 사람의 미래를 안다고 큰 감흥이 오지는 않는다. 처음에나 좀 신기할 뿐 결국, 직장의 본질은 어디든 비슷하다.

"네, 좋은 직장이죠. 서연 씨라면 충분히 들어올 수 있을 거 같아요."

그렇다고 그런 속내를 다 털어놓을 필요는 없었다.

"근데, 궁금한 게 있어요."

갑자기 그녀가 눈을 동그랗게 떴다.

"볼 수 있는 미래라는 게 10년 후의 어느 한순간이잖아요. 어쩌면 남들에게 숨기고 싶은 나만의 비밀스러운 뭔가를 하고 있을 수도 있고, 아니면 정말 운 없게도 화장실에서 볼일 보고 있는 모습이 찍힐 수도 있잖아요. 그런 것도 거기 직원들은 다 보고 있나요?"

이건 종종 들어본 질문이긴 했다. 주로 중고등학생 대상으로 진로 탐색 행사를 진행했을 때. 아직 생각하는 게 순수한 건가.

"네, 사실 다 보고 있어요."

솔직히 말하면 그렇다. 잔인한 범죄 현장을 본 적도 있으니. 우연히 샤워하는 모습이나 화장실에서 볼일 보는 모습도 당연히 찍힌다. 그래서 의뢰인들은 무척 고심해서 촬영 시간대를 결정한다. 최대한 많은 정보를 얻어낼 타이밍을 노리는 것이다. 아무리 그런다 한들, 10년 후를 예측하고 통제할 수는 없는 법. 아깝게 기회를 날리는 경우도 비일비재하다.

"그럼 혹시 시우 씨가 본 것 중에 가장 충격적인 장면은 어떤 것이었는지 말해줄 수 있나요?"

가장 충격적인 장면이라. 누군가의 블랙아웃이 그랬다. 그것 때문에 지긋지긋한 악몽도 시작되었으니.

하지만 그보다도 더 충격적인 장면을 최근 보고야 말았다. 아마 평생 잊지 못할 그 장면.

그것은 10년 후 크리스마스이브에 나와 함께 있는 여자의 정체였다. 바로 지금 내 눈앞에 있는 당신.

"인화하다가 살인 현장을 본 적이 있어요. 한번은 어떤 남자가 어두운 골목길에서 가로등 불빛 아래 한 여성을 무참히 살해하는 장면을 보았죠. 우리가 보통 살인 사건은 영화나 드라마에서나 보잖아요. 아무리 배우들이 명연기를 하더라도 실제 사람을 죽여본 경우는 없죠. 근데 이건 살인자가 사람을 죽이는 현장을 마치 생방송처럼 생생하게 지켜본 거죠."

그녀는 내 이야기에 완전히 몰입한 것 같았다. 홀린 듯이 내 눈을 바라보고 있었다.

"상대는 이미 피범벅이 된 상태였는데, 그는 다시 칼을 들어올리고 있었죠. 그때 살인자의 표정이 어땠을 거 같아요?"

그녀가 잠시 상상에 빠진 것 같았다. 살인자의 표정을 떠올리다 섬뜩한 듯 진저리를 쳤다. 아무 대답도 못 하기에 내가 말을 이었다.

"씨익 웃고 있었어요."

"거짓말."

그녀가 몸을 뒤로 튕기며 말했다. 이내 몸이 추워졌는지 양손으로 감싸 팔을 문지르기 시작했다. 너무 이야기에 집중하다 보니, 어느새 음식이 다 식어버렸다. 이 집의 양고기는 꽤 부드러운 편이라 그런지 식어도 맛이 좋았다.

레스토랑에서 디저트까지 마무리한 후에 밖으로 나왔다. 내일이 월요일이란 핑계로 오늘은 여기서 마무리하기로 하고, 그녀를 집 앞까지 바래다주었다. 매일 출근하는 VIP의 집에 그녀와 함께 간다는 것이 묘한 기분을 느끼게 했다.

"오늘 정말 즐거웠어요. 그 살인자 얘기가 너무 생생해서 오늘 밤 잠 다 잔 거 같아요."

집 앞에 막 도착할 무렵, 그녀가 일부러 울상인 표정을 지어 보이며 말했다.

"저도 즐거웠어요. 조심히 들어가세요."

최대한 여운을 남기지 않는 게 중요했다. 이렇게 오늘로 끝이다. 그게 서로를 위해서도 좋다.

"아, 근데요."

그녀가 또 수줍은 듯 머뭇거리기 시작했다.

"앞으로 오빠라고 불러도 되죠?"

그녀의 말에 가슴이 철렁했다. 일반적으로 소개팅을 한 남자라면 좋아할 만한 상황이겠지만.

"편한 대로 하세요."

"오빠도 조심히 들어가세요."

그녀는 다시 한번 활짝 웃어 보이고는 차에서 내렸다. 정문 앞까지 가더니 나를 향해 손을 흔들었다. 그녀의 모습이 완전히 사라지자, 나도 모르게 깊은 한숨이 새어나왔다. 내내 긴장하고 있던 탓이다.

모두 유이를 위해서라고, 어쩔 수 없는 상황이라고, 수없이 변명해보았다. 서연 씨에게 두근거리는 이성적인 호감을 느낀 것도 아니었다. 그렇다고는 하지만 적어도 그녀와 대화를 나누는 순간은 즐거웠다. 유이가 아닌 여자와 시간 가는 줄 모르고 대화에 빠져든 것은 처음이었다. 그게 곧 그녀의 매력을 느꼈단 뜻일까? 뭔지 명확히 설명하긴 어려워도 분명 위험한 신호였다.

차에 가만히 앉아, 다시 한번 생각을 정리해보았다. 분명 10년 내로 유이는 죽는다. 그리고 나는 10년 후 크리스마스이브에 오늘 만난 서연 씨와 함께 있다. 사진 속 여자는 틀림없이 김서연이었다. 오늘 그녀를 만나고 보니 확실해졌다.

지금껏 내가 먼저 유이에게 이별을 고할 일은 없을 거라 믿어왔다. 유이도 마찬가지일 것이다. 하지만 만약 유이가 곧 죽는다면?

골똘히 생각에 잠겨 있는데 휴대폰 진동 소리가 요란하게 울려댔다. 유이의 전화였다.

"하린이랑 헤어졌어? 세미나도 잘 갔다 왔고?"

최대한 평소와 같은 톤으로 말하기 위해 주의를 기울였다.

"응, 오늘 취업 세미나 최고였어! 다다음주에 면접 볼 회사 소개도 들었는데 너무 가고 싶어졌어. 이번엔 꼭 붙는다, 진짜로."

오랜만에 듣는 그녀의 활기찬 목소리였다.

"이번엔 잘될 거야. 저녁은 뭐 먹었어?"

"하린이가 서래마을에 괜찮은 파스타 집이 생겼다고 해서 같이 갔다 왔어. 오빠는 계속 집에 있었어?"

이런, 무심코 물어본 말이었는데. 하필이면 서래마을에 왔다고? 설마 내 차를 본 건 아닐까? 나를 목격해놓고 지금 떠보는 건 아니겠지?

"어, 그냥 집에서 쉬었어."

"그지? 역시 그럴 리가 없지."

무슨 말을 하려는 걸까.

"뭐가?"

"아니, 하린이가 나 만나기 전에 오빠를 봤다는 거야. 오빠가 차에 타고 있었다면서 차종이랑 색깔을 말하는데 오빠 회사 차랑 똑같은 거야."

"뭐 검은 차야 세상에 워낙 많으니까. 닮은 사람이었겠지."

말은 아무렇지 않은 듯이 내뱉었으나 실은 심장이 덜컥 내려앉는 것만 같았다. 목소리가 떨리지 않은 것이 천만다행이었다. 전화를 끊고도 한동안 멍하니 차 안에 앉아 있었다. 하린이가 정말 내 얼굴을 본 걸까? 대체 어디쯤에서 본 거지?

그때였다. 직감적으로 누군가의 시선이 느껴져 정면 좌측의 길모퉁이 쪽을 바라보았다. 뭔가가 획 하고 빠르게 움직였다. 마치 누군가 나를 의식하여 몸을 숨긴 것만 같았다. 옷의 끝자락을 본 듯한 느낌. 아니면 신경이 너무 곤두서서 괜한 착각을 한 걸까?

여자랑 밥 한 번 먹었을 뿐인데 신경 쇠약이 될 것만 같았다. 정식으로 바람을 피우는 사람들은 대체 어떤 배짱인 거지? 어쨌든 두 번 다시는 그녀와 만나지 말아야 한다. 어떤 요구를 받든지 말이다. 이때만 해도 그게 가능하리라 생각했다.

13

"어땠어요?"

창밖으로 보이는 2월 정원의 풍경은 아직 겨울의 기운이 한참 남아 있음을 느끼게 했다. 부인이 도우미가 가져다준 홍차를 한 모금 마시더니 입을 열었다. 입가에는 옅은 미소가 보였다.

"훌륭한 따님을 두신 것 같아요."

"어떤 면에서요?"

약간 질투하는 말투처럼 들린 건 기분 탓일까.

"외모나 성격 모두 멋진 분 같았습니다."

그녀가 고개를 한쪽으로 약간 기울였다. 애매한 표현이라 생각했을까?

"계속 만나볼 생각은?"

"없습니다."

그녀가 묻기 무섭게 준비했다는 듯 대답했다. 그러자 한동안 멍하니 아무 말도 없었다. 긴장되는 순간이었다.

"네, 알겠어요."

의외로 별다른 반응이 없었다. 지난번처럼 감정적으로 나올까 걱정했으나 다행이었다. 자연스럽게 부인과 아들의 인화지에 대한 이야기로 넘어갔다. 그녀의 표정은 그날 내내 담담해 보였다.

정말 이상한 일이 벌어진 건 서연 씨와 만난 지 이틀 후였다. 퇴근 후 집에 돌아오는 길에 무심코 우편함을 보았다. 갈색 서류 봉투가 꽂혀 있었다. 이상하게도 발신인의 주소와 이름이 없었다. 수신인에는 분명 우리집 주소와 내 이름이 적혀 있었다. 필체를 알아볼 수 없게 컴퓨터로 인쇄하여 라벨지를 붙여놓았다.

처음에는 대수롭지 않게 생각했다. 집에 들어와서는 거실 테이블에 올려둔 채, 우선 샤워부터 했다. 수건으로 머리를 말리다가 다시 봉투가 눈에 띄어 뜯어보았다. 안을 들여다보니, 몇 장의 사진과 종이 한 장이 들어 있었다.

이게 무슨 사진이지? 아무 생각 없이 꺼내다 사진 속 얼굴을 보고는 손가락에 힘이 풀려 그대로 바닥에 떨어뜨리고 말았다. 사진들이 거실 바닥 여기저기로 흩어져버렸다.

그중 한 장에는 며칠 전 서연 씨와 레스토랑에서 함께 걸어 나오는 모습이 찍혀 있었다. 하필이면 둘 다 환하게 웃고 있는 모습이었다. 누가 봐도 데이트를 하는 커플 같았다. 또 다른 사진에는 내가 그녀를 위해 차 문을 열어주는 장면도 찍혀 있었다. 대체 누가 무슨 목적으로 이런 사진을 찍은 걸까?

정신을 차리고 바닥에 떨어진 사진들을 주워 모았다. 아직 봉투 안에는 종이 한 장이 남아 있었다. 긴장된 마음으로 봉투에 손을 밀어넣어 종이를 꺼냈다. 종이에는 컴퓨터로 작성하여 출력한 메시지가 적혀 있었다.

여자친구와 당장 헤어지지 않으면 사진을 모두 공개하겠다.

이런 어처구니없는 협박을 하는 사람은 누구일까. 그날 내가 서연 씨와 만나는 것을 아는 사람은 VIP의 가족뿐이었다. 그 외에는 알 만한 사람이 없었다. 그러고 보니 VIP는 나에 대한 모든 정보를 조회할 수 있었다. 분명 우리집 주소도 알고 있을 것이다.

김 사장 부인의 소행일 가능성은? 일단 자기 딸과 한번 만나게 한 후 뒤에서 이런 식으로 비겁한 계략을 짠 걸까? 어제와 오늘, VIP의 집을 방문했을 때 전혀 이상한 낌새는 없었다.

문득 김 사장 비서의 얼굴이 떠올랐다. 나를 경멸하듯이 바라보던 그 눈빛. 김 사장이 어떻게든 내가 여자친구와 헤어지게 만들라고 지시했다면? 이런 방법을 생각해볼 만도 했다.

하지만 아무리 생각해도 이해할 수 없는 점이 있었다. 굳이 나를 선택할 이유가 없다는 것이다. 아버지가 변호사라지만 공익 변호사라 재산도 넉넉지 않은 편이고, 그 정도 부잣집이라면 사위로 공기업 직원이 성에 찰 리가 없다. 이토록 무섭고도 지독하게 나에게 집착할 이유가 전혀 없었다.

그렇다면 어떻게 해야 할까? 우리집 주소도 알고 있는 걸 보면 내 여자친구가 유이라는 사실도 이미 파악했을 것이다. 이 편지를 못 본 척 무시한다면 분명 사진들을 공개할 것이다. 유이가 이 사진을 본다면?

내가 거짓말을 한 것이 들통난다. 게다가 상대방은 10년 뒤 미래 사진 속의 여자다. 유이가 그 사진을 보고 그렇게 화냈던 것을 보면, 모든 것이 오해라 말해도 통하지 않을 수 있었다. 나에 대한 신뢰를 잃고, 그 사진이 진짜 미래일 거라 확신하고 말 것이다.

그럼 유이에게 모든 걸 사실대로 털어놓아야 할까? 아니 아직은 아니었다. 이제 정말 얼마 안 남았다. 그녀가 자신의 블랙아웃을 알게 된다면 정신적으로 흔들릴 수밖에 없다. 다음주에는 정말 꼭 가고 싶은 회사의 면접이 있다고 했다. 이제까지 잘해온 취업 준비를 지금 와서 망쳐버리게 할 수는 없었다.

* * *

"내일부터 꽤 많이 바빠질 것 같아."

결국 당분간 유이와의 만남을 피하기로 했다. VIP가 혹시라도 묻는다면 여자친구와는 헤어졌다고 말할 참이었다.

"그래? 파견 나가고부터는 예전보다 한가하다더니. 거기도 결국 똑같구나.”

“응, 평일에는 계속 야근하고 주말까지 출근해야 할 것 같아.”

지난번에 찍힌 사진을 보면 주말에 만나는 것도 미행당할 가능성이 있었다.

“정말? 그럼 우리 만날 시간이 없는 거야?”

“응, 앞으로 한 달 정도는 좀 빠듯할 거 같아. 이해해줄 수 있지?”

“한 달씩이나? 아무리 바빠도 그런 적 없었잖아.”

유이는 서운한 내색을 보였다. 하지만 우리 둘 모두를 위해서는 이 방법밖에 없었다. 한 달 정도야 헤어진 것처럼 연기할 수 있었다.

“알았어. 나도 취업 준비 잘하고 있을게. 다음주 면접은 꼭 합격할 테니까. 전화나 문자 정도는 할 수 있는 거지?”

“응, 조금 답이 늦을 수는 있지만. 괜찮을 거야.”

말을 하면서도 가슴 한편이 쓰라렸다.

14

칠흑같이 어두운 밤이었다. 깊은 산속을 정처 없이 걷고 있었다. 여기가 대체 어디일까. 저 멀리 불빛 아래 유이의 뒷모습이 보인다. 좀더 가까이 다가가본다. 그녀가 누군가의 몸 위에 올라타 목을 조르고 있다.

"대체 뭐 하는 거야? 당장 그만둬!"

소리를 지르면서 그녀 곁으로 달려간다. 숨이 턱까지 차오른다. 그녀에게 목이 졸려 숨쉬기 힘들어하는 사람의 얼굴이 먼저 보인다. 그 사람이 유이였다. 그렇다면 이 여자는 누구지? 목을 조르는 사람의 팔을 잡고 몸을 돌려보았다.

서연 씨가 나를 보더니 씨익 웃고 있었다.

"헉헉."

심하게 경련을 하다 겨우 상체를 일으켰다. 온몸이 땀에 흠뻑 젖어 있었다. 기분 나쁜 꿈이었다. 지난 몇 년간 나를 괴롭히던 블랙아웃의 악몽에서 겨우 벗어나나 싶었다. 하지만 새로운 악몽이 시작되었다.

이제 한 달만 지나면 모든 것을 알게 되리라 생각했다. 하지만 최근 겪게 된 일들을 돌이켜보니, 문득 시간이 부족할지도 모른다는 생각이 들었다.

내 미래 사진 속 인물이 눈앞에 나타났다. 그리고 의문의 협박 편지를 받았다. 모든 일들이 빠르게 진행되고 있었다. 어쩌면 유이가 어떤 이유로 위험을 겪게 되는 날이 앞으로 한 달 이내일 수도 있었다.

생각이 거기까지 미치자, 일단 유이가 한 달 후까지는 무사한지 알고 싶었다. 그때까지 무사하다면 그 후에는 얼마든지 미래를 바꿀 수 있을 것이다. 하지만 그사이에 무슨 일이 벌어진다면? 갑자기 불안감이 엄습해왔다. 방법은 하나밖에 없었다. 과연 성공할 수 있을지 불확실했다. 일단 시도해보는 수밖에.

* * *

막 외출에서 돌아왔는지 부인은 아이보리색의 퍼 재킷을 입고 있었다. 그날따라 그녀의 모습이 더 아름답게 보였다. 마치 패션 화보 속 모델 같았다.

"뭘 그렇게 뚫어지게 봐요?"

내 시선을 의식한 듯 그녀가 물었다.

"아, 옷이 너무 잘 어울리셔서요."

"그런 말도 할 줄 아네요. 항상 딱딱하게 굴더니."

오늘 그녀에게 부탁할 것이 있었는데 마침 그녀의 기분을 맞춰 줄 수 있어 다행이었다.

"부탁드릴 게 하나 있습니다."

"어떤 일이죠?"

그녀는 코트를 벗어 도우미에게 건네주면서 말했다. 나이 든 아주머니가 자기보다 훨씬 젊은 여성의 옷을 조심스럽게 받아드는 모습은 아무리 봐도 적응되지 않았다.

"혹시 인화지를 한 장만 쓰게 허락해주실 수 있을까요?"

그녀가 내 말에 놀란 듯이 눈을 치켜떴다.

"인화지를요? 무슨 일로요?"

"그냥…… 개인적인 일입니다."

그녀의 표정 변화를 읽기 위해 얼굴을 유심히 살폈다. 들뜬 마음을 애써 감추려는 듯했다. 자신에게 주도권이 있는 상황을 즐기려는 것이다.

"그럼 시우 씨가 저에게 해줄 수 있는 건 뭐죠?"

그녀가 내 눈을 정면으로 응시하며 물었다. 어떤 남자라도 유혹할 수 있다는 듯 자신만만하고 매혹적인 눈빛이었다. 무언가 요구할 거라고는 예상했던 바다.

"원하는 걸 말씀해주시면 하겠습니다. 제가 할 수 있는 범위의 일이라면."

그녀가 다리를 꼬더니 잠깐 생각에 잠긴 듯했다. 생각하는 시간이 길어질수록 불안한 마음이 커져갔다. 1초, 2초 흘러갈수록 점점 더 난처한 것을 요구할 것만 같았다.

"좋아요. 원래 이런 건 안 되는 거 알고 있죠?"

물론 누구보다 잘 알고 있다. 일개 파견 직원이 VIP에게 개인적인 용무로 인화지를 요구하는 것은 있을 수 없는 일이다. 회사에서 알게 된다면 중징계 감이다. 그리고 다시 원래 팀으로 쫓겨날 게 뻔했다. 하지만 그들에게는 무제한으로 쓸 수 있는 인화지가 있었다. 내가 한 장 쓴다고 해서 무슨 손해를 보겠는가.

"네, 물론입니다."

"딸아이랑 한번 더 만나요."

그녀의 제안은 예상했던 요구 사항 중 하나였다. 크게 당황할 것은 없었다. 물론 서연 씨를 다시는 만나지 않겠다는 며칠 전 다짐이 쉽사리 무너져버렸지만.

"사실 남편이 어제 또 물어봤거든요. 딸아이와 계속 만나는지. 시우 씨가 마음에 들어하는 것 같은지."

여전히 김 사장은 나에게 관심을 보이고 있었다. 협박 편지를 보낸 건 역시 그 사람인 걸까?

"제가 그동안 남편에게 시우 씨에 대해 너무 좋은 말만 했나 봐요. 이렇게 딸아이와 이어주게 될 줄은 전혀 몰랐네요."

그녀의 표정에서 약간의 공허함이 느껴졌다. 내가 자신보다 딸과 가까워지는 것이 못내 아쉬운 듯이. 적어도 그녀가 협박 편지를 보낸 주범은 아닌 것 같았다.

"그럼 인화지는 오늘 써도 되겠습니까?"

"네, 허락해줄게요. 대신 딸아이와 만나면 잘해주세요."

잘해준다는 게 과연 어디까지일까? 굳이 없는 호감까지 보일 필요는 없을 거라 믿었다.

VIP의 집에서 나온 후 나도 모르게 차의 액셀을 밟고 있었다. 고객의 집에서 강남 사무실까지는 차로 20분도 채 걸리지 않았다. 한시라도 빨리 인화지로 유이의 미래를 보고 싶었다.

건물로 들어서자마자 1층 대기실로 가서 빈 인화실을 확인해보았다. 항상 공실이 몇 개씩은 남아 있다. 대기실에서 가장 가까운 3번 방으로 들어가서 유이의 필름을 꺼냈다.

인턴 수료 날은 3월 4일. 당일 최종 평가에 합격하여 정규 파견직이 되면 바로 인화지 열 장을 얻게 된다. 그러면 바로 그녀의 사망 시점을 알아낼 수 있다. 지금으로서는 시간을 3월 5일 낮 12시 정도로 설정하는 것이 적합해 보였다. 그때까지만 살아 있는 것을 확인하면 된다. 오늘이 2월 6일이니 약 한 달 뒤였다.

언제나 상이 드러나는 이 시간이 가장 길게 느껴진다. 단 10분임에도 불구하고 시간이 멈춘 것만 같다. 사진의 색이 조금씩 변해간다. 노란 인화지에 조금씩 색이 물들어가고 있었다.

상이 좀더 또렷해지고 있다. 유이가 식당 테이블에 앉아 있는 모습이 보인다. 그 앞에 누군가가 같이 앉아 있다. 젊은 남자인데 나는 아닌 듯했다. 점점 얼굴이 선명해졌다.

사진 속 남자는 지호였다. 왜 지호랑 만나고 있는 거지? 둘이 따로 본다는 말은 들어본 적이 없는데. 유이의 표정이 다소 심각해 보인다. 대체 무슨 얘기를 나누고 있는 걸까?

어쨌든 유이는 그때까지 살아 있다. 사진을 확인하고 나니, 마음이 한결 가벼워졌다. 이제 내가 맡은 일만 잘 완수하면 된다. 그때까지만이라도 VIP의 요구 사항을 최대한 맞춰줘야 한다. 한 치의 실수도 용납될 수 없었다.

뒤늦게 부인과 아들의 미래 사진 세 장도 인화를 시작했다. 오늘도 평소처럼 특별한 것은 없었다. 전달할 사진을 챙기고 인화실을 정리한 후, 바로 집으로 돌아가기 위해 차에 올라탔다. 퇴근길은 느긋한 마음으로 여유를 즐길 수 있었다.

아파트 주차장에 차를 대고, 우리 동을 향해 걸어가는 중이었다. 누군가 뒤에서 따라오는 발걸음 소리가 들렸다. 단지 가는 방향이 같으리라 생각하고 동 입구 보안문 앞에 섰을 때였다.

"혹시 윤시우 씨 맞나요?"

누군가 내 이름을 부르는 목소리에 뒤를 돌아보았다. 뿔테안경을 쓴 긴 갈색 머리의 젊은 여성이었다. 분명 처음 본 사람인데, 어쩐지 낯이 익다.

"네, 맞는데요. 누구신지?"

"천해일보 주예인 기자입니다. 잠깐 시간 좀 내주실 수 있을까요?"

그녀가 기자증을 꺼내 보였다.

"무슨 일 때문인가요?"

요즘 계속 이상한 일들이 꼬이고 있다. 아무리 생각해도 기자가 날 찾아올 일은 없었다.

"이분 아시죠?"

기자가 보여준 사진 속 얼굴이 낯익었다. 교통사고로 사망한 전 파견직 직원, 이태수였다.

"알긴 합니다만."

"이분과 관련해서 좀 여쭙고 싶은 게 있습니다. 근처 카페에서 잠깐이라도……."

"아니요. 그냥 얼굴만 알 뿐 아무 관계도 없습니다. 죄송합니다."

그녀의 말을 도중에 끊어버렸다. 이태수와는 회식 자리에서 잠깐 마주 앉았을 뿐 아무런 친분도 없었다. 게다가 내 말을 무시했던 태도와 지독한 무표정이 떠올랐다. 별로 엮이고 싶지 않은 기분 나쁜 사람이었다. 그녀에게서 등을 돌려 서둘러 보안문의 비밀번호를 눌렀다.

"이태수 씨는 음주운전으로 죽은 게 아니라 살해당한 겁니다!"

기자가 등 뒤에서 소리쳤다. 자동문이 열렸으나 순간 멈칫할 수밖에 없었다. 살해당했다고? 그런 말은 처음 듣는다. 저 기자는 그의 억울함을 밝혀내겠다는 건가. 하지만 내가 알 바는 아니었다. 지금 다른 문제들만으로도 충분히 머리가 복잡하다. 남 일까지 신경 쓸 처지가 못 되었다. 그대로 뒤도 돌아보지 않고 엘리베이터 안으로 들어가버렸다.

왜 하필 나를 찾아온 걸까? 이태수와 같은 팀에서 일한 것도 아니었는데. 엘리베이터가 7층까지 올라가는 내내 의문이 가시지 않았다.

15

서연 씨를 다시 만난 것은 그 주 주말이었다. 부인과의 약속대로 그녀에게 먼저 만나자고 메시지를 보냈다. 그녀가 저녁을 사겠다면서 이태원 근처의 한 스테이크 전문점 주소를 보내왔다.

이번에도 먼저 확인해두는 게 좋겠다 싶어 휴대폰 통화 버튼을 눌렀다.

"주말 내내 다음주 면접 준비하려고. 오빠는 계속 출근이랬지?"

"어, 그럴 것 같아."

그렇다면 유이는 학교나 근처 스터디 카페에 있겠지. 적어도 이태원에서 마주칠 일은 없을 것 같았다.

"오빠, 너무 무리하지 말고. 쉬엄쉬엄해."

그녀의 말에 가슴이 찔렸다.

토요일 오후 5시 50분, 이번에도 10분 정도 일찍 약속 장소에 도착했다. 그녀가 말한 곳은 가파른 언덕길 위에 위치한 레스토랑이 었다. 가게 안으로 들어가니 확 트인 전망이 눈에 먼저 들어왔다. 커다란 통유리로 된 창밖으로 남산타워가 또렷하게 보였다. 좀더 어두워진다면 야경도 무척 볼 만할 것 같았다.

예약해둔 테이블에 앉아 전처럼 그녀가 오기를 기다렸다. 얼마 후 또각거리는 구두 소리가 들려 고개를 돌렸다. 서연 씨였다. 지난 번과는 사뭇 다른 느낌이다. 우아하기는 마찬가지였으나 화려하기 보다는 단아한 느낌의 옷차림이었다.

"안녕하세요. 많이 기다리셨어요?"

그녀가 웃으면서 인사했다. 오늘은 옷 스타일 때문인지 유이와 더 닮아 보였다.

"아니에요. 저도 방금 도착했어요."

문자로 연락하는 동안 그녀는 말을 놓으라고 몇 번이나 이야기 했다. 하지만 그만큼 관계가 더 가까워질까 두려워 한사코 존댓말 을 유지했다. 지금 이렇게 만나는 건 유이뿐만 아니라 그녀에게도 잘 못을 저지르고 있는 셈이었다. 관계가 더 발전될 일은 없을 테니까.

메뉴판을 보니 가격대가 상당히 나가는 곳이었다. 유이와는 기 념일에조차 여기보다 저렴한 레스토랑에 갔었다. 하지만 그녀가 장소를 고르는 데 있어 가격은 그다지 큰 고려 요소가 아닌 듯했다.

"디너 코스로 두 명이오."

단품도 아니고 코스를. 가격을 다시 확인하고 놀란 표정을 감췄 다. 직원이 고기 부위와 굽기 정도를 물었다. 우리는 둘 다 등심과

미디엄레어를 선택했다.

"와인도 한 병 시킬까요?"

그녀의 제안에 고개를 끄덕였다. 그녀는 평소 프랑스산 와인을 즐겨 마신다며 익숙한 듯 주문했다.

"오빠가 어떤 스타일을 좋아하시는지 몰라서요."

그녀가 겉옷을 벗으면서 말을 꺼냈다.

"그래서 오늘은 이렇게 입어봤는데. 어때요?"

당돌한 질문이었다. 이런 성격은 유이와는 전혀 딴판이었다.

"잘 어울리는 것 같아요."

그녀가 푸훗 하고 웃음을 터뜨렸다.

"너무 영혼 없이 말하는 거 아니에요?"

말하면서도 나 역시 말투가 어색하다고 느꼈다. 다만 최대한 무미건조한 느낌으로 답하고 싶었을 뿐.

식전 빵이 먼저 나왔다. 갓 구웠는지 빵에서 온기가 느껴졌다.

"혹시 언니나 여동생 있어요?"

그녀에게 갑작스럽게 질문을 던졌다. 준비되지 않은 타이밍에 물어봐서 그녀의 반응을 보고 싶었다. 분명 그녀의 동공이 살짝 커지면서 흔들리는 것이 보였다.

"네? 아시다시피 저 남동생밖에 없잖아요."

아무렇지 않은 척 대답하려 애쓰지만 어색함이 묻어났다. 뭔가를 숨기고 있는 것이 분명했다. 유이와 어떤 관계가 있을 것이다. 그렇지 않고는 이렇게까지 닮을 수 없었다.

물론 유이에게 직접 물어보면 간단히 풀릴 일이었다. 하지만 지금은 그럴 수 없는 상황이었다. 말을 꺼내는 순간, 우리의 대화 주제는 다시 크리스마스이브의 사진으로 돌아갈 것이다. 유이를 쏙 빼닮은 다른 여자와 함께 있는 내 모습. 지금까지 서로가 아무 말 없이 묻어둔 그 기억을 다시 꺼낼 순 없었다.

"아, 길에서 비슷한 사람을 봤던 것 같아서요."

별일 아니라는 듯이 자연스럽게 화제를 넘겼다. 그녀가 고개를 갸웃했다. 애피타이저로 모차렐라 치즈가 들어간 요리가 나왔다.

"오빠는 자신의 미래 사진을 보셨어요?"

그녀는 우리 회사 일이나 미래에 관심이 많은 듯 보였다.

"네, 이미 봤어요."

굳이 '이미'라고 표현한 것은 기회가 평생 한 번뿐이기 때문이었다. 그녀와는 처지가 달랐다. 그녀는 자신이 원하기만 하면 얼마든지 다양한 시점의 미래를 볼 수 있었으니까.

"실례가 아니라면 어떤 장면이 나왔는지 알고 싶어요."

그녀의 질문이 특별히 무례한 것은 아니었다. 누구나 흔히 할 수 있는 질문이었다. 그런데 막상 사진을 떠올리곤 정신이 번쩍 들었다. 10년 후 사진에는 그녀가 내 옆에 있었으니까.

다행히 그 순간 새로운 요리가 나왔다. 이번엔 새우 요리였다. 종업원이 요리를 설명하는 동안 잠깐 생각할 시간을 벌 수 있었다. 뭐라 대답하는 게 좋을까? 그 사진 속 여성이 당신인 것 같다고 한다면? 분명 우리 관계가 앞으로 더 깊어지리라 믿을 것이다.

그렇다고 거짓말을 하면? 얼마든지 거짓말은 할 수 있다. 하지만 한 가지 간과해서는 안 될 가능성이 있었다. 그녀가 이미 자신의 10년 후 사진을 보았다면? 그랬다면 이미 나와의 첫 만남부터 우리가 잘되리라 생각했을지 모른다. 아니, 그녀뿐만 아니라 김 사장까지 이미 그 사진을 보았을 수 있다. 그래서 이렇게 나와의 만남을 주선하려 한 것인지도 몰랐다.

"서연 씨는요? 서연 씨도 미래 사진을 보았나요?"

난처한 질문을 받았을 때는 우선 같은 질문을 상대방에게 돌려라. 예전에 어떤 자기계발서에서 읽었던 내용이다. 이런 상황에서 쓰게 될 줄이야.

"아니요, 저는 아직 안 봤어요."

그녀가 잠시 머뭇거리더니 대답했다. 그 잠깐의 정적이 수상했다. 진심일까? 굳이 거짓말을 할 필요가 있을까?

"아, 그래요? 아시다시피 어머님과 동생은 거의 매일 확인하고 있어요. 그러고 보니 서연 씨는 한 번도 저에게 미래 사진을 요구한 적이 없네요."

"사실은 조금 두려워서요."

그녀가 목소리를 낮춰서 말했다.

"두렵다고요?"

"네, 어떤 미래가 나올지 좀 무섭던데. 전혀 뜻밖의 상황이 펼쳐질지도 모르잖아요. 보통은 안 그런가요?"

그녀의 말에도 일리가 있었다. 어느 날 갑자기 10년 후 나의 모습을 본다고 생각하면 누구든지 긴장하는 것이 당연했다. 차라리 보지 않는 편이 나은 경우도 많았기 때문에.

그래도 결국 많은 이들이 미래를 확인하기로 결정한다. 그 이유는 무엇일까? 인간의 욕망 때문이다. 미래를 알고, 불안감을 해소하고 싶은 욕망. 그리하여 그 미래를 먼저 소유하고 싶은 욕망. 인간이 역사적으로 역술이나 점성술에 심취해왔던 것도 그 때문이다. 그 근원적인 욕망을 미래 사진이 일부 대체했을 뿐이었다.

"그것보다 오빠는 어떤 미래가 나왔어요? 왜 제 질문에는 대답 안 해주세요."

자연스럽게 말을 돌렸나 생각했는데, 그녀는 우리가 나누던 이야기를 잊지 않고 있었다. 드디어 메인 요리가 나왔다. 스테이크를 보니, 덜 익은 분홍빛이 적당해 보였다. 주문한 대로 잘 구워진 듯했다.

"조금 개인적인 일이라. 미안해요."

그녀가 입을 삐죽 내밀었다. 도저히 10년 후 우리가 함께 있다는 말이 입 밖으로 나오지 않았다.

"그럼 좀더 친해지면 알려주세요."

그녀의 말에 가볍게 고개를 끄덕였다. 스테이크를 잘라 한입 물어보니, 그 풍미와 식감이 일품이었다. 가격이 비싼 만큼 제대로 하는 집이었다.

"저도 이번에 한번 미래 사진을 볼까 하는데……."

아무렇지 않은 듯 내뱉은 그녀의 말에 입안의 와인을 앞으로 내

뺄을 뻔했다. 그녀가 10년 후 사진을 확인하면, 굳이 내 사진에 대해 말하지 않은 게 아무 의미가 없어진다.

"아까 좀 두렵다고 했잖아요?"

"네, 그렇긴 해요."

뭔가 관심을 돌릴 방법이 없을까?

"그럼, 이건 어떨까요? 우선 가까운 미래부터 보는 거예요. 예를 들면, 3일 후나 일주일 후? 그래서 미래라는 것에 조금씩 익숙해지는 거예요. 그런 다음에 차근차근 더 먼 미래를 보는 거죠."

급한 대로 말을 내뱉으면서도 이런 방법이 과연 통할지 의문이었다. 안절부절못하며 그녀의 대답만을 기다렸다.

"아, 좋은 방법 같아요. 역시 오빠는 이쪽 일을 하셔서 그런지 제 마음을 바로 이해해주시네요."

다행이었다. 그녀의 대답에 겨우 한숨 돌릴 수 있었다. 적어도 당분간은 10년 후 사진을 보지 않기 바랐다. 나와의 관계에 일말의 기대도 갖게 하고 싶지 않았다. 그게 그녀에게도 이로웠다. 어차피 내가 조만간 바꿔버릴 미래였기 때문에.

어느새 날이 어두워져 창밖으로 남산타워의 야경이 모습을 드러내고 있었다. 날씨가 맑아서 그런지 유난히 선명하게 보였다. 유이와 같이 왔다면 더 좋았을 텐데.

유이 생각이 나는 것과 동시에 서연 씨에게도 미안한 마음이 들었다. 이렇게 좋은 날, 마음속으로 딴생각을 하는 남자와 이렇게 좋은 곳에 앉아 있다니. 더는 해서는 안 될 짓이었다. 우리들 모두를 위해.

마지막 디저트로는 망고 아이스크림이 나왔다. 아이스크림을 한 입 베어 물고 나서 그녀가 말했다.

"제가 다음주 목요일에 휴강인데. 그날도 저희 집에 오시는 거죠?"

평일에는 매일 그녀의 집을 방문하고 있었다. 그렇다고 대답했다.

"어떤 반찬을 가장 좋아하세요?"

갑자기 반찬이라. 딱히 떠오르는 것이 없었다.

"장조림 좋아해요."

마침 유이 어머니가 만들어주셨던 장조림이 떠올랐다.

"제가 그날 저녁 요리를 해보려고 하는데 드시고 가실 수 있으세요? 장조림도 만들고, 갈비찜도 해볼까 하는데."

그녀와의 다음 약속은 바쁘다는 핑계로 절대 잡지 않겠다고 다짐했다. 내 생각을 읽은 것은 아닐 텐데, 집에서 보자고 말할 줄은 몰랐다.

"아, 그날까지 제가 급하게 처리할 일이 좀 있어서요. 미팅이 끝나는 대로 가봐야 할 것 같아요. 미안해요."

"그래요? 아쉽다."

이번엔 그녀도 느끼지 않았을까? 내가 의도적으로 자신과 거리를 두려 한다는 사실을. 식사를 마치고 밖으로 나오면서 주변을 유심히 살폈다. 지난번처럼 누군가 숨어서 사진을 찍지는 않을까. 하지만 수상한 사람은 전혀 눈에 띄지 않았다. 이번에도 차로 그녀를 집까지 바래다주기로 했다.

"목요일에 제 미래 사진도 찍어주세요."

그날 저녁 식사는 업무 시간이 아니라 거절할 수 있었다. 하지만 업무 시간에 사진을 요구하는 것은 VIP 가족의 정당한 권리였다. 거절할 수 없었다.

"네, 알겠어요. 필름 카메라도 같이 가져갈게요."

그녀는 미래 사진을 처음 요청하는 것이었기 때문에 최초 한 번의 촬영이 필요했다.

그녀의 집까지는 10분도 채 걸리지 않는 거리였다. 차 안에서는 잔잔한 음악을 틀어둔 채 별다른 대화를 나누지 않았다.

"오늘도 고마웠어요. 조심히 들어가세요."

"저야말로 덕분에 맛있게 잘 먹었어요. 잘 쉬어요."

그녀를 보내고 나서 다시 한번 주변을 살폈다. 여기에도 수상한 사람은 보이지 않았다. 잠시 숨을 돌리고 바로 집 방향으로 핸들을 돌렸다.

* * *

아파트 주차장에 차를 대고 나오는 참이었다. 오늘도 뒤에서 누군가가 따라붙는 느낌을 받았다. 설마 그 기자가 또 온 것은 아니겠지? 걸음걸이를 빨리하자 뒤따라오는 사람의 발소리도 빨라졌다. 분명 나를 따라오고 있었다. 갑자기 멈춰서 뒤로 휙 돌아보자, 그자도 멈춰 섰다. 전에 보았던 그 기자였다.

"대체 뭐죠? 언제부터 기다린 거죠?"

내가 이 시간에 돌아올 거라 어떻게 안 걸까? 무작정 올 때까지 기다리고 있었던 걸까?

"네 시간 정도 기다렸습니다. 꼭 나눠야 할 이야기가 있어요."

네 시간이나 주차장에 앉아 있었단 말인가. 기자란 사람들은 참 끈질기군. 사정이 딱해 보였으나 여전히 엮이고 싶지 않았다.

"앞으로 기다리지 마세요. 저는 그쪽과 할 얘기 없으니까."

그녀에게서 등을 돌리고 아파트 동 입구로 향하려던 참이었다.

"천해일보 이성진 기자라고, 작년에 자택에서 자살한 것으로 보도가 됐었죠. 제 친한 선배예요. 하지만 자살이 아니라 타살이에요. 억울하게 죽은 거라고요!"

천해일보 기자 자살? 분명 들었던 기억이 있었다. 언제였지? 바로 그날이었다. 이태수가 교통사고로 죽었다는 기사를 본 날. 한 신문사 기자가 자살했다는 기사가 포털 메인에 떠 있었다.

지금 와서 그 얘기를 나한테 하는 의도는 무엇일까? 이태수의 죽음이 그 기자의 죽음과 연관이 있다는 걸까? 어쩌면 이런 식으로 나의 궁금증을 유발하려는 것인지도 몰랐다.

"죄송합니다."

나는 살짝 고개를 돌려 짧게 말하곤 빠르게 걸어갔다. 보안문 비밀번호를 누를 때까지도 그녀는 계속 그 자리에 서 있는 것 같았다. 그대로 뒤도 돌아보지 않고 아파트 안으로 들어갔다.

16

유이에게 한 달간 매일 야근을 한다고 거짓말한 뒤로 가능하면 퇴근 후에는 집에만 틀어박혀 있었다. 괜히 밖으로 돌아다니다 누군가의 눈에 띄기라도 하면 그동안의 공든 탑이 한순간에 무너질 수 있었다.

유이뿐만 아니라 유이 친구나 지인에게 눈에 띄는 것도 문제였다. 약속은 최소한으로 잡되 유이를 아는 사람과는 일절 만나지 않았다.

마치 사람이 되기를 손꼽아 기다리는 곰 같았다. 달력에 표시한 수습 기간이 끝나는 날까지 남은 일수만을 생각하고 있었다.

집에서 홀로 휴식을 취하고 있을 때였다. 저녁 7시쯤 초인종 소리가 들렸다. 이 시간에 누구지? 최근 택배를 시킨 것도 없었다. 이 시간대에 누가 연락도 없이 찾아오는 일은 드물었다.

고개를 갸웃하며, 인터폰 화면을 보니 익숙한 얼굴이 보였다. 지호였다. 지호가 우리집까지 무슨 일로? 지호에게도 바빠서 한동안 보기 어렵다고 말해둔 참이었다. 그런데 말도 없이 집까지 찾아온 것이다.

여기까지 온 것으로 보아 뭔가 급한 일이 생겼을 수 있다. 어찌할까 고민하다 결국 문을 열어주었다.

"무슨 일이야? 연락도 없이?"

"바쁘다더니 집에 있었어?"

지호가 내 어깨너머로 집 안을 훑어보았다. 아버지는 요즘 퇴근이 늦는 편이라 나 혼자였다.

"어, 요즘 너무 죽겠어서 오늘만 좀 일찍 왔다."

최대한 피곤한 척 팔을 쭉 펴서 스트레칭을 하며 말했다.

"이 근처에 아는 형 만나러 왔다가 잠깐 들렀어."

그런 싱거운 이유였단 말인가. 그럴 줄 알았으면 문 열어주지 말걸 그랬다. 지호도 유이와 잘 아는 사이니까. 혹시라도 말이 새어나갈지 몰랐다.

"근데, 1층 보안문은 어떻게 열고 들어온 거야?"

지호가 예전에도 우리집에 온 적은 있었다. 하지만 보안문 비밀번호까지 말해준 적은 없었다.

"아, 누가 들어가기에 따라서 들어왔지, 뭐."

"나가서 밥이나 먹을까?"

"그래, 요즘 피곤할 텐데 밥만 먹고 난 갈게."

겉옷을 챙겨입고 지호와 근처 덮밥집으로 왔다. 가끔 혼자 저녁

먹을 때 찾는 단골집이었다. 단출하면서 아늑한 것이 심야식당과 비슷한 분위기를 풍겼다.

"요즘 유이랑도 거의 못 본다며?"

"어, 일이 너무 바빠서. 주말에도 계속 출근이야."

최대한 피로에 찌든 티를 내야 하는데 사실 컨디션이 썩 나쁘지 않았다. 매일 일찍 퇴근해 집에서 쉬다 보니 도리어 평소보다 더 건강해진 상태였다.

"유이가 좀 걱정하는 것 같더라."

그건 어떻게 아는 걸까?

"최근에 유이랑 연락했어?"

"응, 유이가 면접 연습 좀 도와달라기에. 잠깐 봤어."

그래서 한 달 뒤 미래 사진에도 지호랑 같이 있었던 거였나?

주문한 음식이 나오자 지호가 휴대폰 카메라를 들이밀었다.

"뭘, 이런 걸 다 찍으려고. 야, 내 얼굴도 나오겠다."

지호가 휴대폰을 너무 들어올려 찍기에 한마디하면서 그의 휴대폰을 낚아챘다. 다른 사진은 뭐가 있나 보려고 손가락으로 폰 화면을 살짝 넘기던 찰나였다. 그의 얼굴이 붉어지면서 재빨리 휴대폰을 다시 빼앗아갔다.

"뭘 또 보려고 그래."

짧은 순간이라 제대로 보진 못했으나 창밖으로 바다가 보이는 호텔 객실 풍경이었다. 한 손에 커피잔을 들고 포즈를 취한 긴 머리 여성의 뒷모습이 보였다.

"여자친구라도 숨겨놨냐."

한 그릇을 금세 비운 후에 가게에서 나왔다. 배부른 상태로 맞이하는 밤공기가 유난히 상쾌했다.

"술 한잔 같이하면 좋겠지만 다음에 보자고."

"그래, 고생해라."

지호와의 짧은 만남을 뒤로하고 다시 집으로 발걸음을 옮겼다. 돌아오는 내내 곰곰이 생각해보았다. 아무리 생각해봐도 결론은 같았다. 오늘 그의 행동들은 평소와 달리 뭔가 좀 수상했다.

* * *

인턴 종료일까지 보름이 남은 날, 가장 큰 위기는 이때 찾아왔다.

이날은 서연 씨도 미래 사진을 찍겠다고 한 목요일이었다. 미팅 시간인 오후 2시에 VIP의 집을 방문했다. 오늘은 김 사장 부인과 서연 씨가 나를 함께 맞이해주었다. 한 공간에 같이 있는 모습을 보니, 더더욱 모녀지간으로는 보이지 않았다. 차라리 자매라 하는 편이 더 믿을 만했다. 생김새는 비록 많이 달랐지만.

서연 씨는 지난번과 달리 편한 복장을 하고 있었다. 하얀 니트에 청바지 차림이었다.

"상담이 끝나면 부를 테니까 그때 나올래?"

부인이 서연 씨에게 잠시 자리를 피해달라고 부탁했다. 둘 사이에 묘한 긴장감이 감돌았다. 서연 씨는 알겠다고 대답한 후 2층에 있는 자기 방으로 올라갔다.

부인이 세 장의 사진을 살펴보았다. 그녀의 사진은 여느 때와 크게 다를 바 없었다. 남편을 바라보며 웃고 있는 모습. 여전히 그녀가 이 사진을 왜 계속 확인하는지 알 수 없었다. 아들의 사진 역시 별다른 특이점은 없었다. 시험 점수가 조금 올랐다는 점을 제외하면.

"시우 씨가 온 이후로 아들 성적이 계속 오르고 있어서 남편도 기뻐하고 있어요. 고1 때는 그렇게 안 오르더니."

그녀의 말을 듣다 보니 뭔가 이상하다는 생각이 들었다. 분명 올해 초 VIP 서비스를 처음으로 시작했다는 말을 들었다. 그런데 고1 때 성적을 어떻게 알고 있을까? 나와는 10년 후인 고2 성적부터 확인해왔다.

"고1 때 성적이오?"

아무래도 이상하여 그녀에게 되물었다. 그녀가 잠깐 나를 묘하게 쳐다보더니 당황한 듯 둘러댔다.

"아, 고1 때가 아니라, 올해 초요. 올해 초보다 많이 오른 것 같다고요."

올해 초보다 많이 오른 것은 분명 사실이다. 하지만 성적이 오르지 않았던 시기는 없었다. 뭔가 숨기고 있는 것이 분명했다.

그녀와의 상담이 끝나자 서연 씨가 방에서 나왔다. 미래를 보는 게 그렇게 두렵다더니 생각보다 평온해 보이는 모습이었다. 그녀의 손에는 꽤 낡아 보이는 필름 카메라가 하나 있었다.

"혹시 이 카메라로 찍을 수 있을까요?"

"네, 가능은 해요. 근데 특별히 이유라도?"

"이게 아빠 카메라인데 워낙 오래되어 아직 작동하는지 궁금하다고 하시더라고요. 그래서 오늘 제가 촬영한다니까 이걸로 한번 찍어보라고 하셔서……."

필름 카메라이기만 하면 상관없었다. 미래 사진을 결정하는 것은 현상액의 성분 비율과 특수 인화지였다.

"네, 그럼 그걸로 찍어볼게요."

"여기 앉으면 될까요?"

촬영은 거실에서 진행하기로 했다. 그녀는 편하게 소파에 앉아 있었다. 이번엔 부인이 자리를 피해 방으로 들어갔다.

그저 사진 한 장 찍는 것이 전부였다.

"끝났어요."

촬영은 언제나처럼 허무하리만치 간단하게 끝났다. 그런데 조금 의아한 부분이 있었다. 오늘 그녀가 촬영할 때 보인 행동은 분명 유이가 회사에 와서 촬영할 때와는 사뭇 달랐다. 그녀의 모든 행동이 너무나도 자연스러웠다.

"어느 시점의 미래가 알고 싶어요?"

잠시 생각하는 듯 그녀의 눈이 허공을 향했다.

"10년 후요?"

10년 후? 분명 그때 미래를 보는 게 두렵다고 했던 걸로 기억하는데. 낭패였다.

"10년 후? 괜찮겠어요? 가까운 미래부터 보는 게……."

혹시나 하는 마음에 다시 한번 물었다.

"역시 그럴까요?"

"네, 일단 일주일 정도 후부터 보는 게 어떨까요? 조금씩 늘리면서."

그녀가 다시 생각에 잠긴 것 같았다. 부디 좋다고 대답하기를.

"네, 오빠가 그렇게 말한다면. 일주일 후로 할게요."

다행이었다. 나는 안도하며 그녀가 마음을 바꾸기 전에 다음 질문을 이어갔다.

"시간은 언제가 좋을까요?"

"아무 때나 관계없긴 한데. 혹시라도……."

"혹시라도?"

"부끄러운 모습이 보이거나 하면 어떡하죠? 샤워하는 모습이나……."

그녀의 볼이 살짝 빨개졌다. 표정을 보니 진심으로 걱정하는 눈치였다.

"그럼 낮 시간대가 적당하겠네요."

"네, 그럼 그렇게 할게요."

일주일 뒤 오후 2시를 인화해보기로 했다. 그 시간이면 그녀가 학교에 있을 시간이었다.

서연 씨와의 미팅까지 마치고 나서야 회사 사무실로 돌아왔다. 오늘따라 왠지 모르게 더 피곤한 기분이었다.

"부끄럽다면 부끄러울 수 있는 모습이네."

인화실에 도착해 가장 먼저 서연 씨의 사진을 인화했다. 계단형 구조로 된 대학 강의실의 모습이 보인다. 공간을 가득 메운 학생들이 강단에 서 있는 중년 교수의 말에 집중하고 있다. 서연 씨는 고개를 옆으로 살짝 숙인 채 졸고 있었다.

다음으로 아들 사진을 인화해보았다. 먼저 가까운 미래. 생각의 방에서 열심히 책을 들여다보는 모습. 변함없이 웨이커가 뒤에서 그를 지켜보고 있다.

다음은 10년 후. 이번에도 꽉 막힌 독서실에서 혼자 공부하는 모습이겠지. 단조로운 패턴에 조금씩 지루함을 느끼고 있었다. 나는 멍하니 인화지에 상이 드러나기를 기다렸다.

그런데 뭔가 느낌이 평소 같지 않았다. 시간이 흐를수록 색이 전체적으로 짙어진다. 설마? 아니겠지. 인화지를 마구 흔들어보았으나 아무 소용이 없었다.

인화지 전체가 새까맣게 변했다. 블랙아웃이었다. 갑자기 이게 무슨 일인가. 지금까지 성적도 계속 오르고 있었는데?

난감한 상황이 발생했다. 이제 인턴 종료 일도 며칠 안 남았는데. 아들이 블랙아웃인데 평가를 좋게 줄 부모는 없을 것이다.

우선 블랙아웃의 원인을 찾아 바로잡아야 한다. VIP 가족사진에서 블랙아웃이 나온 것은 일종의 긴급 상황이다. 업무 수칙에 따르면, 곧바로 그 원인을 찾아내어 가족에게 보고해야 했다. 긴급 상황에 한해서는 인화지를 무제한으로 쓰고 사후적으로 보고해도 무방했다.

블랙아웃이 발생한 것은 오늘로부터 정확히 10년 후 오후 8시다. 우선 그날 오전 10시로 시간을 설정해 인화를 시도했다. 익숙히 봐왔던 아들이 다니는 학원 풍경이다. 학원 강의실에 아이들이 빽빽하게 앉아 있다. 무슨 시험을 보고 있는 것 같다.

이번에는 현상액 성분 비율을 미세하게 조정하여 오후 1시로 바꾸어보았다. 아들은 표정을 찡그린 채로 여전히 시험을 보고 있다. 이번엔 오후 6시, 시험을 보았던 책상에 그대로 엎드린 채로 홀로 남아 있다. 표정이 보이지 않는다.

오후 7시 30분, 혼자서 어두운 계단을 오르고 있는 모습이다. 계단 모양을 보니, 높은 빌딩이 아닌가 싶다. 이 녀석은 10년 후에도 지금의 저택에 살고 있는데 웬 빌딩이지? 설마 내 예감이 맞지 않기를.

이번엔 오후 7시 40분으로 시간을 맞췄다. 그가 빌딩 옥상에 홀로 서 있다. 그것도 난간에 아주 가깝게. 익숙한 풍경에 깜짝 놀랐다. 과거 악몽을 꿀 때마다 봐왔던 장면과 매우 흡사했다. 멀리 주변 건물들의 모습을 통해 짐작건대, 족히 15층은 넘을 높이였다. 그 이상은 확인할 필요도 없었다.

중요한 것은 이제부터였다. 과연 앞으로 남은 보름 내에 이 미래를 바꿔놓을 수 있을까? 아니다. 절대적으로 불가능하다. 그가 느끼는 중압감은 하루이틀 사이에 만들어진 것이 아니니까.

뉴스에서 종종 성적을 비관해 자살했다는 학생에 대해 보도한다. 하지만 인간이 자살을 택하는 이유는 그렇게 단순하지 않다. 시험에 떨어져도 그를 온전히 지지해주는 가족이나 친구가 있다면 살아갈 용기를 얻을 수 있다.

도리어 그를 사지로 내몰거나 무관심한 주변 사람들이 문제다. 그의 주변 환경까지 바꿔야만 블랙아웃을 막을 수 있었다.

또 하나의 큰 문제는 그에 대한 책임을 내가 같이 지게 되어 있다는 것이다. VIP 가족의 건강과 미래를 책임지는 것이 파견 직원의 임무다. 이대로라면 정규직 전환에 실패할 가능성이 높다. 이 위기를 극복하기 위한 묘안이 필요했다.

낙담한 채로 부인의 일주일 후 사진을 인화하기 시작했다. 이 사진이야말로 별다른 걱정이 없었다. 항상 똑같은 집에서 부부가 똑같이 앉아 있는 모습.

하지만 오늘은 이것도 어째 좀 이상했다. 서서히 모습을 드러낸 것은 익숙한 집 안 풍경이 아니었다. 사진의 상이 점점 더 선명해졌다. 그녀가 불빛이 화려하게 빛나는 밤거리를 걷고 있다. 옆에 선 남자와 밀착하여 서로 팔짱을 낀 상태다. 남자의 얼굴을 유심히 살폈다. 놀랍게도 그녀의 남편인 김 사장이 아니었다. 그보다 훨씬 젊고 잘생긴 남성이다.

그녀의 얼굴을 보니, 무언가를 보고 놀란 표정이다. 그녀의 시선을 따라가보았다. 맞은편에서 누군가 걸어오고 있다. 그 사람은 다름 아닌 유이였다. 서연 씨가 아닐까도 생각했으나, 유이가 평소 자주 입는 카키색 코트를 입고 있었다. 유이 역시 그녀를 보고 꽤 놀란 표정이다.

대체 뭐가 어떻게 된 걸까? 복잡해 보이는 상황으로 인해 두뇌 회전이 느려졌다. 그때 갑작스러운 휴대폰 진동 소리에 심장이 요동쳤다. 때마침 부인이 보낸 메시지였다.

―시우 씨, 아까 정신이 없어서 깜박했는데 오늘 내 사진은 인화하지 말아줘요. 설마 벌써 한 건 아니죠?

문자를 보자마자 강한 확신이 들었다. 이런 반응이라면 사진 속 남자는 그녀의 내연남이 분명했다. 부인은 지금까지 저 남자와의 관계를 숨길 목적이었던 게 틀림없다. 일주일 후 남편과 함께 있는 똑같은 사진을 매번 보고 싶었던 이유는? 자신의 행적이 발각되었는지 확인하기 위한 용도였을 것이다. 이제야 부인이 일주일 후 사진을 계속 확인해온 이유가 확실해졌다.

하지만 또 하나의 의문이 남는다. 유이와 부인의 관계다. 만약 부인이 유이가 서연 씨인 줄 알고 놀란 것이라면 유이는 부인을 보고 놀라지 않았어야 한다. 서로 놀랐다는 것은 둘이 아는 사이라는 뜻이다.

부인에게 답장을 보내야 했다. 아직 사진을 인화하지 않았다고 거짓말을 하고 싶어도 이미 인화지 한 장을 쓴 것이 기록으로 남아 있다.

―이미 인화가 끝난 상황입니다.

사실대로 말할 수밖에 없었다. 그녀에게서는 그날 내내 아무런 답장도 오지 않았다.

17

고객의 집을 방문하는데 이렇게까지 마음이 무거운 건 처음이었다. 부인의 내연 관계가 찍힌 사진과 아들의 블랙아웃. 일반적인 가정에서 나올 수 있는 최악의 사진 조합이었다. 이대로 내 파견 생활이 끝난다 해도 전혀 이상할 것이 없는 상황이었다.

어제 오후까지만 해도 그렇게 생각했다. 다시 박 과장 옆자리로 돌아가야 할지도 모른다고. 심지어 유이의 미래도 확인하지 못한 채. 하지만 절체절명의 위기일수록 초인적인 힘이 발휘되는 법. 위기는 곧 모든 것을 뒤바꿀 기회이기도 했다.

예상한 대로 부인의 얼굴이 평소와 달리 매우 침울해 보였다.

"오늘은 방에서 얘기하죠."

처음으로 VIP 부부의 침실로 들어갔다. 부인은 침대에 걸터앉아 한 손을 이마 위에 올렸다. 머리가 지끈거리는 것 같았다. 나는 문을 닫은 채, 그대로 방문 쪽에 서 있었다.

"그날은 남편 출장이 예정되어 있는 날이에요. 그래서 그 사람이랑 저녁 약속을 잡았던 건데. 못 볼 꼴을 보여주고 말았네요."

'그 사람'이 뭘 의미하는지 충분히 예상할 수 있었다. 솔직히 충격이 크진 않았다. 매주 같은 미래 사진을 인화할 때부터 뭔가 감추는 게 있으리라 짐작하고 있었다.

"일단, 그 사진 보여줄래요?"

가방에서 우선 부인의 사진만 꺼내 건넸다. 이미 예상한 모습이리라 생각했는데, 사진을 보더니 훨씬 놀란 눈치였다.

"얘가 왜 여깄지?"

애라니? 분명 유이를 보고 한 말이었다.

"누구 말씀이신가요? 그 젊은 여성?"

"아, 아니에요."

뭔가를 또 감추고 있었다. 그녀는 이내 체념한 듯 나를 바라보았다.

"나한테 많이 실망했나요?"

"아닙니다."

그녀의 눈동자가 다소 충혈된 것처럼 보였다. 어제 잠을 제대로 못 잔 것 같았다.

"처음부터 이럴 생각은 아니었어요. 그런데, 참 웃기죠. 막상 그렇게 꿈꿔오던 남자와 결혼했는데, 허전한 마음이 채워지진 않더라고요."

나는 별다른 대꾸 없이 그냥 듣기만 했다.

"집이 그렇게 넉넉하진 않았어요. 항상 부모님은 빚에 허덕이셨고. 돈 걱정 없이 사는 게 유일한 꿈이었죠. 그래도 먼 미래에는 좀 나아졌을까 하고 스물아홉 살 생일날 10년 후 미래를 봤죠. 충격 그 자체였어요. 변한 게 전혀 없더라고요. 여전히 좁은 집구석에 궁상 맞게 앉아 있는 제 모습이 너무 싫었죠."

그녀가 회상하듯 말을 이었다.

"그 자리에서 울면서 사진을 갈기갈기 찢어버렸어요. 이건 절대 내 미래가 아니라고. 근데 찢겨진 사진 조각을 보다 배경에 TV 화면이 찍혔단 걸 알아차렸죠. 집 거실에 놓인 TV였어요. 화면 하단 자막 뉴스에 '서광그룹'이라는 이름이 보였어요. 뒷부분은 잘려 있었고요. TV에 나올 정도면 유명한 회사여야 할 텐데 그 당시엔 들어본 적이 없었죠."

서광그룹은 지금이야 모든 사람이 알지만 10년 전에는 아무도 몰랐을 작은 회사였다.

"그때부터 생각했죠. 저 회사는 분명 엄청난 회사로 성장할 거다. 그날부터 샅샅이 검색해 찾아보니, 서광이란 회사는 아직 중소기업이더라고요. 대표인 김시진이란 사람은 저보다 스무 살 가까이 많은데다 이미 결혼한 남자였고요. 그래도 제 인생에 남은 기회는 이것뿐이라 생각했어요. 미래 사진에 저 회사 이름이 나온 건 하늘이 준 기회라고. 속내를 완전히 숨긴 채, 그에게 우연을 가장해 접근했죠. 젊고 예쁜 여자를 마다할 남자가 있겠어요? 남편이 당시엔 부자도 아니었으니, 돈을 보고 접근한 것도 아닌 셈이었으니까요."

단지 작은 회사의 대표인데다 나이까지 많았으니, 김 사장은 당시 그녀가 자신을 진심으로 사랑한다 여겼을지도 몰랐다.

"결국 그가 이혼하게 만들고 이 가정을 꾸린 거예요. 예상대로 몇 년 만에 회사는 급성장했고, 이렇게 호화로운 생활도 누릴 수 있게 되었죠. 하지만 처음부터 그가 남자로 매력적이진 않았거든요. 참 이기적이죠. 이제 살 만해지니 진짜 사랑도 하고 싶어진 거죠."

그녀의 결혼에 뭔가 사연이 있을 거라 생각은 했어도 이 정도일 줄은 몰랐다. 한 가정을 파괴했단 사실을 아무 거리낌 없이 말하는 것도 어떤 면으로는 대단해 보였다. 미래 사진 한 장과 그녀의 욕망이 삶을 송두리째 바꿔놓은 셈이었다.

"남편에게 사실대로 다 말할 거죠? 내가 바람을 피우는 것 같다고?"

그녀의 목소리가 미세하게 떨렸다.

"말하지 않겠습니다."

내 대답에 그녀가 눈을 크게 떴다. 의외라는 반응이었다.

"왜죠? 혹시라도 사실을 숨겼다 발각되면 시우 씨 신상에도 좋지 않을 텐데요."

분명 쉬이 납득하기 어려운 대답이었을 것이다. 다른 한 장의 사진을 보기 전까지는.

나는 가방에서 다른 사진을 한 장 꺼내서 그녀에게 건넸다.

"이건 뭔가요?"

아무것도 보이지 않는 온통 검은색의 블랙아웃 사진. 처음 본 사람의 반응은 대개 이렇다.

"아드님의 10년 후 미래 사진입니다."

"네?"

그녀의 감정이 격앙되는 것이 느껴졌다.

"10년 후 아드님은 시험을 치른 후 빌딩 옥상에서 투신자살합니다."

현실감이 전혀 없는 말이었다. 그녀의 표정이 곧 정신이 나간 사람처럼 급변했다.

"뭐라고요? 지금까지 성적이 잘 나오고 있던 거 아니었나요? 대체 뭘 어떻게 했기에 갑자기 이런 결과가 나오는 거죠?"

예상했던 반응이다. 공부에 대한 중압감을 줄이는 게 좋겠다고 조언할 때는 콧방귀도 뀌지 않더니. 아들의 죽음을 직면하고 나서야 뒤늦게 흥분하고 있었다.

"아이가 언제 가장 행복하다고 느끼는지 혹시 아시나요?"

갑자기 무슨 뚱딴지같은 소리를 하냐는 듯이 그녀가 경멸에 찬 눈빛으로 나를 빤히 쳐다보았다.

"사모님이 외출에서 늦게 돌아오신 날, 민재 군과 잠깐 얘기했어요. 침대에 가만히 누워 있을 때라고 대답하더군요. 아직 여덟 살 아이인데, 얼마나 부담감이 컸으면 그럴까요. 이런 아이가 정상적으로 자랄 수 있을까요?"

그녀는 여전히 아무 말도 하지 않았다.

"제 요구 사항은 이겁니다. 아드님의 미래를 바꾸기 위해 사모님이 지금부터 노력해주세요."

"네? 아이에게 공부를 강요한 건 제 뜻이 아니에요. 다 남편이 시킨 거라고요."

그녀가 난처한 표정을 지으며 말했다.

"남편은 사실 지방대를 다니다 중퇴했어요. 그때부터 학력 콤플렉스가 생겼나 봐요. 그래서 아들만은 무슨 일이 있어도 좋은 대학에……."

그녀는 어떻게든 책임을 회피하려 하고 있었다.

"사장님을 속이세요."

"속이라고요?"

그녀의 목소리가 놀란 듯 커졌다.

"네, 사장님에게는 아드님 성적이 계속 잘 오르고 있다고 전하세요. 그리고 당장 새벽까지 공부시키는 건 멈추시고요. 웨이커인지 뭔지도 그만두게 하세요. 도우미가 아닌 사모님이 직접 아드님과 시간을 보내주고요. 같이 이야기를 나누든 책을 읽어주든 뭐든 상관없어요. 아이에게 진심이 전달될 수만 있다면요. 그러면 블랙아웃은 사라질 겁니다."

그녀가 내 말의 속뜻을 파악하려는 듯 잠시 동안 아무 말이 없었다. 침묵은 그리 길게 이어지지 않았다.

"네, 무슨 말인지 알겠어요. 근데 그렇게 해서 시우 씨가 얻는 게 대체 뭐죠?"

그녀는 도저히 영문을 알 수 없다는 표정이었다. 내가 곧바로 조심스레 입을 열었다.

"앞으로 2주 후, 인턴 평가가 있을 예정입니다. 그때까지 아드님의 블랙아웃에 대해 사장님께 비밀로 해주세요. 그러면 저도 사모님의 비밀을 지키겠습니다."

그녀는 이제야 이해가 간다는 듯이 고개를 끄덕였다.

"아, 그러니까 시우 씨가 좋은 평가를 받게 도와달라는 거죠?"

"네, 맞습니다. 말하자면 이제 사모님과 저는 공범입니다."

어제 잠을 제대로 못 잔 건 부인만이 아니었다. 밤새 고민하여 생각해낸 해법이 이것이었다. 당장 누군가의 피해도 없이 실타래처럼 얽힌 문제를 해결해낼 방법.

부인은 내 말에 동의할 수밖에 없었다. 김 사장과 부인의 관계는 전혀 수평적이지 않았으니까. 그런 와중에 내연남의 존재가 발각되기라도 하면 그녀의 미래는 불 보듯 뻔한 것이었다.

결국 둘만의 비밀 계약이 성립되었다. 아직 집에 오지 않은 서연 씨의 미래 사진을 맡긴 채, VIP의 집에서 발을 돌렸다.

* * *

하루하루 인턴 평가 일이 다가올수록 시간이 더디게 가는 느낌이었다. 그렇다고 그 시간이 지루하다고 말할 수는 없었다. 오히려 별다른 사건 없이 지나가는 것에 감사해야 했다.

인턴을 수료하는 마지막 주가 찾아왔다. 이번 금요일이면 최종 평가를 받게 된다. 한 주 내내 부인은 특별한 요구를 하지 않았고 그의 아들은 계속 블랙아웃 상태였다.

의외의 사건이 발생한 것은 인턴 평가를 받기 전날인 목요일이었다. 그날 서연 씨는 부인과 함께 집에 있었다.

"이제 제 10년 후 모습을 보고 싶어요."

지난 2주간 그녀는 세 차례에 걸쳐 가까운 미래의 모습을 봐왔다. 별다를 바 없는 평범한 학생의 생활이 보였다. 이제는 먼 미래를 볼 용기가 생긴 것 같았다.

"알겠어요. 인화해서 내일 보여줄게요."

내가 확인했던 10년 후 크리스마스이브 사진에서 그녀는 나와 함께 있었다. 이번에 인화하는 사진은 10년 후 3월 3일. 그날로부터 시간이 흐른 뒤였다.

인화실에 홀로 앉아, 곰곰이 생각해보니 내가 크게 착각하고 있던 것이 있었다. 지금 나는 유이의 블랙아웃을 인지하고 있다. 그로 인해 내 행동 패턴이 바뀌게 되면 10년 후의 미래도 바뀔 수 있었다.

여전히 내가 서연 씨와 함께 있는 사진이 나온다면 그것은 무엇을 의미하는 걸까? 결국 내가 유이의 죽음을 막는 것에 실패한다는 뜻일 수도 있다. 어떤 노력을 하든지 유이는 죽고, 나는 서연 씨와 함께 있다.

만약 그렇다면 이제 어떻게 대처해야 할 것인가. 어차피 유이의 블랙아웃을 막는 것은 실패할 게 뻔하니 아무런 행동도 취하지 않을 것인가? 다양한 경우의 수를 생각할수록 머리가 터질 것만 같았다.

그런데 이렇게 복잡하게 생각할 필요가 있을까? 결론은 의외로 단순할지도 몰랐다. 한 그루의 사과나무를 심는 것. 어떤 미래가 보이든 나는 지금 유이의 죽음을 막기 위한 행동을 할 것이다. 설령 예견된 실패라 할지라도.

서서히 서연 씨의 인화지에 상이 드러나기 시작했다. 한 남성과 여성의 실루엣이 보인다. 여성은 분명 서연 씨일 수밖에 없다. 아직 남성의 얼굴까지는 식별할 수 없는 상태다. 잠시 후면 알 수 있다.

나는 굳이 얼굴을 확인하지 않았다. 사진을 보지 않은 채 서류 봉투 안으로 집어넣었다. 그리고 그대로 봉인해버렸다.

마음속이 복잡해진 상태에서 사무실을 나왔다. 생각을 많이 해서 그런지 좀 출출한 상태였다. 오랜만에 덮밥집에나 가볼까 싶어, 아파트 주차장에 차를 세우고 나오는 참이었다. 누군가가 내 앞을 가로막고 섰다. 이제 놀랄 일도 없었다. 천해일보 주 기자였다.

"얘기는 다 끝난 것으로 아는데요."

벌써 세 번째인가? 참으로 끈질긴 여자였다.

"많은 것을 요구하지 않겠습니다. 일단 제 얘기만 좀 들어주세요."

그녀도 그간 많이 지쳤는지 처음 만났을 때보다 수척해 보였다.

"듣고 싶은 얘기도 없습니다."

내일이면 인턴 수료 날이다. 그녀가 다 된 밥을 망치러 나타난 훼 방금인 것만 같아 더 찜찜했다. 각별하게 몸을 사릴 필요가 있었다.

투명인간 취급하듯 그녀의 몸을 피해 옆으로 걸어갔다. 대여섯 걸음쯤 그녀를 지나쳤을 때였다.

"윤시우 씨, 당신이 하는 일에 정말 떳떳한가요?"

그녀의 울부짖음에 가까운 목소리를 듣고 잠시 걸음을 멈추었다. 이번엔 또 무슨 도발을 하려는 걸까?

"당신 회사에서 하는 일, 다 알고 있어요. 당신이 담당하는 게 김시진 사장이라는 것도요."

'김시진'이란 말에 반사적으로 고개를 돌렸다. 분명 모두 회사 기밀인데? 아무리 기자라지만 어떻게 알고 있는 거지? 무엇보다 아파트 주차장에서 이렇게 큰 소리로 떠들게 놔둬서는 안 되는 내용이었다. 그녀의 얼굴을 똑바로 바라보았다. 피로에 찌든 얼굴임에도 비장함이 느껴지는 표정이었다.

"여기서 이러지 말고 어디 조용한 데서 얘기하죠."

내가 먼저 대화를 제안할 수밖에 없었다. 그녀를 데리고 간 곳은 아파트 상가 내 작은 맥줏집이었다. 평소 손님도 거의 없는데다 테이블마다 칸막이가 설치되어 있다. 그나마 이 근처에서는 조용히 얘기하기에 적합한 곳이었다.

가게문을 열고 들어서자, 20대 초반으로 보이는 남자 아르바이트생 혼자 카운터를 보고 있을 뿐 손님은 아무도 없었다. 이어폰을 끼고 휴대폰으로 축구 동영상을 보고 있다가 우리가 들어서자 어딘지 아쉬워하는 표정이 되었다. 한창 재밌는 장면을 보고 있었나

보다.

가장 구석에 있는 테이블에 자리를 잡고는 생맥주 두 잔을 주문했다.

"대체 뭘 조사하고 있는 거죠?"

회사에는 다른 직원도 많았다. 이태수와 동기이면서 친하기까지 한 박 과장도 있었다. 그녀가 내게 왜 이렇게까지 집착하는 건지 당최 알 수 없었다.

"당신 회사에서 저지르고 있는 불법 행위 전부 다요."

'불법'이라는 단어가 유독 크게 들려왔다.

"좀 조용히 말씀하시죠. 대체 어떤 걸 말씀하시는 건지?"

아는 것도 없으면서 괜히 떠보는 것일 수도 있다. 기자라면 더 조심해야 한다. 교묘한 수법으로 내가 먼저 다 털어놓게 만들지도 몰랐다.

그녀가 교통사고로 죽은 이태수의 사진을 꺼내며 말했다.

"그거 아세요? 이태수 씨가 원래 김시진 사장을 담당하는 파견직 직원이었어요."

금시초문이었다. 김시진 사장은 올해 처음 VIP 회원이 되었다고 했다. 그래서 내가 파견 직원으로는 처음으로 그를 담당한다고 했었다.

"증거 있습니까?"

말은 그렇게 하면서도 머릿속에 빠르게 스쳐 지나가는 기억이 있었다. 부인이 분명 그런 말을 했었다. 아들의 성적이 고1 때는 그렇게 안 오르더니 이제 잘 오른다고. 마치 작년부터 계속 미래 사진을 지켜봐 온 사람 같았다.

또 하나 수상한 점이 더 있었다. 서연 씨가 미래 사진을 촬영하던 날이었다. 보통 촬영 날이 되면 사람들은 평소보다 신경 써서 꾸민 모습으로 나타난다. 미래 사진에는 아무 쓸모가 없다는 걸 알면서도. 하지만 서연 씨는 달랐다. 편한 차림으로 아무렇지 않게 거실 소파에 앉아 있었다. 마치 예전에 경험해본 사람인 것처럼.

"일단 더 들어보시죠."

알겠다고 고개를 끄덕이자 그녀가 곧바로 말을 이었다.

"이태수 씨에게는 어머니만이 유일한 가족이었죠. 어느 날, 아들이 일하는 회사에서 미래 사진을 찍어보니 블랙아웃이 나온 겁니다."

유일한 가족의 블랙아웃이라니, 유이의 블랙아웃을 목격한 나처럼 죽음의 원인을 밝히고 싶었을 것이다.

"윤시우 씨도 충분히 공감하리라 생각합니다. 그 사람이 매일 하는 일이 미래 사진을 인화하는 거였죠. 그런데 어머니가 죽게 되는 원인이나 시점은 알아낼 수 없다는 사실이 얼마나 애통했을까요."

그녀의 말처럼 충분히 이해할 수 있었다. 내 가족의 일이라면 무슨 수를 써서라도 인화지를 더 확보하고 싶었을 것이다.

"그래서 아마 회사에 고충을 토로했던 것 같아요. 어머니의 생명이 위험하니 인화지를 조금만 더 쓸 수는 없겠냐고. 물론 단칼에 거절당했겠죠. 원칙에 위배되니까요."

회사 분위기상 얼마든지 있을 수 있는 일이었다. 그녀가 꾸며낸 이야기처럼 들리지는 않았다.

"결국 이태수 씨의 어머니는 그 후 얼마 지나지 않아 돌아가셨어요. 졸음운전을 하던 트럭 기사가 언덕길을 내려오다 횡단보도에서 그녀를 들이받은 거죠. 정말 우연한 교통사고였어요. 만약 미래를 볼 수 있었다면 얼마든지 피할 수도 있었겠죠."

"네, 얼마든지 있을 수 있는 일이라 생각합니다. 이태수 씨의 어머니 일도 참으로 애석하게 생각하고요. 그런데 그 얘기를 저한테 하시는 의도가 뭐죠?"

블랙아웃을 알고 나서도 죽음을 피하지 못하는 것 역시 흔히 일어나는 일이었다. 정확한 시점과 원인을 모른다면 운명을 거스르기란 쉽지 않았다. 꼭 이태수의 어머니뿐만 아니라.

"얘기를 좀더 들어주세요. 네, 이태수 씨도 이해했을 겁니다. 누구에게나 공평하게 한 장씩의 미래 사진이 주어진다면 죽음을 피할 수 없는 것도 운명으로 받아들였겠죠. 누군가를 탓할 수도 없고요."

그 순간 내가 처음 강남 사무실에 와서 이 실장에게 듣고 놀랐던 말이 떠올랐다. VIP에게는 무제한의 인화지가 제공된다는 말.

"그 후 얼마 지나지 않아 이태수 씨는 파견직 업무를 담당하게 되었어요. 당시 본부장이 나름 신경을 써준 거였죠. 이제 가족이라곤 아무도 없게 된 태수 씨의 사정을 딱하게 여겨 상대적으로 연봉도 높고 대우가 좋은 파견직 업무를 맡겨준 거죠."

블랙아웃 이후 어머니를 잃게 된 상황에서 VIP 고객을 담당하게 되었단 말인가. 타이밍이 썩 좋지 않았다.

"곧 충격과 배신감에 휩싸였겠죠. 정말 말도 안 되는 일이 벌어지고 있었으니까. 알고 계시다시피 여기서는 마음 내키는 대로 인화지를 무한정 쓸 수 있잖아요. 고작 어린아이가 운동장에서 넘어지는 걸 막기 위해."

사실이었다. 그게 바로 내가 했던 일이다. 그녀는 회사 기밀을 속속들이 잘 알고 있었다.

비로소 이태수가 느꼈을 분노와 상실감도 어렴풋이 알 것 같았다. 어머니는 아무 손도 못 쓰고 돌아가셨는데, 여기선 인화지를 물 쓰듯 쓰고 있었으니. 회사에 대한 배신감이 이루 말할 수 없었을 것이다.

"이태수 씨와 같은 날 죽은 이성진 기자는 사건과 무슨 관계죠?"

그 순간, 지난번 그녀가 나를 찾아왔을 때, 천해일보 기자가 자살한 게 아니라 말했던 기억이 떠올랐다.

"네, 이태수 씨와 제 선배는 대학교 신입생 때부터 오랜 친구였어요."

주 기자가 맥주를 한 모금 들이켜더니 다시 말을 이었다.

"마음이 답답했던 태수 씨가 하루는 술자리에서 선배에게 모두 털어놓은 거죠. 미래발전공사와 VIP의 관계에 대해."

문소리가 나더니 20대로 보이는 남자 손님 서너 명이 들어왔다. 말없이 가게 안을 쭉 둘러보다 나와 눈이 마주쳤다. 분위기가 마음에 들지 않았는지 금세 다시 밖으로 나갔다. 그들이 나갈 때까지 주시하며 기다리던 주 기자가 다시 입을 열었다.

"선배는 상부에 보고하고 모든 사실을 폭로하려 했어요. 이미 이태수 씨와 얘기도 끝난 상황이었고요. 그런데 그가 아직 몰랐던 사실이 있었죠."

"그게 뭔가요?"

나는 그녀의 얘기에 점점 빠져들어갔다.

"VIP의 영향력이오. 천해일보 회장 역시 한통속이었던 거죠. 회장도 미래발전공사의 VIP였단 말이에요."

"그럼, 결국 진실을 밝히려다 살해당했다는 건가요?"

"맞아요. 자살로 위장되었으나 타살이에요. 경찰 윗선까지 다 장악되었기 때문이죠."

생각지 못한 전개에 머리가 얼얼해졌다.

"어떻게 그렇게까지 확신할 수 있는 거죠?"

내가 의문을 품자, 주 기자가 가방을 열어 뭔가를 꺼냈다. 휴대용 USB였다.

"여기에 다 담겨 있었어요. 선배가 지금까지 취재해온 모든 내용이. 그가 자살하기 전날, 저에게 문자가 하나 왔어요."

"무슨 내용이었죠?"

"혹시라도 자신에게 무슨 일이 생기면 이 USB를 확인해보라는 거였죠. 이미 목숨을 걸고 취재하고 있었다는 증거죠. 잘못하다간 진실이 영원히 묻힐 수 있다는 사실까지 알고 있었어요. USB는 직원들이 거들떠보지도 않는 회사 캐비닛 깊은 곳에 숨겨두었고요."

지금까지 강인했던 그녀의 목소리가 미세하게 떨리기 시작했다.

"선배가 죽은 날은 사실 모든 것을 폭로하기로 한 날이었어요. USB 안의 문서에 디데이라고 적혀 있었죠. 이렇게까지 진실을 밝혀내려던 사람이 스스로 목숨을 끊었다? 도저히 납득할 수 없는 일인 거죠."

쉽게 믿기 어려운 이야기였다. 정말 그녀가 말하는 모든 것이 진실인 걸까?

"그럼 이태수 씨의 교통사고 역시 조작되었다는 건가요?"

"네, 이건 제가 직접 조사했습니다. 이태수 씨는 사건 당일 회식이 끝나고 대리 기사를 불러 집까지 갔어요. 이건 대리운전 회사에 기록이 남아 있으니 쉽게 알 수 있는 사실이죠. 그런데 대리까지 불러서 집에 무사히 도착한 사람이 다시 운전해서 나간다? 그것도 다시 회식 장소로? 전혀 앞뒤가 안 맞죠."

"의심할 수는 있죠. 하지만 두고 온 것을 다시 찾으러 갔을 수도 있지 않나요?"

그녀가 인상을 찌푸리더니 주먹을 움켜쥐고 말했다.

"그래서 대리 기사를 직접 만나봤죠. 그날 운전했던 기사는 분명 차에 블랙박스가 있었던 것을 똑똑히 기억하고 있었어요. 하지만 경찰 조사 결과, 차량에 블랙박스가 설치되어 있지 않았다고 발표가 났어요. 분명 사건을 은폐하기 위해 누군가 떼어내 숨긴 거겠죠. 의심할 수 있는 건 경찰뿐이죠."

그녀의 말이 모두 사실이라면 경찰까지 관여해서 이태수를 살해한 후 다시 운전석에 앉혀놓았다는 말이다. 이 모든 것의 배후에 우리 회사가 연관되어 있단 말인가.

"USB에 담긴 내용을 보면, 이태수 씨는 기자회견을 할 계획이었어요. 현직자가 직접 증언한다면 그 파급력이 엄청났겠죠."

다시 가게문이 열리더니 이번에는 커플로 보이는 남녀가 들어와 바로 옆 테이블에 앉았다. 칸막이가 쳐져 있으나 마음만 먹으면 얼마든지 대화를 엿들을 수 있는 거리였다. 주 기자는 신경이 쓰이는지 자꾸 그 커플 쪽을 쳐다보았다.

"불편하면 자리를 옮길까요?"

"네, 아무래도 그게 좋을 것 같아요. 죄송한 얘기지만 혹시 윤시우 씨 집으로 가면 안 될까요?"

지금 나누는 대화를 누군가 엿듣는다면 나로서도 큰 타격을 입는다. 오히려 내가 회사 기밀을 유출한 것처럼 오해받기 십상이었다. 낯선 이를 집으로 들이는 것도 영 찜찜하긴 했지만 집이 가장 안전한 듯했다.

18

아버지의 퇴근까지는 한두 시간 정도 남았으니 둘이서 조용히 이야기를 나눌 수 있었다. 가게를 빠져나와 아파트 현관문을 열 때까지 그녀는 아무 말이 없었다. 아마도 밖에서는 누군가 엿들을지 모른다고 생각한 것 같다.

거실에서 코트를 내려놓으며 내가 먼저 말을 꺼냈다.

"그래서 어떻게 하시려는 거죠? 경찰과 언론까지 모두 장악되었다면, 이러한 사실을 무슨 수로 밝혀낼 수 있다는 거죠?"

집 안을 한번 둘러보더니 그녀가 다시 입을 열었다.

"혹시 최정필 기자라고 아시나요?"

나는 고개를 끄덕였다. 그에 대해서는 예전에 뉴스 기사에서 본 적이 있었다.

"정권 비리를 파헤치다 억울하게 누명을 쓰고 감옥에 갔었죠. 지금은 개인 방송을 하고 있어요. 구독자 수만 100만 명이 넘죠."

온라인에서 제법 인기를 끈다는 말도 얼핏 들었던 것 같다.

"그래서 그 방송을 이용하겠단 말씀인가요? 이 일에 관여하다 두 사람이나 죽게 되었다고 방금 말씀하셨잖아요. 상당히 위험한 거 아닌가요?"

주 기자의 말이 모두 사실이라면 그녀 역시 살해 위협을 받을 것이다.

"그래서 그 방송에서 폭로하겠단 거예요. 가장 중요한 포인트는 이거예요. 삽시간에 전국적으로 이슈가 되도록 만드는 것. 그러면 정부나 경찰도 함부로 저를 건드릴 수 없을 거예요. 저를 건드리는 순간 역으로 제 폭로가 전부 진실이라는 것을 입증하는 거니까요."

그녀의 눈동자에 힘이 잔뜩 실려 있었다. 짐작보다 훨씬 굳세 보이는 사람이었다. 자기 목숨까지 걸면서 진실을 밝히겠다고? 잘 이해가 가진 않았지만 그보다도 나에게는 정말 중요한 의문점이 하나 남아 있었다.

"네, 잘 알겠습니다. 그런데 저를 찾아온 이유는 대체 무엇인가요? 설마 방송에 같이 출연해서 증언이라도 해달라는 건가요?"

그녀의 문제의식에는 충분히 공감할 수 있었다. 그녀의 선배가 안타깝게 죽게 된 사연이나 우리 회사 직원이던 이태수의 죽음, 모든 것이 안타깝고 슬픈 일임에는 틀림없었다. 하지만 이 일에 엮인다면 나라고 과연 무사히 살아남을까? 쥐도 새도 모르게 살해당하기 쉬워 보였다.

"아니요, 절대 그렇지 않아요. 윤시우 씨에게는 전혀 피해가 가지 않게 할 겁니다. 다만……."

"다만?"

"이미 USB에 담긴 자료를 수백 번 읽어보았고 몇 달간 발로 뛰면서 직접 조사도 했습니다. 증거도 어느 정도 확보했어요. 이태수 씨 담당이던 김 사장의 집에 윤시우 씨가 드나들기 시작했다는 것도 죄송합니다만 윤시우 씨를 미행하면서 알게 된 거고요."

그 말을 듣자 서연 씨와 처음 만난 날이 떠올랐다. 그녀를 바래다주고 아직 차 안에 있을 때, 분명 누군가 나를 지켜보는 것 같다는 느낌을 받았다. 내가 눈치를 채자, 재빨리 몸을 숨겼던 게 주 기자였던 듯싶다.

"하지만 VIP의 집 안에서 실제 무슨 일이 일어나고 있는지는 꼭 직접 들어보고 싶었습니다. 죽은 이태수의 기록이 아닌 살아 있는 사람의 입으로요. 그래야 저도 확신을 갖고 방송에 나가 당당히 말할 수 있겠다 생각했습니다."

그녀의 설명대로라면 모든 조각이 끼워 맞춰지는 것 같았다. 하지만 여전히 이해할 수 없는 한 가지가 있었다.

"제가 주 기자님 말을 듣고 상부에 보고할 수 있단 생각은 안 해보셨나요? 뭘 믿고 제가 당신을 도우리라 생각한 거죠?"

그때 아파트 초인종이 빠르게 여러 번 울렸다. 화들짝 놀라 벽시계를 보니 오후 8시. 지금 시간에 누가 찾아올 일은 없었다. 설마 누군가 우리를 미행한 건가? 그녀도 놀란 눈치였다. 나는 아무런 증언도 하지 않았는데 그녀와 같이 있었다는 이유만으로 낭패를 볼 수도 있는 상황이었다.

발소리를 죽이고 조심스레 인터폰 화면을 확인하러 갔다. 그 순간 너무 놀란 나머지 몸이 그대로 얼어붙었다. 초조한 표정으로 현관문 앞에 있는 사람은 다름 아닌 유이였다.

대체 왜 연락도 없이 지금 여기에 나타난 거지? 유이는 오늘도 내가 야근 중인 것으로 알 텐데. 게다가 지금은 유이가 한창 아르바이트를 하고 있을 시간이었다.

"누군가요?"

주 기자의 말에 내가 검지를 입술에 붙이며 조용히 하라는 신호를 보냈다. 상황이 복잡해져버렸다. 유이가 밖에서 대화를 엿들은 건 아니겠지? 자세히는 들리지 않았더라도 안에서 여자 목소리가 난다는 것은 알아차렸을 수도 있었다.

뭔가 급한 일이 있어서 찾아온 걸까? 지금 문을 열면 어디서부터 어떻게 설명해야 할까? 하루만 더 기다리면 되는데, 내일 인화지를 받으면 인화를 끝내고 나서 모든 것을 설명할 계획이었다.

나는 인터폰 앞에서 숨죽인 채 화면 속 그녀를 바라보았다. 그녀는 초조한 듯 계속 고개를 이리저리로 움직였다. 무슨 일인지 모르겠지만 제발 그냥 돌아가기를. 그녀는 한동안 문 앞에 서서 가만히 기다렸다. 그러더니 다시금 초인종을 눌렀다. 왜 휴대폰으로는 연락하지 않는 걸까? 5분 정도 지났을까. 그제야 그녀가 문 앞에서 모습을 감추었다.

주 기자와는 아예 내 방으로 자리를 옮겼다. 거실에서 말하는 소리조차 밖으로 새어나갈 것을 우려했기 때문이다.

"누구였죠?"

지금까지 보지 못한 그녀의 우려 섞인 눈빛이었다.

"여자친구예요. 상황이 복잡해질 것 같아서 없는 척한 거예요."

"아, 다행이군요. 혹시라도 미행이 붙었나 했어요."

그녀에겐 다행일지 몰라도 나에게는 전혀 아니었다. 모든 것이 온통 의문투성이였다.

"아, 아까 물어보신 거요. 실은 이미 윤시우 씨 주변 사람들을 통해 어느 정도 조사한 상태였어요. 당신이 어떤 사람인지. 그는 블랙아웃이 나온 사람들을 돕고 싶어한다, 정의감이 무척이나 강한 편이다. 제가 파악한 당신의 성향이었죠. 그래서 다소 위험을 감수하면서까지 대화를 해볼 만한 상대라 여겼고요."

그래서 그토록 끈질기게 나한테 접근한 거였군. 회사 사람들에게 나에 대해 물었다면 아마 그렇게 대답했을지 모른다. 그동안 내가 쌓아온 평판이 나쁘지 않았던 모양이다. 하지만 그녀는 사람을 완전히 잘못 파악하고 있었다. 블랙아웃이 나온 사람들을 돕고 싶었던 것은 단지 내 악몽을 멈추기 위해서였다. 사실 대단한 정의감 때문은 아니었다.

그녀가 책상 위에 휴대폰을 올려놓더니 양손으로 바지 주머니 안을 뒤집어 보였다. 주머니 안에는 아무것도 없었다.

"저는 우리가 오늘 나눈 대화에 대해 어떤 기록이나 녹음도 하지 않아요. 방송으로 폭로하는 날에도 윤시우 씨와 관련된 내용은 전혀 언급하지 않을 겁니다. 죽은 이태수 씨와 선배의 진실을 밝히는 내용에 초점을 맞출 겁니다. 절대 피해가 가지 않게 하겠다고 약속할게요. 단지 개인적으로 진실을 알고 싶습니다."

그녀가 나를 정면으로 응시하며 말했다. 분명 어디선가 본 듯한 인상이었다. 그 진지한 눈빛이 도리어 불편하게 느껴졌다.

"마지막으로 궁금한 게 있습니다. 가까운 선배가 죽었다고 해도 목숨까지 걸기는 쉽지 않을 텐데. 이렇게까지 하는 이유가 대체 뭐죠?"

내 질문에 그녀가 잠시 머뭇거렸다. 나에게 아직 말하지 않은 게 있는 모양이었다.

"혹시, 주유나라고 아시나요?"

주유나? 설마 내가 생각하는 그 사람인가? 우리나라 사람 중에 그녀의 이름을 모를 이는 아무도 없었다. 내가 가볍게 고개를 끄덕이자, 그녀가 믿기 어려운 놀라운 말을 꺼내놓았다.

"제가 바로 그 주유나예요. 지금은 예인이란 이름으로 개명했지만……."

그랬다. 그녀의 얼굴이 그토록 낯익었던 이유를 이제야 알았다.

"주유나라면, 20년 전쯤 유괴되었던……."

정확히 23년 전, 인천에서 발생한 네 살짜리 여아의 유괴 사건이 세간의 화제였다. 그 사건이 이목을 끈 건 수년간 지속된 유아 연쇄 유괴 사건의 종결을 의미했기 때문이다. 하지만 그 사건에는 당시에는 상상조차 할 수 없었던 더 큰 의미가 있었다. 그 사건으로 인해 우리가 사는 세상이 완전히 뒤바뀌었던 것이다.

사건이 발생한 지 며칠 지나지 않아 서울에서 교통사고로 급사한 40대 남성이 있었다. 교통사고 수사를 담당하던 경찰이 그의 차 안에서 우연히 사진 한 장을 발견했다. 양팔이 뒤로 묶인 채 겁에 질린 표정을 한 아이, 인천에서 유괴된 바로 그 여아였다. 경찰은 사망한 남성을 유괴범으로 특정하고 그의 집 안을 샅샅이 뒤졌다. 하지만 유괴된 아이의 머리카락 한 올조차 발견할 수 없었고 사건은 결국 미제로 남고 말았다.

그로부터 10년이 흘러 세간의 관심이 완전히 사라질 때쯤이었다. 한 동네 술주정뱅이의 진실인지 장난인지 분간할 수 없는 제보가 그 시작점이었다. 유괴범이 죽기 전에 종종 드나들던 은신처를 알고 있다는 것이었다. 벌써 10년 전 일이라며 다른 형사들은 믿지 않았지만 그때까지 사건을 담당해온 박 형사는 달랐다. 당장 제보자가 말한 장소로 홀로 출동했다. 그곳은 인천에 위치한 어느 한적한 주택가의 지하실. 아무리 문을 두드려도 대답이 없자, 그는 굳게 잠긴 철문을 뜯어내고 진입했다.

수북이 쌓인 먼지로 보아, 지난 수년간 어떤 누구의 출입도 없었던 것으로 보였다. 하지만 안타깝게도 그곳 역시 아이의 흔적은 전혀 보이지 않았다. 그 대신 지하실 안에는 기이하게도 사진 인화 장비와 인화용 현상액들이 있었다. 그리고 책상 위에는 낡은 필름들이 여러 개 놓여 있었다. 필름에는 가느다란 사인펜으로 각기 다른 날짜가 적혀 있었다. 박 형사로서는 절대 잊을 수 없는 날들. 그 날

짜들은 모두 아이들이 유괴된 날이었다.

10년 넘게 아이들을 찾아 헤맨 그는 다급한 마음에 당장이라도 필름을 인화하고 싶은 마음뿐이었다. 마침 대학 시절 사진 동아리 경력도 있던지라 사진 인화를 하는 법도 대강 알고 있었다. 결국, 그는 증거 보존 의무도 무시하고 현장에 있던 현상액과 인화지를 이용해 10년 전, 주유나의 유괴 사건 발생일이 적힌 필름을 인화하고 만다.

그는 사건 당시 겁에 질린 유나의 모습이 인화될 거라 예상했다. 그런데 전혀 뜻밖에도 인화된 사진에는 중학교 교복을 입은 앳된 소녀의 모습이 나타났다. 하지만 당황한 것도 잠시뿐이었다. 지난 10년간 그가 쉼없이 해온 일이 있었다. 바로 유괴된 아이들의 현재 나이에 맞는 추정 모습을 실종 전단지에 싣는 것. 그는 사진을 본 순간 직감했다. 이 소녀가 바로 주유나라고.

그런데 한 가지 마음에 걸리는 것이 있었다. 범인은 교통사고로 죽은 지 10년이 지났고 지하실은 그동안 잠겨 있었던 것 같다. 대체 누가 그녀의 최근 사진을 찍은 걸까?

박 형사는 사진 속 교복을 단서로 수소문한 끝에 그녀가 경상남도 통영에 위치한 한 중학교에 다니고 있다는 사실을 알아냈다. 그는 통영까지 한걸음에 달려갔고, 학교 교실 창문 너머로 밝고 건강해 보이는 한 소녀의 모습을 확인할 수 있었다.

그녀는 한 종교 단체가 운영하는 보육시설에서 키워졌고, 어릴 때 기억은 완전히 잊고 있었다. 박 형사는 내내 확신하고 있었다.

하지만 정확한 사실 확인을 위해 곧바로 유전자 검사가 이뤄졌다. 마침내 매스컴을 통해 그녀가 10년 전 유괴된 주유나라는 사실이 온 세상에 밝혀지게 되었다.

우연에 우연이 겹친 일이었다. 10년간 아무도 찾지 않았던 지하 공간에서 인화에 필요한 액체 약품들이 변질되었다. 인화지에도 변색과 더불어 질적 변화가 일어났다. 이런 조건들이 맞아떨어져 믿기 어려운 신기한 현상을 만들어냈다.

곧바로 성분 검사에 들어갔고, 특수한 조건이 맞아떨어진 환경에서는 필름에 찍힌 상으로부터 10년 뒤 모습을 인화할 수 있다는 사실이 밝혀졌다. 유나가 네 살 때 찍힌 필름을 인화하니, 그녀의 중학생 때 모습이 드러났던 것이다.

미래발전공사가 창립될 수 있었던 것도 결국은 그 유괴 사건 덕분이었다. 세상을 뒤바꾼 사건의 주인공이 지금 바로 내 앞에 서 있었다.

"미래 사진에 최초로 등장한 소녀란 타이틀 때문에 어딜 가나 세상 사람들의 주목을 받고 살아왔어요. 처음엔 저도 신기했어요. 하지만 나중엔 스트레스가 커져서 대인 기피증마저 생기더라고요. 결국 부모님 권유로 이름도 바꾸고 조용히 숨어 살게 되었죠."

그녀는 수없이 많은 인터뷰와 세간의 관심이 부담스러웠다고 솔직하게 털어놓았다.

"어쨌든 저도 담당 형사님의 끈질긴 수사 덕분에 온전한 제 정체성을 찾아낼 수 있었죠. 그러다 보니 기자란 직업에 끌렸던 것 같아요. 위험을 무릅쓰고라도 끝까지 진실을 파헤쳐나가는 그런 모습이 동경의 대상이었죠."

그런 이유에서 기자가 된 것이라면 사명감이 남달랐을 수 있었다.

"그런데 직속 선배가 미래 사진에 대한 취재를 하다 끔찍한 변을 당했어요. 진실을 밝히는 게 제 숙명이 아닌가 생각했습니다. 미래 사진에 최초로 등장했던 소녀로서의 숙명 말이죠."

차분한 목소리에서도 그녀의 결연한 의지가 느껴졌다.

19

인화실 안에 멍하니 앉아 이 실장이 오기만을 기다렸다. 오늘 발표될 인턴 평가 결과를 그가 직접 알려주기로 되어 있었다. 약속된 시간이 다가올수록 긴장감이 고조되기 시작했다. 오전 11시 정각이 되자 노크 소리가 들렸다. 곧바로 그가 인화실 안으로 들어왔다. 최근 커트를 했는지 머리 길이가 군인처럼 짧아져 있었다.

"많이 기다렸죠?"

그가 가볍게 웃으면서 한마디 했다. 결과를 먼저 알고 있는 자의 여유인가. 하지만 나에게는 어느 때보다 긴장된 순간이었다. 그의 손에 들린 서류철이 눈에 들어왔다. 아마도 평가 결과가 담겨 있을 것이다.

"어제 오후 늦게 윤시우 씨가 담당하는 VIP 가족의 평가가 끝났습니다. 총 세 분이 참여하셨고요."

김 사장과 부인, 그리고 서연 씨가 참여했을 것이다.

"VIP 가족의 평가가 70퍼센트, 나머지 30퍼센트는 인화지 관리 및 기밀 준수 여부 등으로 평가됩니다. 총 80점 이상을 획득해야 정규 파견직이 되고요."

순간 기밀 준수라는 말이 귀에 박혔다. 설마 어제 주 기자를 만났다는 사실까지 회사에서 이미 파악하고 있을까?

"윤시우 씨의 점수는……."

그가 뜸을 들일수록 입속이 말라갔다. 두 달간의 노력이 결실을 거둘지 아니면 허무하게 물거품으로 돌아갈지 결정될 순간이었다.

"85점, 합격입니다."

"휴."

나도 모르게 한숨을 내쉬었다. 천만다행이었다.

"항목별로 보자면…… VIP 가족의 평가는 역대 직원 중 유일하게 만점이었습니다."

만점이라고? 높은 점수를 기대했으나 이 정도일 줄은 예상치 못했다. 부인이야 나한테 약점을 잡혔으니 그렇다 치자. 서연 씨가 내게 만점을 준 건 이성적인 호감 때문일까? 김 사장의 속내 역시 알 수 없었다. 같이 식사 한 번 했을 뿐인데.

"점수가 크게 깎인 부분은……."

그가 갑자기 미간을 찌푸리더니 말을 이었다.

"2월 초에 한 번 VIP 가족 이외의 사람을 대상으로 미래를 확인했군요. VIP의 요구가 있더라도 안 되는 부분입니다."

부인에게 부탁해 유이의 미래 사진을 본 것이 문제인 모양이었다. 다행히 내가 요구해서 인화했다는 사실은 그도 모르는 듯했다.

"앞으로 주의하겠습니다."

그가 나에게 정규 파견직 사원증과 인화지 열 장을 건네주었다.

"뭐 그래도 고객 만족이 최우선이니까요. 정규직이 된 것을 다시한번 축하합니다."

가볍게 악수를 나눈 뒤 그가 인화실에서 나갔다. 그제야 긴장이 완전히 풀려 의자에 등을 기댄 채 목을 뒤로 젖혔다. 한 손에는 열 장의 인화지를 꼭 움켜쥐고 있었다. 그토록 원하던 것을 드디어 손 안에 넣은 순간이었다.

이제 곧 점심시간이었으나 평소처럼 밥 생각은 전혀 나지 않았다. 인화지를 확보한 이상 유이의 미래를 알아보고 싶은 마음뿐이었다.

하지만 어떻게 시간을 설정해야 할지 좀처럼 계산이 되지 않았다. 열 장은 정확하게 어느 날, 어떤 이유로 죽는지 파악하기에는 충분하지 않은 숫자였다. 그러니 도박을 거는 수밖에 없었다. 확률적으로 열 장을 고르게 배분하는 게 아니라 내 직감을 따르는 것이다.

유이가 블랙아웃을 당한 후 일어난 일들을 생각해보았다. 내 미래 사진 속의 여성인 서연 씨를 알게 되었다. 게다가 유이와 헤어지라는 협박 편지도 받았다. 지금까지 유이와 사귀면서 지냈던 평온했던 날들과 달리, 우리 주위로 급격한 변화가 일어나고 있었다.

유이의 죽음은 머지않아 발생할 것이다. 오랜 생각 끝에 내가 내린 결론은 그것이었다. 그렇다면 가까운 시일 내로 잡는 게 옳았다.

우선 3개월 후 오후 6시로 인화 시간을 설정했다. 3개월 안으로 도박을 건 것이다. 그리고 인화지에 상이 나타나기를 기다렸다. 이번에 블랙아웃이 나와야만 정확한 사망 시점을 좀더 쉽게 찾을 수 있었다. 긴장된 마음에 다리까지 떨면서 시간이 흐르기만을 기다렸다.

잠시 눈을 감고 있었다. 얼마나 시간이 흘렀을까? 다시 눈을 뜨고 인화지를 바라보았다. 온통 새까맸다. 다행히도 블랙아웃이었다. 블랙아웃인 게 다행이라니 참으로 아이러니했다.

유이는 3개월 안에 죽는다. 도저히 인정하고 싶지 않은 사실이었으나 이로 인해 모든 것이 더 명확해질 것이다. 차례로 45일, 22일, 11일 후를 인화했다. 여전히 블랙아웃이었다.

이번에는 5일 후 오후 6시를 확인했다. 유이가 아르바이트 중인 카페에서 앞치마를 두르고 있었다. 이때까지는 살아 있다.

그렇다면 5일에서 11일 사이였다. 남은 인화지는 다섯 장. 다음으로 그 중간쯤인 8일 후를 확인했다. 이번에도 블랙아웃. 이번엔 6일 후 오후 6시를 확인해보았다. 이때도 블랙아웃.

이제 범위는 24시간으로 좁혀졌다. 5일 후 오후 6시에서 6일 후 오후 6시 사이였다. 남은 건 세 장의 인화지뿐. 아무래도 낮보다는 밤 쪽으로 마음이 기울었다. 이번엔 5일 후 오후 12시로 설정해보았다. 이때도 블랙아웃. 그러면 5일 후 오후 6시에서 오후 12시, 여섯 시간 사이였다.

이제 남은 건 단 두 장. 유이는 오후 6시부터 9시까지 아르바이트를 한다. 오후 9시를 확인하면 아르바이트 중에 문제가 생기는지 알 수 있었다. 먼저 5일 후 오후 9시. 아르바이트가 끝나 뒷정리를 하는 그녀의 모습이 인화되었다. 이때까지도 살아 있다.

마지막 한 장이 남았다. 이번에 반드시 뭔가가 나와야 했다. 5일 후 오후 10시 30분으로 시간을 설정했다. 그리고 인화가 되기를 기다렸다.

전체적으로 사진 톤이 어둡다. 설마 또 블랙아웃인가? 아니었다. 희미하지만 상이 보인다. 아직 살아 있다. 하지만 계속 쳐다보는 것이 고통스러울 정도로 끔찍한 사진이었다.

유이가 화염 속에 갇혀 있다. 완전히 패닉이 된 표정. 이미 얼굴 여기저기가 불에 그을려 있다. 숨 쉬는 것조차 힘들어 보인다. 벽지 무늬를 봤을 때 분명 유이의 집이다. 그녀의 집에 화재가 난 것이었다.

분명 그녀의 운명을 뒤바꿀 일이 일어날 거라 예상했다. 하지만 사진을 보자 그 충격은 오히려 배가되었다. 사진을 붙잡고 있는 손이 마구 떨리기 시작했다. 심장도 빠르게 쿵쾅거렸다.

일단 복도에 있는 정수기에서 물 한 잔을 떠왔다. 냉수를 천천히 들이켠 뒤, 숨을 크게 들이마셨다 다시 내쉬었다. 침착하자. 이제부터가 중요했다.

불이 났다면 방화일 수도, 단순 부주의로 인한 것일 수도 있다. 하지만 저 정도로 화염이 치솟을 동안 집 안에 있던 사람이 모를 수 있을까? 오후 10시 30분이라면 유이가 자고 있을 시간도 아니다.

저렇게 불이 커지도록 지켜봤을 리가 없었다. 누군가가 불을 질렀을 가능성이 더 높았다.

그렇다면 누가 불을 질렀을까? 유이와 원한 관계에 있는 사람이 있을까? 유이에게 직접 물어봐야 확실해지겠으나 당장 짚이는 사람은 없었다. 가장 마음에 걸리는 건 역시 한 달 전 협박 편지였다. 그 편지를 보낸 자와 관련이 있어 보이나 누군지는 아직도 알 수 없었다.

VIP 가족이 내게 모두 만점을 주었다. 김 사장은 무슨 이유 때문인지 나를 딸에게 소개해주고 잘되기를 바라고 있었다. 그들이 내 뒷조사를 해서 유이의 집까지 알아낸 걸까? 그렇다고 불까지 지른다는 건 상식적으로 이해되지 않았다.

아무리 혼자 끙끙거리며 고심해봐도 도통 범인을 특정할 수 없었다. 아무래도 유이와 직접 이야기를 나누는 것이 중요했다. 드디어 지금까지 숨겨왔던 모든 것을 털어놓을 때가 되었다.

* * *

그날, 유이의 아르바이트가 끝나고 9시 반쯤 되어서야 그녀와 만날 수 있었다. 그동안 연락은 해왔지만 이렇게 얼굴을 보는 건 거의 한 달 만이었다. 언뜻 보기에도 그녀는 이전보다 야위어 있었다. 그동안 힘든 일이 많았던 걸까? 그동안 제대로 신경 써주지 못한 것이 마음 아팠다.

그런데 그녀의 얼굴을 보자마자, 이상한 점이 하나 떠올랐다. 분명 어제 우리집에 왔으면서 왜 이에 대해 말하지 않는 걸까?

우리는 평소에 자주 들르는 성북동의 한 카페에 앉았다. 늦은 시간이라 손님이 거의 없었다. 마감 시간인 11시까지는 그래도 시간이 좀 남아 있었다.

나는 가볍게 운을 띄웠다.

"오늘 할 얘기가 좀 있어."

"무슨 얘기?"

"사실 지금까지 숨겨왔던 게 있어."

이렇게 말하면 놀랄 줄 알았던 유이의 표정이 의외로 담담해 보였다. 왜 감정의 변화가 별로 없지? 가방에서 그녀의 블랙아웃 사진을 꺼내 테이블 위에 올렸다.

"이게 뭐야?"

"사실 네 사진은 이거였어. 10년 후의 미래."

사진을 보자, 유이의 눈동자가 초점을 잃고 마구 흔들리기 시작했다.

"내가 10년 안에 죽는다고? 그래서 사진을 바꿨던 거야?"

그녀가 사진을 집어 들더니 뚫어지게 쳐다보았다. 그래 봤자 아무것도 보이지 않는다. 나는 말 없이 고개를 끄덕였다.

"내 거라고 보여줬던 건 오빠의 미래 사진이었지?"

"어, 맞아. 그리고 최근에 사진 속 여자와도 알게 되었어."

당장이라도 울음을 터뜨릴 것처럼 그녀의 표정이 일그러졌다.

"서연 언니지?"

예상했던 대로 유이는 그 여자의 정체를 알고 있었다. 그리고 지금까지 말하지 않았던 사실을 내게 털어놓았다. 서연 씨는 유이와 한 살 터울인 그녀의 친언니였다. 어려서부터 너무나도 닮아서 쌍둥이로 오해받던 자매.

"사실 내가 지난 2개월 동안 담당했던 고객이 서연 씨 집이었어. 그럼 김 사장님이?"

"응. 절대로 인정하고 싶지 않지만, 그 사람이 아빠야."

유이가 고등학생 때 부모님이 이혼했다는 사실은 알고 있었다. 하지만 더 자세한 이야기는 상처가 될까 묻지 못했었다. 그 이후 서연 씨는 아버지와, 유이는 어머니와 살기로 선택한 것이었다.

"우리 자매가 어렸을 때부터 아빠는 여자 문제가 꽤 복잡했어. 결국 엄마랑 이혼하고 얼마 안 가 지금 그 여자랑 재혼했지. 이미 이혼 전부터 두 집을 오갔지만."

지금까지 들어본 적 없는 독기 서린 말투였다. 아버지에 대한 강한 분노와 적개심이 그대로 전해지는 것만 같았다.

나는 가방에서 오늘 인화한 열 장의 사진을 꺼내어 테이블 위에 펼쳐놓았다.

"지금까지 숨길 수밖에 없었던 이유가 이거야. 오늘에서야 알아낼 수 있었어. 너의 죽음을 피할 방법을."

유독 한 사진이 눈에 띄었다. 유이가 떨리는 손으로 천천히 그 사진을 집어 올렸다.

"이거…… 믿을 수 있는 거야? 우리집이 이렇게 불타버린다고?"

화재로 연기가 자욱한 사진을 보자마자 패닉이 온 것 같았다. 사진 속의 그녀와 마찬가지로.

"5일 뒤 오후 10시 30분경이야. 걱정하지 마. 얼마든지 피할 수 있어."

그때까지 애써 참던 그녀의 눈에서 눈물이 터졌다. 어느 때보다 서러워 보이는 눈물이다. 자신이 죽는 장면을 미리 본다면 누구든 그러리라.

"이유가 뭔데? 내가 왜 죽어야 하는 건데?"

그녀는 시선을 이리저리 옮기며 혼란스러워하는 모습을 보였다. 나는 살며시 그녀의 양 어깨를 잡았다.

"아니야, 죽지 않을 거야. 절대로."

그녀가 마음을 진정하기까지는 좀더 시간이 필요했다. 다른 손님들이 눈물을 흘리는 그녀를 힐끗힐끗 쳐다보는 시선이 느껴졌다. 난 그녀의 옆으로 가 가만히 한 손을 꼭 잡아주었다.

그녀가 가까스로 안정을 찾은 후에야 준비한 이야기를 꺼낼 수 있었다.

"이런 얘기 듣기 힘들겠지만…… 우선 누구의 소행인지 알아내야 해. 사실 얼마 전에 협박 편지를 받았었어. 여자친구와 헤어지라는."

"대체 누가 그런 짓을?"

유이가 인상을 잔뜩 찌푸리며 물었다.

"나도 잘 모르겠어. 그나마 의심이 가는 건 김 사장이야. 김 사장이 자꾸 나를 서연 씨와 이어주려 해."

유이의 표정이 다시 심하게 일그러졌다.

"아, 그래서 내가 죽으면 결국 언니랑 만나게 되는 거였구나."

울분에 찬 목소리였다. 절대 그렇게 될 리가 없다. 하지만 미래의 모습이 이미 그렇다고 말하고 있었다.

"근데 말이야. 아무리 그렇다 해도 너희 집에 불까지 지르는 건 뭔가 좀 이상하지 않아? 내 여자친구가 너라는 사실까지 안다면. 같이 살진 않더라도 자기가 낳은 딸이잖아."

그녀가 뭔가 말하기를 주저하는 듯 입술을 움직였다.

"사실은 말이야."

그녀의 입술을 가만히 바라보았다.

"작년 10월쯤, 아빠한테 연락이 왔었어. 부모님 이혼 후에 처음으로."

"대체 무슨 일로?"

그녀가 잠시 뜸을 들이더니 다시 입을 열었다.

"자기 집으로 들어와서 같이 살자고."

어머니를 홀로 남겨둔 채 자신의 품으로 오라는 것이었다.

"그래서 내가 참지 못하고 소리를 질렀었지. 당신이 무슨 행동을 했는지 알고 하는 소리냐고. 마지막까지 엄마를 그렇게 고통스럽게 만들고 싶냐고."

그녀의 눈에서 멈췄던 눈물이 다시 흘러내리기 시작했다. 김 사장에게는 딸에 대한 온정이 남아 있는 것 같았다.

그렇다면 그가 저지른 짓이 아니라는 말인가. 모든 것이 다시 미궁 속으로 빠져들어 버렸다. 뭐가 어떻게 돌아가고 있는 걸까?

* * *

하루하루 디데이가 다가올수록 긴장감도 극도로 높아져갔다. 물론 당사자인 유이에 비할 바는 아닐 것이다. 그녀는 애써 침착한 척하고 있었지만 분명 죽음의 공포에 직면하고 있었다. 어렸을 적 손톱을 물어뜯던 버릇마저 어느샌가 되살아났다.

화재가 발생하는 당일, 렌터카 회사에서 차를 한 대 빌렸다. 최대한 눈에 띄지 않기 위해 흔한 검은색 중형 세단을 택했다. 밖에서 내부가 보이지 않게 검은색으로 선팅된 차량이었다.

유이는 총 일곱 가구가 사는 4층짜리 빌라 1층에 살았다. 저녁 시간이 되면 차들도 잘 다니지 않는 후미진 동네였다. 오후 8시쯤 빌라 맞은편 길가에 차를 댔다. 조금 이른 감이 있었으나 다른 차가 먼저 주차하기 전에 자리를 선점해야 했다. 이 위치면 빌라 정문이 아주 잘 보인다. 언제든 뛰쳐나갈 수 있게 조수석으로 자리를 옮겼다.

유이는 평소처럼 아르바이트를 마치고 집으로 돌아오기로 한 상태였다. 사실 오늘만큼은 유이 혼자 밤거리를 걷게 하고 싶지 않았다. 하지만 평소와 다른 변화가 있어서는 안 되었다.

오후 9시 15분쯤, 유이가 빌라 안으로 들어가는 모습이 차 안에서 보였다. 사건이 발생하는 시간은 오후 10시 30분 전후. 아직 한 시간 이상이 남은 상황. 혹시 몰라 계속 빌라 입구 쪽을 주시하고 있었다.

9시 40분. 한 아주머니가 장바구니를 들고 빌라 안으로 들어갔다. 입주민일 확률이 높아 보인다. 그래도 끝까지 놓치지 않고 주시했다. 곧이어 2층에 있는 한 집의 창문에 불이 켜졌다. 그녀는 확실히 입주민이었다.

오후 10시. 빌라에서 한 남자가 나왔다. 건물 앞에서 담배를 피우면서 휴대폰 화면을 보고 있었다. 혹시라도 수상한 행동을 하지 않을까 계속 쳐다보았다. 5분쯤 지나자 다시 건물 안으로 들어갔다. 그가 들어감과 동시에 유이의 집을 살폈다. 이번에도 별다른 일은 없었다.

점점 정해진 시간이 다가오고 있었다. 손바닥에서 흥건하게 땀이 나기 시작했다. 대략 오후 10시 20분쯤이었다. 커다란 등산 가방을 멘 사람이 빌라 입구를 서성였다. 모자를 깊게 눌러쓰고 마스크까지 하고 있었다. 그자가 재빨리 빌라 입구로 들어섰다.

아무리 봐도 느낌이 좋지 않았다. 여차하면 차에서 뛰어나갈 준비를 했다. 잠시 뒤, 빌라 입구 쪽에서 연기가 새어나오기 시작했다. 그리고 그자가 재빨리 밖으로 뛰쳐나왔다. 그는 빠른 걸음으로 빌라 뒤쪽 골목길로 빠져나가고 있었다.

유이 집에 화염이 번지고 있었다. 바로 차문을 박차고 나와 그자를 뒤쫓기 시작했다. 어둡고 고요한 밤거리를 심장이 터질 정도로 전력으로 달려나갔다. 순식간에 그자와의 거리가 점점 좁혀졌다.

그제야 뭔가 낌새를 눈치챘는지 그자가 살짝 뒤를 돌아보았다. 내가 달려오는 모습을 보더니, 속도를 높여 뛰었다.

골목길이 마치 미로처럼 복잡했기 때문에 여기저기서 급격하게 커브를 틀어야 했다. 처음 와본 사람은 헷갈리기 쉬운 길이다. 난 워낙 자주 왔던 곳이라 빠삭하게 잘 파악하고 있었다. 한 번씩 커브를 돌 때마다 그자의 뒷모습이 시야에서 사라졌다가 다시 나타났다.

도망가는 방향을 보니, 아무래도 이 동네에 사는 사람 같지는 않았다. 예상치 못하게 추격을 당하자 당황하고 있는 것으로 보였다. 점점 그자의 달리는 속도가 느려졌다. 숨이 찬 모양이다. 그에 맞춰, 둘 사이의 간격이 점차 가까워졌다.

그쪽은 막다른 길일 텐데. 예상치 못하게 쫓기게 되자, 방향도 생각 않고 무작정 뛰어간 것이 분명했다. 결국 그자는 골목 끝에서 멈춰 섰다. 나도 같이 멈춰 서서 목까지 차오른 숨을 거칠게 내쉬었다.

"당신 누구야?"

모자와 마스크로 얼굴을 거의 가렸으나 어딘지 익숙한 실루엣이란 느낌이 들었다. 설마 내가 생각하는 그 사람이 아니기를.

그자는 아무 말이 없었다. 여기저기 주변을 살피지만 갈 곳은 없다. 갑자기 미친 듯이 내 쪽을 향해 돌진해왔다. 아마도 나를 밀쳐버리고 빠져나가려는 것 같았다. 내 몸에 부딪히기 직전, 가볍게 몸을 피해 다리를 걸었다. 그자는 그대로 앞으로 고꾸라졌다. 이런 추격전이나 몸싸움에는 익숙지 않아 보이는 몸놀림이다.

넘어진 그자의 등 위에 한쪽 무릎을 꿇고 양손으로 어깨를 눌렀다. 그자가 빠져나오려 발버둥 쳤다. 오른손으로 재빨리 모자를 벗겼다. 그리고 마스크를 낚아챘다. 그제야 그자의 얼굴이 그대로 드러났다. 그 얼굴을 보고는 차마 아무 말도 할 수 없었다. 제발 아니기를 바랐던 그 사람.

그는 지호였다.

20

"평소처럼 집에 들어갔다가 10시쯤 엄마랑 옥상으로 올라갈게."

유이가 단호한 표정으로 말했다.

"정말 괜찮겠어?"

우리의 계획은 이러했다. 미래 사진에 의하면 오늘 누군가에 의해 방화가 일어날 것이다. 과연 오늘만 피한다고 안전할까?

아니었다. 오늘 피한다 해도 다른 날, 다시 무슨 일을 저지를지 몰랐다. 우리가 범행을 눈치채고 피했다는 사실을 알게 되면 더 악랄한 수법을 쓸지도 몰랐다. 무슨 일이 있어도 오늘 반드시 범인을 알아내야만 했다.

범인을 잡기 위해서는 그가 계획한 대로 불을 지르게 놔두어야 했다. 유이와 유이 어머니도 평소와 똑같이 행동할 필요가 있었다. 마지막 순간에만 집을 몰래 빠져나와 옥상에 올라간다.

그러면, 방화범은 계획대로 집에 불을 지를 것이다. 나는 그자를 뒤쫓아 정체를 밝힐 계획이었다. 만약을 대비하여 방탄복도 준비해 입고 있었다.

자기 집이 불타버리는 상황을 스스로 택하기는 쉽지 않다. 하지만 먼저 결단을 내린 것은 유이였다.

"이 방법 말고는 없잖아. 꼭 밝혀내야지. 날 죽이려는 자가 대체 누군지."

값비싸거나 소중한 물건들은 미리 우리집으로 옮겨두었다. 연기가 나기 시작하면 유이는 바로 옥상에서 119에 신고한다. 유이 어머니는 범인의 신속한 체포를 위해 112에 신고하기로 했다.

모든 것은 우리의 계획대로 흘러갔다. 누구라도 미래를 미리 아는 사람을 능가하긴 어려운 법이다.

범인은 예상했던 시간 가까이에 집 앞에 나타났다. 그가 메고 있던 등산 가방에는 휘발유가 담긴 페트병이 네 통 들어 있었다. 유이집에 휘발유를 뿌린 뒤 곧이어 불을 붙였다. 연기가 나기 시작하자그는 조용히 달아났다.

곧바로 내가 그를 뒤쫓아 붙잡을 수 있었다. 사실 애초에 잡는 것까지는 기대하지 않았다. 최소한 정체만이라도 알아내고 싶었다. 하지만 범인은 전혀 뜻밖의 인물이었다. 지호는 결국 현장에 출동한 경찰에 의해 체포되었다.

우리는 한동안 충격에서 헤어나오지 못했다. 실제로 건물에 엄청난 화염이 치솟았다는 사실뿐만 아니라 심지어 그 범인이 우리

와 절친인 지호라는 것을 받아들이기 어려웠다.

"실은 그날 밤 10시쯤에 지호 오빠한테 문자가 왔었어."

"뭐, 정말로? 무슨 문자?"

화재가 일어나고 이틀이 지나서야 유이와 제대로 된 대화를 나눌 수 있었다. 밖에서 얘기하기엔 불편한 부분들이 있을 것 같아 우리집에서 만났다.

"우리집 근처에 왔는데, 집에 있냐고."

"지호가 왜? 원래 둘이 따로 연락했었어?"

유이가 고개를 끄덕였다. 그녀에게도 그동안 나에게 숨겨왔던 사실이 있었던 것이다.

"처음 연락했던 게 그날이었어. 작년 12월 31일. 자정쯤에 전화가 왔었어."

12월 31일이라면 유이와 미래 사진 때문에 다툰 날이었다. 지호는 그날 나랑 술집에서 술을 마시다 잠깐 담배를 피우러 나갔었다. 자정 무렵 내가 유이에게 전화를 걸 때는 통화 중이었다.

"그날 오빠랑도 다툰 상태였고, 평소 연락을 자주 주고받은 적이 없으니 무슨 급한 일인가 싶어서 받았어. 근데 그냥 새해 인사를 하는 거야."

그 이후로 지호가 유이에게 연락하는 일이 잦아졌다고 했다. 분명 내가 그녀와 싸웠다는 말을 듣고 연락을 시작했던 것으로 보인다.

"오빠, 정말 선봤었어? 아버님 부탁으로?"

유이는 내가 지호와 얘기한 모든 것을 알고 있었다. 둘만의 비밀로 하기로 한 것도 그녀에게 다 떠벌린 것이다.

"아니, 그건 사실이 아니야."

"지호 오빠랑 덮밥 먹은 적은 있었지?"

그날은 지호가 우리집에 갑자기 찾아온 날이었다. 유이가 휴대폰에서 한 장의 사진을 보여주었다. 지호의 덮밥과 앞에 앉아 있던 내 모습이 일부 나온 사진이었다.

"지호 오빠가 그랬어. 오빠가 어느 재벌가 딸이랑 선본 이후로 바쁘다는 핑계를 대기 시작했다고. 그래서 계속 평일이고 주말이고, 야근이라고 거짓말하는 거라고. 자기가 직접 오빠 집에 가봤더니 멀쩡하게 집에 있었다는 거야. 난 절대 믿지 않았어. 그런데 이 사진까지 보낸 거야."

그 녀석이 그날 유난히 사진에 집착했던 것도 그런 이유였다. 내가 거짓말한다는 것을 유이에게 알리기 위해서.

"그럼 우리집에 찾아왔던 것도?"

유이도 내가 거짓말을 하는지 자기 눈으로 확인하고 싶었던 것이다.

"어떻게 알아? 오빠 그때 집에 있었어?"

유이가 상당히 놀란 표정으로 되물었다. 나는 주 기자와 있었던 일들까지 유이에게 모두 털어놓았다. 회사 일이 살인 사건에까지 연루되어 있다는 말에 크게 충격을 받은 것 같았다.

"지호 오빠가 늦은 밤에 우리집 근처라면서 찾아오기 시작한 건 최근 일이야. 무슨 일인가 싶어 한번 밖에 나가 만났더니 다음에도 또 그러는 거야."

"그럼 그날도 널 만나려고 문자를 보낸 거야?"

"어, 아직 친구 만나느라 밖이라고 했어. 집이라 그러면 보통 보자고 하니까."

그렇다면 유이가 집에 없다고 생각했을 텐데 왜 불을 지른 걸까? 아니, 애초에 유이에게 마음이 있어서 지금까지 호감을 보인 거라면 불을 지를 이유가 없었다.

"대체 왜 불을 지른 걸까?"

"나도 모르겠어. 얼마 전, 집 앞에서 만났을 때 그 오빠가 그랬어. 사실은 대학생 때부터 날 좋아했었다고. 내가 오빠랑 사귀기 이전부터."

"그래서? 뭐라 말했어?"

6년 가까이 그런 마음을 숨기고 있었다고? 지호와 같이 술잔을 기울이며 서로의 고민을 털어놓았던 수많은 순간들이 떠올랐다. 그러면서 아무렇지 않은 척 나와 술을 마셨단 말인가. 도저히 믿기지 않았다.

"마음은 알겠지만, 난 시우 오빠랑 만나고 있는 걸 모르냐고 했지. 그리고 오빠랑 지호 오빠 관계도 있으니까 못 들은 걸로 하겠다고 했어."

"그러니까 순순히 물러났어?"

생각할수록 열이 받아 나도 모르게 목소리가 커졌다.

"아니, 오빠는 이미 나한테서 마음이 떠났다는 얘기를 또 했어.

다른 여자랑 만나는 중일 거라고. 그래서 그날 갑작스레 알바도 펑크 내고 오빠 집까지 몰래 찾아가 봤던 거야. 지호 오빠 말대로 오빠가 정말 집에 있나 해서."

충격의 연속이었다. 내가 아무리 사람 보는 눈이 없다 한들 지호가 그런 사람일 줄은 꿈에도 몰랐다. 아니, 아직도 믿을 수 없었다.

* * *

언론에서는 그를 지독한 스토커로 표현했다. 특집 기사에 의하면, 그의 휴대폰에는 유이의 사진이 수백 장 가까이 저장되어 있었다. 내가 덮밥집에서 그의 휴대폰을 넘겨볼 때, 거칠게 빼앗았던 이유가 이 때문이었을까?

단 한 장의 사진도 유이가 직접 그에게 보내준 것은 없었다. 총 320장의 사진들은 전부 유이가 자신의 SNS 계정에 올린 것들이었다. 기사를 읽다 보니, 뭔가 석연찮은 부분이 있었다. 어딘가가 맞아떨어지지 않는 느낌. 그런데 정확히 뭐가 문제인지 명확히 짚어낼 수 없었다.

범행 동기는 대체로 사랑을 받아주지 않았던 여성에 대한 분노 정도로 보도되었다. 우연히 보게 된 한 시사 방송에서만 다른 시각을 내놓았다.

－범행 동기는 무엇이라 생각하십니까?

사회자가 얇은 테의 안경을 쓴 깐깐한 인상의 중년 여성에게 질문했다. 자막으로 심리학과 교수라는 타이틀이 떠올랐다.

－가해자는 비뚤어진 방식으로 사랑하고 있었던 것으로 보입니다. 자신이 좋아하는 여성이 남자친구와의 다툼 후에 멀어지자, 자신과 더 가까워질 수 있다고 생각한 거죠. 이 여자는 외로울수록 자신에게 의지하겠구나, 하는 생각이 결국 방화를 일으키게 한 거죠. 그녀의 어머니까지 죽게 만든 후에 그녀를 완전히 외톨이로 만들고 싶었던 거예요. 그러면 자신의 품으로 올 거라 착각하면서. 한 여성에 대한 과도한 집착이 빚어낸 괴물이라고 할 수 있습니다.

그녀는 마치 지호를 오래 알고 지낸 사람인 척 마음대로 떠벌리고 있었다. 비뚤어진 사랑 때문에 불까지 지른 괴물이라고? 저 교수의 이야기가 어디까지 진실인지는 알 수 없었다. 확실한 것은 내가 오래도록 믿어왔던 친구를 하나 잃었다는 사실이었다.

한동안 정신적인 충격으로 회사에 출근할 수 없었다. 파견직은 원래 VIP 가족의 휴가 일정에 맞춰 같이 휴가를 써야 한다는 규정이 있었다. 하지만 이번 사건은 가해자인 지호 역시 우리 회사 직원이란 점에서 심각성을 인정받았다. 예외적으로 5일간의 휴가를 받아낼 수 있었다.

편의점에 가는 경우를 제외하고는 휴가 기간 내내 집에서 침대에 가만히 누워 있었다. 눈만 감으면 마스크를 벗겼을 때 보았던 지호의 얼굴이 자꾸 떠올랐다. 죄책감이라곤 전혀 찾아볼 수 없는 무표정한 얼굴. 아니 오히려 잡혀서 억울하다는 표정에 가까웠다. 어떻게 그런 얼굴을 하고 있었을까?

내게 협박 편지를 보냈던 것도 그였을까? 내가 언제 어디서 서연 씨와 만나는지 전혀 알 수 없었을 텐데. 주 기자처럼 잠복하면서 내 일상을 감시하지 않았다면 불가능한 일이었다.

수많은 여자 중에 왜 하필 유이를 좋아했을까. 그래서 내가 그를 알게 된 후로 단 한 번도 여자를 사귀지 않은 걸까. 내가 그녀와 헤어지기만을 기다리면서? 지호가 그런 미치광이 스토커였다고?

인정하기 싫었지만 가장 믿었던 친구인 지호에게 배신을 당했다. 그뿐만 아니라 모든 인간에 대한 신뢰마저 무너져내릴 것만 같았다. 모두 거짓 연기를 하는 것처럼 보였다. 과연 누구를 믿을 수 있을까.

이제 더는 소중한 사람을 잃고 싶지 않았다. 그래도 아직 마지막 남은 희망이 있었다. 내 곁에는 유이가 있다. 아버지를 제외하면 그녀만이 유일하게 끝까지 믿을 수 있는 사람이라 생각했다. 이때까지만 해도 그랬다. 그 생각이 그리 오래가지는 않았지만.

5일간의 휴가 같지 않은 휴가가 끝나는 마지막 날이었다.

"오빠, 할 말이 있어."

전화 너머로 들리는 그녀의 목소리가 어딘지 평소와 달리 침울하게 느껴졌다. 비록 이렇게 끔찍한 일을 겪고 만신창이가 되었지만 원래대로 돌아갈 수 있다고 생각했다. 그녀의 블랙아웃을 막아냈고, 우리에게 더 이상의 장애물은 없다고 생각했다.

"내가 오빠 집 근처로 갈게."

그동안 우리는 주로 가고 싶었던 식당이 아니면 유이의 집 근처에서 만나왔다. 그녀가 우리집까지 오는 경우는 드물었다. 무슨 일일까?

"왜 그래? 무슨 일 있어?"

"이따 만나서 얘기해."

그녀의 떨리는 목소리에 문득 불안한 마음이 들었다. 아직 해결할 문제가 남아 있던가. 여전히 머릿속이 복잡해서 마땅한 생각이 떠오르지 않았다. 간단히 씻고 나갈 준비를 했다.

집 앞에 있는 카페에 앉아 그녀를 기다렸다. 동네 카페치고는 좌석이 제법 많은 편이었다. 곧 유이가 카페 문을 열고 들어왔다.

"많이 기다렸어?"

그녀의 안색이 좋지 않아 보였다. 아직 정신적으로 많이 힘든 시기일 것이다.

"아니, 나도 방금 왔어."

유이는 아이스 아메리카노, 나는 카페 라테를 주문했다.

"집 앞에 새로 생긴 타코집이 괜찮다던데, 좀 이따 같이 갈까?"

내 말에 유이가 별 반응이 없었다. 여전히 어두운 표정이다. 아직도 화재 사건이 계속 떠오르는 걸까? 진동벨이 울려서 카운터에서 음료를 받아 자리로 돌아왔다. 그제야 그녀가 결심한 듯 입을 열었다.

"오빠."

"응?"

"우리 그만 만나자."

그녀의 표정이 놀랍도록 차가웠다. 무슨 말이지? 내가 지금 잘못 들은 건가? 가슴이 철렁 내려앉았다. 너무 뜻밖의 말이라 뭐라 반응할 수조차 없었다. 모든 것이 너무나도 갑작스러웠다. 그 말 한마디만 하고 그녀는 입을 굳게 다물고 있었다.

"갑자기 그게 무슨 말이야?"

그녀는 여전히 아무 말이 없었다.

"그만 만나자는 게, 헤어지자는 말이야?"

이런 바보 같은 질문이 또 없을 것이다. 하지만 도저히 이해가 가질 않았다.

"이제 블랙아웃도 해결되었잖아. 지금 와서 왜 그러는 건데?"

나도 모르게 목소리가 높아졌다. 얼굴을 못 본 한 달간 무슨 심경의 변화가 있었던 건가? 아무리 이유를 묻고 몸을 흔들어보아도 그녀는 아무런 대답도 하지 않았다.

"뭐가 두려운 거야? 이제 그럴 일은 없다고!"

점점 당황스러움이 분노로 뒤바뀌고 있었다. 내 답답한 마음은 전혀 모르는지, 그녀는 여전히 입을 굳게 다물고 있었다.

"내가 널 살리려고 지난 두 달 동안 얼마나 힘들게 노력했는지 알아? 너에게 아무 말도 할 수 없어서 하루하루가 고통스러웠다고."

흥분하면서 목소리가 점점 더 커졌다. 주변에 앉아 있는 사람들이 수군거리기 시작했다. 하지만 전혀 눈에 들어오지 않았다.

"그런데 어떻게 나한테 이렇게 말할 수 있어? 어? 뭐라고 말을 좀 해보라고!"

유이는 이를 악물고 울음을 참고 있는 것처럼 보였다. 그녀의 눈에서 눈물이 막 쏟아지려는 순간이었다. 갑자기 고개를 돌리더니 그녀는 그대로 밖으로 나가버렸다.

유이는 항상 그랬다. 뭔가 불만이 있어도 터놓고 말하지 않는다. 고민을 끌어안고 혼자서 끙끙 앓는 타입이다. 그런 성격 때문에 싸웠던 적도 몇 번 있었다.

하지만 6년 가까이 사귀면서 헤어지자는 말을 내뱉은 적은 없었다. 서로에게 그 말만은 일종의 금기어였다. 그렇게 쉽게 헤어졌다가 다시 만나는 연인은 되지 말자고 약속했고, 그 약속은 지금까지 잘 지켜져왔다. 그런데 한순간에 모든 것이 끝났다. 그것도 전혀 예상치 못한 타이밍에 알 수 없는 이유로.

안 좋은 일은 어째서 항상 연달아 오는 것일까. 대체 그 끝이 어딘지 알 수 없는 수렁 속으로 빠져버린 건 그로부터 이틀 후였다.

─시우야, 지금 대박 큰 사고 터진 것 같아. 빨리 최정필 방송 봐봐.

평소처럼 오전에 출근하여 메이크업을 받는 중이었다. 촬영팀에 있는 동기에게 문자가 왔다.

"잠시만요."

한시아 씨에게 잠시 메이크업을 멈춰달라고 부탁했다. 휴대폰으로 곧바로 최정필을 검색해보니 지금 한창 라이브 방송을 진행 중이었다. 벌써 참여자가 10만 명을 넘어서고 있었다. 최정필 옆에 익숙한 얼굴이 눈에 띄었다. 주예인 기자였다.

ㅡ예고해드린 대로 오늘 대한민국이 놀랄 만한 충격적인 사실을 폭로하도록 하겠습니다.

주 기자와 내 방에서 대화를 나누던 날, 나에게는 세 가지 선택지가 있었다.

첫 번째는 주 기자를 회사에 고발하는 것. 그랬다면 회사에서는 바로 그녀에게 조치를 취했을 것이다. 아마 누구처럼 쥐도 새도 모르게 살해를 당했을지도 모른다.

두 번째는 그녀의 편에 서서 증언하는 것. 우리 회사가 뒤에서 몰래 VIP에게 과도한 혜택을 주며, 인화지를 무한정 공급하고 있다고 말이다. 회사에서는 어떻게든 기밀을 누설한 자를 찾아냈을 것이다. 이로 인해 나는 심각한 위협을 당할 수도 있었다. 나뿐만 아니라 내 가족이나 주변 사람까지.

마지막 선택지가 하나 더 있었다. 중립을 택하는 것. 적극적으로 회사의 편에도, 그녀의 편에도 서지 않는 것이다. 그녀가 분명 그렇게 말했다. 살아 있는 사람의 증언을 듣고 싶다고. 그래야 자신도 확신을 갖고 모든 것을 폭로할 수 있을 것 같다고. 내가 아무 증언도 하지 않는다면? 결국, 폭로도 하지 않을 거라 생각했다.

나는 세 선택지 중 마지막 것을 택했다. 그녀가 죽기를 바라지도 않았고 그렇다고 내가 피해를 보고 싶지도 않았다. 그러면 적어도 현상 유지는 될 수 있으리라 생각했었다.

하지만 그녀는 결국 내가 증언하지 않았음에도 모든 것을 폭로하기로 결정한 것이다. 무슨 심경의 변화가 있었던 걸까. 그녀는 미래발전공사와 VIP의 관계에 대해 그녀가 조사한 사실을 모조리 풀어놓기 시작했다. 화면에는 참여자들의 수없이 많은 댓글들이 빠르게 올라오기 시작했다. '미래발전공사 당장 폐지하라', '특권층만 위하는 쓰레기 집단이었네', '광화문으로 모입시다' 등등.

얼마나 화제가 되었는지 확인하기 위해 포털 사이트로 접속해보았다. 메인 페이지에 속보 기사가 벌써 몇 개 떠 있었다. 실시간 검색어 순위에는 미래발전공사, VIP, 인화지 무제한 등이 도배되어 있었다.

SNS에 접속해보았더니 거기도 온통 우리 회사 얘기뿐이었다. 주 기자의 말대로 그녀의 폭로는 삽시간에 전국적으로 퍼져버렸다. 우리 회사는 입사 이래, 아니 창립 이래 최대의 위기를 맞이하고 말았다.

정부나 언론, 회사 측에서도 손쓸 도리가 없었다. 주 기자의 예측이 정확하게 맞아떨어졌다. 돌발 상황이 급격하게 전개됨에 따라 대책 마련을 위한 충분한 시간조차 확보할 수 없었다.

결국, 폭로 이틀 만에 VIP를 전담하는 강남 사무실은 잠정적으로 폐쇄되는 지경에 이르렀다. 하지만 그 여파는 거기서 끝나지 않았다.

"네? 그게 말이 됩니까? 전 회사의 지시로 파견직으로 나왔던 거라고요. 제가 하고 싶어서 했습니까? 그런데 파견직 전원 퇴사 조치라니 무슨 얼토당토않은 소립니까? 이렇게 꼬리 자르기를 하는 겁니까?"

오전에 메이크업실에 앉아 있는데, 팀장에게서 연락이 왔다. 강남 사무실이 폐쇄되면서 파견직으로 근무하던 직원 모두가 그대로 해고 처리가 되었다는 것이다.

"상부의 조치니까 나도 어떻게 손쓸 수가 없어. 좀 잠잠해지면 다시 복직 논의가 나오게 노력해볼게. 그러니 잠자코 있으라고."

이렇게 일방적으로 칼로 무 자르듯 내치면서 복직 논의를 하겠다는 말을 믿으라는 건가. 하도 어이가 없어서 말문이 막힐 지경이었다.

이 실장이 문을 박차고 메이크업실로 들어왔다.

"오늘부터 모든 업무 중단입니다. 남아 있는 인화지는 당장 전부 다 파쇄하세요. VIP에게도 다시는 방문할 필요 없습니다. 이제 서로 본 적도 만난 적도 없는 남남입니다. 뭐 마지막 인사니 그런 거 하지 말고 바로 연락 끊으세요."

그도 상당히 흥분한 상태였다.

"아니, 파견직 전원 해고가 사실입니까? 이게 말이 되는 처사인가요?"

"어쩔 수 없어요. 지금 각 지부에 갑작스럽게 자리를 만들 수도 없으니. 본사 인사팀도 대혼란 상태입니다. 나중에 다시 복직시켜

준다고 약속했어요. 일단 기다리세요, 상황이 잠잠해질 때까지."

이 실장 역시 팀장과 같은 말을 했다. 이미 모든 것은 결정된 일이었다. 나는 단지 그들의 지시에 따라야만 하는 꼭두각시 같은 존재였다. 더 항의할 힘도 없어 그대로 자리에 털썩 주저앉았다.

공허해진 마음으로 거울 속 내 얼굴을 멍하니 바라보았다. 반쯤 화장이 된 얼굴이 오늘따라 더 낯설게 보였다. 원래의 나는 어딘가로 사라지고 없었다.

VIP 가족들과는 그대로 연락이 끊겼고, 내 업무는 강제로 종료되었다. 그리고 그날 바로 해고 처리되었다. 해고 사유는 어이없게도 무단결근이었다. 아픈 날조차 하루도 빠짐없이 일하러 나왔는데 무단결근이라고?

강남 사무실에서의 업무 자체가 마치 세상에 없던 일처럼 공중분해된 것이었다. 마치 그동안 나는 투명인간으로 살아왔던 것처럼 모든 기록이 사라져버렸다.

회사가 지급해준 전용차도 그날 바로 반납해야 했다. 하루아침에 내겐 아무것도 남은 게 없었다. 강남 사무실에 온 이래 처음으로 지하철을 타고 집으로 돌아가게 되었다.

21

사회생활을 할 때 조심해야 할 것이 하나 있다. 아무리 사탕발림으로 훗날 좋은 대우나 조건을 약속한다 해도 결국 중요한 것은 도장이 찍힌 계약서다. 서류에 기록되지 않은 약속은 어느 것 하나 믿을 수 없다. 복직에 대한 얘기도 마찬가지였다. 퇴사한 지 몇 달이 지나도록 회사로부터는 아무런 연락도 받을 수 없었다.

한동안은 방 안에 틀어박혀 이불을 뒤집어쓴 채 식음을 전폐하며 지냈다. 가장 친한 친구는 감옥에 수감되었고 여자친구는 이유도 이야기하지 않은 채 떠나갔으며 회사에서는 어느 날 갑자기 해고되었다. 아무리 불운한 사람일지라도 이런 일들이 동시에 휘몰아치는 경우는 드물 것이다.

유이는 대체 왜 내 곁을 떠났을까? 특수 인화지를 얻어내기 위해 한 달간 그녀를 속인 게 문제였을까? 주 기자와 있을 때 문을 열어주지 않아서? 아니면 어찌 되었든 친언니인 서연 씨와 두 번이나 데이트했다는 사실을 견딜 수 없었을까?

애초에 사진을 바꾸지 않고 블랙아웃 사진을 그대로 주었다면 헤어지지 않았을까……. 지금 와서 원인을 알아낸다고 한들 달라질 것은 없었다. 그런데도 머릿속에는 온통 그 생각뿐이었다.

헤어진 날로부터 2주가량 유이에게 매일 전화하고 문자를 남겼으나 아무런 답도 오지 않았다. 이유가 뭔지 몰라도 용서를 구하고 다시 과거처럼 돌아가고 싶었다. 그러다가 아무 대답이 없으면 그런 마음이 다시 분노로 바뀌었다. 그렇게 감정이 오락가락하면서 정신적으로 점점 더 피폐해져갔다.

회사에서 해고를 당한 것도 마찬가지였다. 그깟 인화지 열 장 받으려고 두 달간 노력한 대가가 겨우 이거라니. 이럴 줄 알았으면 인화지라도 몰래 빼돌려서 제멋대로 쓸 걸 그랬다. 하루하루 살얼음판을 걷듯 조심하며 살아왔던 시간들이 허무하게 느껴졌다.

주 기자는 자신의 폭로로 내가 이렇게 될 걸 알고 있었을까? 내가 증언도 하지 않았는데 그렇게 서둘러 폭로를 한 이유는 무엇일까? 차라리 그녀의 계획을 회사에 알렸어야 하는 걸까?

아니, 아무리 생각해도 그건 아닌 것 같았다. 지금 내 분노는 나를 헌신짝 버리듯 내팽개친 회사 때문이지 진실을 알린 그녀 때문이 아니었다.

해고된 지 석 달이 지나고 나서야 겨우 마음을 추슬렀다. 어느새 계절이 바뀌어 연일 무더운 여름날이었다. 집 근처에 있는 작은 보습 학원에서 아르바이트를 시작하게 되었다. 아파트 게시판에 붙어 있던 학원 아르바이트 모집 전단지를 보고 연락한 것이다.

학원 강사 일을 본격적으로 시작한 건 아니었다. 내가 담당하는 일은 그보다 비교적 단순했다. 초등학생들이 문제를 풀다 모르는 게 있으면 가르쳐주는 보조 교사 역할이었다.

하루는 학생 명단을 쭉 살펴보다 익숙한 이름을 하나 발견했다. 김민서. 열한 살. 내가 인화지를 훔쳐 블랙아웃의 원인을 밝히려 했던 B-35와 이름뿐 아니라 나이도 일치했다.

어느 정도 정리되었다고 여겼던 회사에서의 기억이 다시금 떠올랐다. 그래도 이제는 예전만큼 고통스럽지는 않았다. 회사에 대한 분노도 많이 사그라들었다. 나도 조금씩 다시 앞으로 나아갈 수 있겠단 생각이 들었다.

어느 날, 그 아이가 수학 문제집을 들고 내 앞으로 왔다.

"이 문제는 소수의 덧셈이잖아. 소수점을 맞춰야 더 쉽게 계산할 수 있지."

물론 이름과 나이가 같다고 해도 확실히 그 아이라는 보장은 없었다. 하지만 적어도 나는 알 수 있었다. 다섯 장의 사진을 인화하며 보았던 그녀의 성장 과정이 그대로 머릿속에 남아 있었기 때문이다. 얼굴 생김새를 볼 때, 이 아이가 분명했다.

"고맙습니다, 선생님."

이 아이의 미래는 여전히 블랙아웃일까? 아니면 새롭게 바뀌었을까? 겉보기에는 또래 아이들처럼 생기 있고 장난기 넘쳐 보였다.

"민서야."

"네?"

내가 자신의 이름을 알고 있다는 사실에 흠칫 놀란 것 같았다.

"요즘 학교는 재밌어?"

"네, 재밌어요."

다행히 밝게 웃으며 대답해주었다.

"학원 숙제는 많지 않고?"

"조금 많아서 놀 시간이 부족해요. 그래도 뭐 이 정도는 괜찮아요."

민서가 머리를 긁적이며 대답했다.

"그래, 이런 문제는 잘 몰라도 되니까. 친구들하고 재밌게 놀아."

"네!"

민서는 뭐가 쑥스러운지 인사를 하더니 냉큼 뛰어가버렸다. 만 3년간의 회사 생활 동안 내가 잘한 게 있다면 이것 하나뿐이란 생각이 들었다. 부디 이 아이의 미래가 지금 표정처럼 밝기를.

한두 달 다니다 말 생각으로 시작한 학원에서 어느새 6개월을 채웠다. 그렇게 다시 한 해가 지나고 1월이 되었다. 여전히 낮에는 학원에서 아이들을 봐주고, 밤에는 집 앞 카페에서 책을 보는 것이 일상이 되었다. 돈이 좀 부족해졌다는 점 말고는 그래도 견딜 만한 생활이었다.

그날도 여느 때처럼 카페에 앉아 책을 보고 있던 참이었다. 요즘은 심리 치료에 대한 책에 꽂혀 있었다. 진동 소리에 무심코 휴대폰 화면을 보았다. 요즘 연락이 오는 건 거의 대출 광고 문자뿐이었다. 그런데 전혀 뜻밖의 이름이 보였다. 진짠가 하고 휴대폰 화면을 눈 가까이 들이댔다.

한동안 기억 속에서 완전히 잊힌 이름. 이렇게 연락한 건 거의 10개월 만이었다.

ㅡ시우 씨, 잘 지내시죠?

서연 씨였다. 회사에서는 해고된 날부터 VIP 및 그의 가족과는 통화나 문자도 일절 하지 말라고 당부했다. 아마 VIP 가족에게도 마찬가지였을 것이다. 지금까지 그들이 내게 연락해온 적은 단 한 번도 없었다.

그런데 갑자기 무슨 일 때문일까? 단순히 안부 문자일까? 지금에 와서 연락할 만한 이유는 도통 떠오르지 않았다. 혹시 내가 유이와 헤어졌다는 사실을 알게 된 걸까? 그래서 다시 한번 만나보자는 제안을 하려고?

거기까지 생각이 미치자, 나도 모르게 내 몸을 이곳저곳 살펴보게 되었다. 초라하기 그지없는 행색이었다. 직장도 없는데다 남은 돈도 거의 떨어져서 빈털터리에 가깝다. 살도 많이 빠져 몰골이 말이 아니었다. 오른손으로 볼을 살짝 눌러보았다. 피부도 전혀 관리하지 않아 푸석푸석해진 상태였다. 만나더라도 나에게 실망할지 모른다.

ㅡ오랜만이네요. 저는 잘 지내고 있어요. 서연 씨는요?

아직 연락한 목적을 모르니 가볍게 응대만 하는 수준으로 답장을 보냈다. 그녀의 문자는 단조롭기만 한 일상에 큰 파장을 일으켰다.

─저도요. 혹시 시간 되시면 한번 만날 수 있을까요? 할 얘기도 있고 해서요.

무슨 얘기를 하려는지 전혀 감이 오지 않았다. 요즘 학원에서 파트타임으로 아이들을 가르치고 있다고 하자, 그녀가 학원 근처로 오겠다고 했다.

─시우 씨가 항상 저희 집으로 오셨잖아요. 이번엔 제가 갈게요.

그렇게 짧은 대화를 나누고 사흘이 지나 그녀와 약속한 날이 왔다. 학원 수업이 끝나자마자 그녀를 만나기 위해 근처 카페로 향했다. 나름 차려입고 나왔지만 어딘지 볼품없어 보였다.

카페 안으로 들어서자, 그녀의 모습이 바로 눈에 들어왔다. 마지막으로 보았던 화려한 모습 그대로였다. 새로 염색했는지 머리의 갈색빛이 선명했다. 검은 코트 안에 빨간 원피스를 입고 있었다.

"예전 그대로시네요."

그녀는 별다른 생각 없이 인사치레로 한 말 같았다. 하지만 그 말이 내 가슴을 후벼 팠다. 사실 그대로일 리 없었다. 그사이 연인과 친구, 직장을 모두 잃었다. 그 충격으로 봐주기 어려울 정도로 초췌해진 상태였다.

"서연 씨는 변함없이 좋아 보여요."

그녀는 생긋 웃을 뿐이었다. 그녀의 미소를 보자, 자연스레 유이가 떠올랐다.

유이와는 헤어진 후로 단 한 번도 연락이 되지 않았다. 정말 독한 여자라 생각했다. 내가 알던 그 사람이 맞는 걸까? 그토록 매정하게 관계를 끊어버릴 수 있다니. 그런데도 시간이 지날수록 처음의 분노는 사라지고, 그녀가 다시 보고 싶어졌다. 그녀와의 좋았던 기억들만 자꾸 떠올랐다.

"먼저 사과를 좀 하고 싶었어요."

유이 생각이 머릿속을 가득 지배하고 있을 때, 그녀의 말 한마디가 다시 나를 현실로 불러왔다.

"사과요?"

"네, 저는 사실 뒤늦게 알았거든요. 시우 씨에게 당시 여자친구가 있었다는 사실을. 게다가 그게 제 친동생이었다니……."

그녀는 예전에 나를 '오빠'라 불렀었다. 어느새 호칭이 다시 처음 만날 때의 '시우 씨'로 바뀌어 있었다. 오랜만에 만난 것이 어색해서일까. 아니면 조금 거리를 두기 위해서일까.

"아…… 이미 지난 일인데요, 뭐."

"부모님 모두 저에게 그 사실을 숨기고 계셨어요. 원치 않는 만남을 강요했던 일, 진심으로 사과드립니다."

그녀가 고개를 숙이며 말했다. 그 당시에는 나를 참 난처하게 만든 일이었다. 하지만 지금의 내게는 그리 중요한 문제가 아니었다. 그 때문에 여자친구와 헤어졌거나 회사를 그만두게 된 것은 아니었으니까.

잠시 정적이 흐르자, 그녀가 가방에서 사진 한 장을 꺼내면서 말했다.

"시우 씨가 마지막으로 인화해줬던 사진인데…….'

그녀의 말을 들으니 잊고 있던 기억이 떠올랐다. 서연 씨의 10년 후 미래 사진. 인화 후에 남성의 얼굴은 확인하지 않고 그대로 봉투 안에 넣어 봉인했다. 혹시라도 내가 여전히 그녀 곁에 있지 않을까 우려하는 마음에서 그랬었다. 굳이 지금 보여준다는 건 사진 속에 내가 있다는 걸까? 심장이 조금 빠르게 뛰기 시작했다.

그녀가 꺼내놓은 사진에는 한 쌍의 남녀가 서로를 지긋한 눈빛으로 바라보고 있었다. 사진을 유심히 살펴보니, 두 사람은 같은 모양의 결혼반지를 끼고 있었다. 둘은 부부임에 틀림없었다. 가장 중요한 사실이 하나 더 있었다. 사진 속의 남자는 내가 아니라는 것.

"여기 있는 남자요. 최근에 와인 모임에서 우연히 알게 되었어요. 아직 본격적으로 만나는 건 아니고요."

"네, 잘되었네요. 아마도 앞으로 좋은 관계로 발전해나가지 않을까요?"

내가 인화를 했다고는 하지만 굳이 알려주지 않아도 될 이야기였다. 지금 내 상황이 좋다면야 기꺼이 축하해줄 수 있었다. 하지만 보다시피 불행의 끝을 달리고 있었다. 이런 이야기나 하려고 만나자고 한 건가.

"아니요. 이제 그 모임엔 나가지 않으려고요."

"네?"

내가 놀란 듯한 반응을 보이자 그녀가 웃으면서 말을 이었다.

"미래는 바뀔 수 있는 거잖아요. 미래가 다 정해져 있다면 그것만큼 따분한 일도 없을 것 같아서요. 저 스스로 새로운 미래를 만들어보고 싶거든요."

미래를 확인하는 것조차 두려워했던 사람이 맞는 건가. 못 보던 새 많이 달라진 것 같았다. 물론 가능한 일이다. 나 역시 미래를 바꾸기 위해 그간 노력했던 거니까. 과연 그러한 노력이 삶을 더 나은 방향으로 인도할 것인가에 대해서는 여전히 의문이었지만.

"아, 그리고……."

그녀가 머뭇거리며 말을 이었다.

"최근에 제 동생을 만났어요."

유이를 만났다고? 부모님의 이혼 이후 자매 사이에도 연락하는 일은 없었다고 들었다. 유이는 아버지와 살기로 결정한 친언니에게도 반감이 컸었다.

"실은 저희 친엄마가 앓고 계시던 지병으로 2주 전에 돌아가셨거든요."

전혀 모르는 일이었다. 유이와 더는 연락하지 않다 보니 알 길이 전혀 없었다. 항상 몸이 편찮으셨으나 이렇게 갑자기 돌아가실 병은 아니었다. 그녀를 항상 친어머니처럼 생각했는데. 눈시울이 뜨거워지면서 가슴이 아려오기 시작했다.

"유이는 괜찮나요?"

이제 정말 혼자 남았구나. 어머니마저 떠나보내고 홀로 외로워할 유이 얼굴이 떠올랐다.

"많이 힘들어했죠. 지금도 여전히 힘들 거고요. 아빠가 이제 우리

집에서 같이 살자고 했는데 끝끝내 거부했어요."

유이 성격이라면 그랬을 거다. 아닌 건 끝까지 아니었으니까. 아버지를 그렇게 혐오했으니 그 집에 들어갈 리가 없었다.

"작년 화재 사건 때 시우 씨 여자친구가 유이였다는 사실을 알게 되었어요. 그래서 엄마 장례식 때도 당연히 시우 씨를 다시 볼 수 있겠다고 생각했거든요."

여전히 사귀는 사이였다면 장례식장에도 물론 갔을 것이다. 아니, 이미 헤어진 지금이라도 소식을 전해 듣기만 했다면 조문하러 갔을 것이다. 그만큼 유이 어머니는 내게도 특별한 분이셨다.

"다시 만나면 지난 일에 대해 사과드리고 싶었거든요. 근데 끝내 오시지 않더라고요. 유이와는 이제…… 끝난 거죠?"

나는 아무 말도 하지 않은 채, 앞에 놓인 차를 한 모금 마셨다.

그때 문득 떠오른 것이 있었다. 그동안 풀리지 않는 매듭처럼 머릿속에서 나를 계속 괴롭혀왔던 것. 수면 속 깊이 가라앉아 있던 무언가가 빠르게 위로 떠오른 느낌이었다.

"어머님 기일이 정확히 언제인가요?"

그녀가 갑자기 그건 왜 묻는지 모르겠다는 표정으로 입을 열었다.

"작년 12월 24일이었어요."

나도 모르게 '아!' 하고 외마디 탄식을 내뱉었다. 내 생각이 맞았다. 머릿속에 복잡하게 널려 있던 퍼즐이 이제야 제자리를 찾아 완성되었다. 그동안 반쯤 죽어 있던 몸에 다시 예전처럼 생기가 되살아나는 기분이었다.

서연과는 몇 가지 소소한 대화를 더 이어나갔다. 한참 지난 일을 사과하기 위해 멀리서 찾아왔다는 사실만으로 그녀는 예의 있고 따뜻한 사람임이 분명했다. 하지만 이미 내 마음은 다른 곳에 가 있었고, 도통 대화에 집중할 수 없었다.

그녀와 헤어지고 나니 오후 5시 반쯤이 되어 있었다. 서둘러 도로변에 있는 택시에 올라탔다. 머리숱이 얼마 남지 않은 나이 지긋한 택시 기사님이 앉아 있었다. 여기서 30분이면 갈 거리. 지금 바로 만나고 싶었다. 만나서 꼭 전하지 않으면 안 될 말이 있었다.

택시에서 내린 곳은 오래된 빌라 앞이었다. 건물 표면의 페인트칠도 세월의 흔적만큼 벗겨져 있었다. 지난 몇 년간 수도 없이 오가며 잊지 못할 추억이 서려 있는 곳. 유이의 집 앞이었다.

그녀가 요즘 어떻게 지내는지 아무런 정보도 없었다. 아직도 카페 아르바이트를 하는지, 취업에 성공했는지 아무것도 몰랐다. 그래도 여기서 계속 기다린다면 그녀를 다시 만날 수 있지 않을까, 그런 마음이었다.

한 시간이 지나도록 주변을 서성였으나 그녀는 보이지 않았다. 집 앞 창문을 통해 보이는 그녀의 방도 여전히 불이 꺼진 상태였다. 다른 곳으로 이사를 간 걸까? 이제 혼자 살게 되었으니 작은 원룸으로 옮겼을지도 모른다.

근처에 있는 벤치에 앉아 기다릴까 생각하던 참이었다. 눈앞에 익숙한 얼굴이 나타났다. 오랫동안 만나지 않았으나 마치 어제 본 것처럼 익숙한 그 얼굴. 그녀는 나를 보더니 제자리에 멈춰 얼음처

럼 굳어버렸다. 한 손에 들고 있던 장바구니를 그대로 땅에 떨어뜨
렸다.

한 걸음씩 그녀를 향해 걸어 나갔다. 그녀도 나를 향해 한 걸음씩
걸어왔다. 그녀는 곧 눈물을 터뜨릴 것 같은 표정이었다. 어느 정도
거리가 좁혀지자, 그녀가 나에게 달려와 안겼다. 그녀의 눈에서 눈
물이 쏟아지고 있었다.

"미안해, 오빠."

그녀가 울부짖음에 가까운 목소리로 말했다. 나는 그대로 그녀
의 몸을 감싸 안아주었다.

그녀는 한동안 아무 말 없이 울기만 했다. 무엇이 그토록 서러웠
는지 펑펑 울었다. 그렇게 한참이 지나 울먹이는 말투로 그녀가 마
침내 입을 열었다.

"정말 미안해. 그냥 오빠가 나보다 더 좋은 사람을 만날 운명이
아닐까 생각했었어. 언니와 찍은 사진을 본 이후로 계속 그 생각이
들더라. 내가 원래대로 사라졌다면 오빠가 더 행복해지지 않았을
까. 그래서 헤어져야겠다고 생각했어. 그게 서로를 위한 게 아닐까
하고."

그녀의 눈물로 내 셔츠가 흠뻑 젖어가고 있었다. 어느새 날은 어
둑해져가고 있었다. 나는 아무 말 없이 그녀를 부둥켜안았다.

"근데 그게 아니었어. 엄마가 돌아가시고 나서야 알게 되었어. 내
생각이 너무 짧았다는 걸. 이제야 오빠의 진심을 알게 되었어. 정말
미안해."

유이도 나와 마찬가지로 뒤늦게 눈치챈 것 같았다. 그녀의 어머니가 돌아가신 날은 지난해 12월 24일, 크리스마스이브였다. 내가 10년 후에 서연 씨와 함께 있는 이유는 그날이 유이 어머니의 기일이었기 때문이다. 원래 운명대로라면, 유이는 지난 화재 때 사망하게 된다. 하지만 나는 10년 후에도 친어머니나 다름없었던 그녀 어머니의 기일에 찾아간 것이다.

10년 후 사진을 처음 보았을 때 들었던 의문이 하나 있었다. 나와 서연 씨, 두 사람 모두 검은 정장 차림이었다는 것. 게다가 둘 사이에는 익숙함보다는 어색한 분위기가 흐르고 있었다.

사진 속에는 서연 씨가 긴 결혼반지만 보였었다. 그리고 오늘에야 확인할 수 있었다. 서연 씨와 같은 반지를 끼고 있는 한 남자를. 처음부터 그녀와 나는 서로 이어질 운명이 아니었다.

그녀가 떨어뜨린 장바구니를 들고 함께 집으로 들어갔다. 화재의 흔적이 아직 여기저기에 남아 있었다. 장바구니 안을 보니, 돼지고기와 감자, 양파, 버섯 등이 보였다. 오늘 저녁은 그녀가 좋아하는 카레를 만들어 먹으려던 것 같았다. 오랜만에 다시 만난 기념으로 저녁 요리는 내가 해보기로 했다.

"잘하지도 못하면서. 방해하지 말고 그냥 놔둬. 내가 할게."

그녀가 부엌 앞에 서 있는 나를 거실 쪽으로 밀어내더니 홀로 부엌 안으로 갔다. 불에 그을린 벽이 자꾸 신경 쓰였다. 대충 벽지를 덧발라놓았으나 가려지지 않았다. 어떻게 이대로 지낼 수 있었을까? 벌써 거의 1년이 지난 일인데.

"이번 주말에 도배나 할까?"

그녀는 잠시 아무 말이 없더니 그러자고 답했다. 혼자서는 어떻게 엄두가 안 났던 모양이다. 화재의 흔적은 거실부터 시작되어 방으로까지 이어져 있었다.

"방도 좀 살펴볼게."

유이 방은 예고 없이 찾아왔는데도 깨끗하게 잘 정돈돼 있었다. 내 방과는 차원이 달랐다. 여기도 벽지가 좀 그을린 상태였다.

곧바로 어머니가 쓰시던 방으로 가보았다. 이 방도 말끔하게 정리되어 있었다. 어머니가 돌아가신 이후에도 유이가 계속 청소해온 흔적을 느낄 수 있었다. 그런데 화장대 위에 약 봉투 하나가 남아 있었다. 돌아가시기 직전까지 드셨던 약일지 모른다. 방 안을 둘러보니 한구석에 나무로 된 상자가 하나 보였다. 유품이 담겨 있는 걸까?

"유이야, 상자 좀 열어봐도 될까?"

물소리 때문에 내 말이 들리지 않는지 부엌에선 아무 대답이 없었다. 상자 뚜껑을 살짝 열어보았다. 어머니가 소중하게 여기시던 보석이나 장신구가 담겨 있으려나. 하지만 그 안에는 오로지 서류 더미들만이 수북하게 쌓여 있을 뿐이었다.

이게 대체 뭐지? 몇 장을 집어 들어 살펴보았다. 거기에는 전혀 예상치 못했던 충격적인 내용이 적혀 있었다.

불법 의약품 밀수…… 세관 공무원 성 접대……

누군가 휘갈겨 쓴 글씨체로 보였다. 유이 어머니의 흔적일까? 카드 사용 내역이 프린트된 종이도 있었다. 언뜻 보니 유흥주점 같은 상호명과 함께 300만 원에 가까운 결제 금액이 적혀 있었다. 또 다른 서류에는 불법으로 설계가 변경된 공장 건축 허가를 위해 시청 공무원에게 뇌물을 주었다는 메모도 적혀 있었다. 서류상 연도를 보니, 10여 년 전 사건들이었다. 이때라면 유이 부모님이 이혼하기 이전이었다. 설마 이게 모두 김 사장이 한 짓이라는 건가.

서류를 몇 장 더 넘겨보니, 신문 기사 하나가 스크랩되어 있었다. 기사 상단에는 커다란 사진이 하나 실려 있었다. '서광 장학생 장학증서 수여식'이라고 적힌 현수막이 눈에 띄었다. 김 사장이 한가운데 서서 인자하게 웃고 있었다. 그의 회사인 서광그룹에서 운영하던 장학회 사진인 모양이었다.

그 주변으로 대학생쯤 된 앳된 얼굴들이 보인다. 10여 명쯤 되는데, 모두 남학생들이었다. 무심코 학생들을 살피다 익숙한 얼굴을 발견하고는 시선이 멈췄다.

네가 왜 여기 있는 거지? 둘이 아는 사이였단 말인가. 그럴 리가 없는데. 갑자기 머릿속이 하얘졌다. 이제 다 풀어냈다고 생각했던 엉킨 실타래가 실은 그대로였을지도 모른다는 생각에.

곧바로 주머니에서 휴대폰을 꺼내 신문기사에 실린 사진을 찍고 있을 때였다.

"거기서 뭐 해?"

등 뒤에서 갑작스레 들린 목소리에 놀라 움찔했다. 유이가 인기

척도 없이 방에 들어온 것이다.

"뭘 보고 있던 거야?"

그녀가 내 뒤로 성큼 다가왔다.

"아, 그거 엄마가 모아두신 것 같은데. 나도 아직 자세히 살펴보진 못했어. 뭐야 그게?"

그녀도 아직 이 상자의 정체에 대해 모르는 듯했다.

"과거 기록인데, 너희 아버지와 관련된 자료 같아."

"아버지?"

'아버지'란 말에 그녀가 민감하게 반응했다. 그대로 바닥에 무릎을 꿇더니 상자 안 서류들을 살피기 시작했다. 그녀의 눈이 휘둥그레졌다.

"김 사장이 예전에 저지른 각종 비리나 뇌물의 증거들을 차곡차곡 모아두신 것 같아."

그녀가 마치 이제야 생각났다는 듯이 말을 꺼냈다.

"맞아. 엄마는 다 알고 있었어. 아빠가 어떤 식으로 사업을 일으켰는지. 그래서 심하게 다투셨고. 온갖 더러운 방식으로 회사를 키우더니 결국 엄마와 이혼한 후에야 크게 성공했어. 정작 힘들 때 고생은 엄마가 다 했는데 뭐 하나 얻지도 못하시고……."

그 말이 사실이라면 유이 어머니는 김 사장의 온갖 악행을 알고 있는 유일한 사람이었을지도 몰랐다.

"그런데 이건 무슨 목적으로 모아두신 걸까?"

유이가 서류 더미로부터 나에게로 시선을 돌리더니 물었다.

"언젠가 세상에 폭로하려 하신 게 아닐까?"

오래전부터 이런 자료를 모아오셨다면 분명 협박이나 폭로가 주된 목적이었을 것이다. 문제는 김 사장도 분명 알고 있었을 거라는 점이다. 숨겨야 하는 과거를 전 부인이 낱낱이 알고 있다는 사실을.

"이 사진 한번 봐볼래?"

나는 아까 본 장학 증서 수여식 기사를 유이에게 건넸다. 유이가 눈으로 빠르게 현수막에 적힌 글씨를 훑는 듯했다.

"이혼하고 나서 회사가 커지면서 아빠가 대학생들 대상으로 장학 사업을 했던 걸로 알고 있어. 이건 왜?"

"거기 사진에 있는 학생들 한번 잘 봐봐."

유이가 내 말을 듣고 찬찬히 사진 속 얼굴들을 하나씩 살폈다.

"어? 이게 뭐야? 지호 오빠잖아. 지호 오빠가 아빠한테 장학금을 받아왔던 거야?"

나는 말 없이 고개를 끄덕였다.

"유이야, 다시 그 기억을 떠올리게 해서 정말 미안한데……."

단순히 우연일 리가 없다. 다시 확인하고 싶은 것이 있었다.

"어머니가 돌아가시던 때의 상황을 좀 들려줄 수 있어?"

그녀의 표정을 살피며 조심스레 말을 꺼냈다. 그녀가 침을 꿀꺽 삼키더니 입을 열었다.

"엄마가…… 작년 12월 중순쯤부터 복통이 점점 심해지셨어. 장이 끊어지는 것 같은 느낌이라고 하셨어. 빈혈도 평소보다 잦아졌고. 분명 약을 드시고 나면 증상이 완화됐었거든. 근데 그 무렵에는 차도가 없었어. 그날도 통증 때문에 너무 고통스러워하시다가 그만……."

유이는 울먹이며 끝내 말을 잇지 못했다. 들썩이는 그녀의 어깨를 감싸며 달래주었다. 어머니의 죽음은 여전히 그녀의 기억 속에 생생히 남아 있었다.

화장대 위에 놓인 약 봉투 안을 들여다보았다. 아직 세 개의 포장된 약이 남아 있었다. 꺼내 보니, 각각 12월 25일 아침, 점심, 저녁이라고 사인펜으로 써둔 흔적이 보였다. 유이의 글씨체였다.

"내가 날짜를 쓴 거야. 엄마가 잊지 말고 드시라고."

12월 25일 치만 남았다는 것은 12월 24일까지는 꼬박꼬박 약을 다 드셨다는 뜻이었다. 그런데 어째서 증상이 완화되지 않았던 걸까.

유이가 만들어준 카레를 먹는데 눈물이 왈칵 쏟아질 뻔했다. 그녀의 집에 처음 놀러 왔을 때가 떠올랐다. 사귀는 여자친구의 집에는 난생처음 와보는 상황인데다, 그녀의 어머니까지 만나뵐 예정이라 무척이나 긴장했었다. 그때 그녀의 어머니가 만들어주신 메뉴가 바로 카레였다. 그녀는 어머니의 레시피를 그대로 따르고 있었다.

식사를 마치고 거실 소파에 앉아 못다 한 이야기를 나누었다. 그녀는 일련의 사건들이 일어난 뒤로 잠시 취업 준비를 접었다고 했다. 졸업도 미루고 휴학을 한 채, 예전처럼 카페에서 아르바이트를 하며 하루하루를 바삐 보내고 있었다.

그때였다. 소파 앞 테이블 위에 올려둔 휴대폰에서 진동이 울렸다. 무심코 휴대폰을 확인해보고는 나도 모르게 유이의 눈치를 살폈다. 서연 씨가 보낸 문자였다.

─오늘 정말 반가웠어요. 다시 오빠라 불러도 되죠? 이번 주말에 시간 어떠세요?

"누구야?"

"어, 학원 원장님. 내일 좀 빨리 와달라네."

나는 최대한 자연스러운 말투로 대답했다. 겨우 다시 찾은 평온이었다. 거짓말을 해서라도 이 평화를 깨뜨리고 싶지 않았다.

11시가 넘어서야 집으로 돌아가기 위해 자리에서 일어섰다.

"자고 가시지요?"

그녀가 장난스럽게 웃어 보이며 말했다. 이런 말은 처음이었다. 그러고 보니 이제 이 집에는 유이 혼자 살고 있었다. 텅 빈 집에 혼자 남겨두고 가자니 마음이 쓰였다. 하지만 신문 기사에서 보았던 지호의 얼굴이 문제였다. 머릿속에 정리하고 싶은 것들이 잔뜩 생겨났다.

"오늘은 좀 갑작스러운데. 갈아입을 옷도 없고. 다음번에 재워줘."

"농담이거든."

집밖으로 나오자 차가운 공기가 몸속 깊이 스며들었다.

"엄청 추워졌다. 그냥 들어가."

"아니야. 오늘은 역까지 꼭 바래다주고 싶어."

다시 만나기 위해 찾아와준 것에 대한 보답일까? 우리는 지하철 역까지 함께 걸었다. 집 앞이라고 얇은 후드 점퍼 하나만을 걸치고 나온 탓에 유이의 얼굴은 하얗게 얼어 있었다.

"혼자 집까지 돌아가는 거 안 무섭겠어? 길도 어두운 편인데."

"괜찮아. 매일 혼자 걷던 길인데, 뭐."

그녀가 생긋 웃으며 말했다.

그녀와 인사를 하고 지하철 개찰구 안으로 들어왔다. 그녀가 후 드 주머니에 손을 넣고 걸어가는 뒷모습이 보였다.

그녀의 모습이 완전히 사라지자 곧바로 주머니에서 휴대폰을 꺼 냈다. 주변을 한번 살피고, 서연 씨에게 바로 답장을 보냈다.

— 이번 주말 언제 볼까요?

22

거의 1년 만인가. 해가 짧아진 겨울이라 오후 6시쯤인데도 거리가 어둑어둑해졌다. 모자를 눌러쓴 채 벤치에 걸터앉아 익숙한 건물 밖으로 나오는 사람들을 유심히 지켜보고 있었다. 수십 명이 빠르게 지나가고 드디어 검은 모피 코트를 입은 여성이 눈에 들어왔다.

잠시 그녀가 주변 사람들에게서 좀더 벗어나기를 기다렸다. 동료로 보이는 남성에게 손을 흔들며 인사하고 나니, 마침내 완전히 혼자가 되었다. 자리에서 일어나 곧바로 그녀 곁으로 다가갔다.

"오랜만입니다, 팀장님."

그녀는 나를 보더니 못 볼 것을 본 사람처럼 화들짝 놀랐다.

"시우 씨가 어쩐 일로……."

나를 절대 다시 만나고 싶지 않았던 모양이다. 그렇다면 더더욱 내 생각이 맞아떨어진다.

"잠깐 시간 좀 내주실 수 있을까요? 30분 정도면 됩니다."

그녀가 손목시계를 힐끗 보더니, 가볍게 고개를 끄덕였다. 애써 침착한 척 연기하고 있는 것이 분명했다.

회사 근처에는 유달리 식당이나 카페가 많았다. 우리는 좌석이 족히 100석은 넘어 보이는 거대한 프랜차이즈 커피숍으로 들어갔다. 익명성을 즐기기 좋은 장소였다.

아메리카노 두 잔을 주문하고 사람들이 상대적으로 적은 안쪽 구석에 자리를 잡았다.

"그동안 잘 지내셨죠?"

"저야 늘 똑같죠. 시우 씨는 어떻게 지냈어요? 다른 회사 취직했나요?"

간단히 근황을 얘기하는데, 진동벨이 울려 카운터로 향했다. 자리로 돌아오며, 그녀의 뒷모습을 유심히 살폈다.

"그런데 무슨 일로 찾아온 거죠?"

그녀가 아메리카노를 한 모금 마시더니 입을 열었다. 알 수 없는 긴장감이 흐르고 있었다. 그녀도 직감하고 있는 바가 있을 것이다.

"이미 짐작하셨겠지만…… 지호 일로 왔어요."

그녀의 눈이 잠깐 커졌다 이내 작아졌다.

"이지호 대리요? 알다시피, 그때 방화범으로 구속되었잖아요. 그 이후로는 본 적 없어요."

그녀의 목소리가 미세하게 떨렸다. 표정을 보니 별로 얘기하고 싶지 않은 주제인 것 같았다.

"한 가지 이상한 점이 있었거든요."

"이상한 점이라니요?"

그녀가 내 말에 관심을 보였다. 나도 가볍게 커피를 한 모금 들이
켰다. 아직 많이 뜨거운 상태였다.

"그때 방화 사건 이후에 말이에요. 지호가 제 여자친구의 SNS 사
진을 보관하고 있었다는 심층 취재 기사가 나왔었죠."

"아, 그런가요? 저는 잘 몰라요."

그녀는 업무 능력이 뛰어난지는 몰라도 연기력은 많이 부족한
것 같았다.

"그녀의 SNS 계정에 있던 사진이 총 320장, 지호 휴대폰에도 그
사진이 모두 저장되어 있었다고 했죠. 그런데 그중에는 저와 함께
찍은 사진도 있었어요. 이상하지 않나요? 스토커가 굳이 남자친구
사진을 같이 보관한다니."

"그야 그 옆에 같이 찍힌 여자가 좋아서 저장했겠죠."

그렇다. 여기까지는 나도 그럴 수 있다고 생각했다.

"그렇죠. 그런데 그녀의 계정에는 그런 사진만 있는 게 아니었어
요. 남자친구인 제 사진만 올린 것도 많았죠. 특히 막 사귀기 시작
할 즈음에요. 저 혼자만 있는 사진이 무려 30여 장이에요. 어째서
저 혼자 찍은 사진까지 다 다운받았을까요?"

그녀도 뭔가 이상하다고 눈치챈 것 같은 표정으로 연신 아랫입
술을 깨물었다.

"그럼 왜 그런 사진까지?"

내가 추리한 바에 의하면 애초부터 경찰 수사는 범인이 잘 짜놓은 함정에 걸려들었다.

"그는 6년 전, 그녀를 처음 알게 된 순간부터 스토커였다, 경찰은 그렇게 추정했죠. 그게 사실이라면 그녀의 SNS를 남몰래 지켜보면서 꾸준히 그녀의 사진을 모아왔겠죠. 그런데 계정에 있는 사진을 모조리 다 저장했다? 최근에 한번에 다운받았을 확률이 높죠. 일일이 사진을 다 확인하지도 않고."

그녀는 내 말에 점점 더 혼란스러워하는 것 같았다.

"그러니까 왜 그렇게 했다는 거죠?"

"그에 대한 대답은 제가 아니라 팀장님께서 해주셔야 할 것 같습니다."

사건의 열쇠를 쥔 그녀의 눈을 정면으로 응시하며 물었다.

"지호와는 어떤 관계였죠?"

예상치 못한 질문에 그녀의 시선이 갈 곳을 찾지 못하고 방황하고 있었다. 지호가 우리집에 무작정 찾아온 날, 덮밥집에서 우연히 그의 휴대폰 화면을 봤었다. 긴 머리를 허리께까지 늘어뜨린 한 여자의 모습을.

내가 계속해서 확신에 찬 시선을 보내자, 그녀도 마침내 시치미 떼기를 포기한 것 같았다. 두 눈을 감고 가볍게 한숨을 내쉬더니, 드디어 원하던 이야기를 꺼내놓기 시작했다.

"뭐, 사귀는 사이는 아니었어요. 퇴근하고 함께 술을 몇 번 마셨죠."

"지호에게 호감을 갖고 계셨나요?"

겨우 그 정도 관계였을까? 좀더 집요하게 그녀를 추궁했다.

"호감? 뭐 호감이라 할 수도 있죠. 항상 맡은 일을 깔끔하게 잘 처리하고, 괜찮은 직원이라 생각하고 있었으니까요. 그 사건이 있기 전까지는."

"지호는 어땠나요? 지호도 팀장님께 호감을 느꼈던 것 같나요?"

그녀가 마침내 이를 악물고 분노에 찬 목소리로 대답했다.

"그랬다면 그렇게 딴 여자 스토커 짓을 했을까요? 저를 농락했던 거겠죠."

"농락이라니요? 대체 어떤 관계였죠? 솔직히 말씀해주셔야 오해가 풀릴 수 있어요. 오늘 들은 모든 이야기는 어디에도 발설하지 않겠습니다."

그녀는 이제 모든 것을 포기한다는 어투로 말을 꺼냈다.

"그래요, 같이 호텔에 갔었어요."

내 생각이 맞았다. 지호는 역시 유이의 스토커가 아니었다. 무려 6년 가까이 한 여자에게 집착해온 스토커가 다른 여자와 데이트를 한데다 같이 자기까지 했다고? 상식적으로 이해할 수 없는 일이었다.

"감사합니다, 팀장님. 지호는 절대 제 여자친구의 스토커가 아니었어요."

"네?"

그녀가 상당히 놀란 표정으로 되물었다. 그동안 지호에 대한 배신감이 컸을 것이다.

"아직 모든 것을 다 밝혀내지는 못했습니다. 조만간 다시 찾아뵙고 상세하게 알려드릴게요. 확실한 것 하나는, 지호가 팀장님 마음을 가지고 장난치고 그럴 애는 아니란 거예요."

이런 사실을 안다고 지금 와서 달라질 것은 없었다. 이미 1년이 지난 일이었고, 그녀는 지금 다른 남자를 만나고 있었다. 하지만 그녀 또한 진실을 알고 싶어했다. 그런 어처구니없는 일에 휘말린 사람이라면 누구나 납득 가능한 설명이 듣고 싶은 법이니.

* * *

지호는 방화 및 살인 미수 혐의로 징역 4년 형을 선고받고 서울남부교도소에 수감 중이었다. 사실 피해자가 가해자의 면회를 가는 것은 흔치 않은 일이다. 나는 피해자의 남자친구였지만 한편으로 가해자의 친구이기도 했다.

다시 볼 용기가 나지 않았던 것은 단지 그에 대한 분노 때문만은 아니었다. 그의 입을 통해 다시 한번 진실을 확인하는 것이 두려웠다.

그러나 이제는 모든 게 달라졌다. 영원히 감추어질 뻔한 진실을 밝혀내기 위해서는 그를 꼭 직접 만나야만 했다. 하지만 그는 내 접견 신청을 거부했다. 친구를 배신했다는 죄책감 때문일까? 아니면 내가 분노할 것을 두려워한 것일까? 이유는 알 수 없었다.

모든 실마리는 지호가 쥐고 있다고 생각했다. 그를 만나면 자연스레 해소될 의문들이 많았다. 당장 그럴 수 없다면 작은 실마리라도 찾아 나서는 수밖에 없었다.

가장 먼저 떠오른 것은 내 방에 있는 명함 한 장이었다. 주예인 기자. 그 당시 그녀에게 건네받고, 책꽂이 위에 아무렇게나 올려두었던 기억이 있다. 일단 여기서부터 시작해봐야 했다. 아무리 고민해도 이해할 수 없던 일부터 하나씩 의문을 풀어나간다면 분명 가려진 단서가 모습을 드러낼 것이다.

명함을 찾아 거기에 적힌 휴대폰 번호로 전화를 걸었다. 신호가 몇 번 울리지 않고 상대가 전화를 받았다.

"윤시우 씨, 정말 오랜만이네요."

그녀의 목소리가 어딘지 껄끄럽게 들렸다. 하나같이 이런 반응이군.

"네, 주 기자님. 아, 이제 기자가 아니시죠. 그동안 잘 지내셨죠?"

그날 폭로 이후, 그녀는 천해일보를 퇴사했다고 들었다. 물론 천해일보 측에서도 그런 어마어마한 특종을 자신들과 상의도 없이 한 개인 방송에서 터뜨린 것에 불만이 컸을 것이다. 하지만 그에 대해 주 기자를 탓하기도 전에 그녀가 먼저 사직서를 내고 제 발로 나와버렸다는 말을 들었다.

폭로 이후, 그녀의 인기는 날로 높아졌다. 이제 그녀는 120만 명이 넘는 구독자를 보유한 개인 방송을 운영하고 있었다. 주로 정치나 시사 이슈를 파헤치고 있었으며, 다소 껄끄러운 주제들도 거침

없이 다루기로 유명했다.

채널명은 '미래 소녀'. 이제야 온전히 자신의 과거인 '주유나'와도 마주하기로 한 것이다.

"네, 저야 뭐. 항상 미안하게 생각하고 있었어요."

"뭘요?"

"시우 씨가 직장을 잃었다고 들었어요. 그럴 의도로 폭로한 것은 아니었는데 본의 아니게……."

물론 폭로의 여파로 인해 내가 직장을 잃은 게 맞기도 하다. 하지만 투철한 기자 정신을 발휘한 그녀에게 분노나 원망의 감정은 전혀 없었다.

"아니에요. 그건 전혀 신경 쓰지 않으셔도 돼요. 그거 말고 궁금한 게 있는데요. 혹시 만나서 얘기할 수 있을까요?"

그녀에게 만남을 제안하다 보니, 아파트 앞에서 몇 번이나 매몰차게 그녀를 돌려보냈던 기억이 떠올랐다.

"네, 좋지요. 어디서 뵐까요?"

다행히 그녀는 흔쾌히 만나주겠다고 답했다. 이번엔 내가 그녀의 스튜디오가 있는 여의도까지 찾아가기로 했다.

여의도 한복판에서 정장 차림의 직장인들을 보니 심적으로 위축되었다. 그들은 이제 막 퇴근하기 위해 건물 곳곳에서 떼를 지어 나오고 있었다. 나도 한때는 저 무리에 끼어 있던 시절이 있었는데.

거대한 통유리로 된 카페에 앉아 그녀를 기다렸다. 도착했다는 문자를 보낸 지, 5분도 지나지 않아 그녀가 모습을 드러냈다. 이 건물 7층에 있는 스튜디오에서 내려온 것이었다.

무슨 심경의 변화라도 있었던 걸까. 오랜만에 만난 그녀는 짧은 쇼트커트를 하고 있었다. 렌즈를 착용한 듯 커다란 뿔테 안경도 찾아볼 수 없었고, 옷차림도 어딘지 훨씬 세련되어 보였다. 내가 알던 주 기자가 맞나? 그새 전혀 다른 사람으로 변해 있었다.

"못 본 사이 많이 달라지셨네요."

"네, 직장 그만두고 마음가짐을 새롭게 하려다 보니…… 제 채널에 얼굴이 그대로 나와서 그런 것도 있고요."

과거에 겪었다던 대인기피증에서는 완전히 벗어난 것 같았다. 그녀와 비교해보니 내 모습이 더 초라해 보였다. 둘 다 직장을 그만둔 상태였지만, 그녀는 제 발로 나와 선풍적인 인기를 끌고 있었고 나는 내 의사와 무관하게 내팽개쳐져 임시적인 밥벌이를 하고 있을 뿐이었다.

가볍게 근황을 이야기하다 본격적으로 하고 싶은 말을 꺼냈다.

"근데 말이에요. 아직 의문이 남은 게 있어서요."

"네? 어떤 거요?"

그녀가 빨대를 입에서 떼며 눈을 동그랗게 떴다. 예전엔 몰랐는데 꽤 귀여운 인상이었다.

"그때 분명 그러셨잖아요. 제가 미래발전공사와 VIP의 관계에 대해 털어놓으면 확신을 가지고 방송에서 말할 수 있을 것 같다고. 살아 있는 자의 생생한 증언을 꼭 듣고 싶다고 하셨잖아요."

"아, 네. 그랬었죠."

그녀가 생각을 더듬는 듯 허공을 응시하며 답했다.

"하지만 저는 아무 말도 해드리지 못했죠. 당시 주 기자님께는 좀 죄송한 일이었지만."

"네, 다 기억하고 있어요."

그녀는 여전히 뭐가 이상하냐는 표정이었다.

"그런데도 결국 폭로하겠다고 결심하셨던 이유가 궁금합니다. 아니면 처음부터 살아 있는 사람의 증언 같은 게 꼭 필요했던 건 아니었는지……."

그녀는 이제야 내가 궁금해하는 포인트가 뭔지 알겠다는 눈치였다.

"아, 그러고 보니 시우 씨와는 그 이후로 이야기를 나눈 적이 없었군요."

그랬다. 사실 내가 일방적으로 연락을 끊은 것에 가까웠지만.

"아니요, 사실이었어요. 워낙 거대한 일이었잖아요. 우리나라 고위층 대다수와 관련되어 있었으니. 섣불리 접근했다가는 역풍이 불어 제가 매장될 수도 있었고요. USB에 담긴 기록과 제가 조사한 내용만으로는 조금 아쉬웠던 게 사실이었어요."

"근데도 폭로를 결정하게 된 계기는요?"

오늘 그녀를 만나러 온 이유는 이에 대한 답이 궁금했기 때문이었다.

"살아 있는 사람의 증언을 받았거든요."

"정말요? 누구죠 그게?"

"김시진 사장이오. 시우 씨가 담당했던 VIP가 모든 사실을 증언해줬어요."

주 기자가 속삭이듯 작은 목소리로 말했다.

"뭐, 뭐라고요?"

내가 아닌 다른 사람으로부터 증언을 들었다는 말에도 적잖이 놀랄 수밖에 없었다. 근데, 그게 김 사장이라고? 도저히 납득하기 어려운 얘기였다.

"사실 제가 시우 씨를 미행하면서 김시진 사장의 집 근처에도 자주 갔거든요. 아마 시우 씨도 눈치챈 적이 있었을지도 모르겠네요. 제가 좀 미행에는 소질이 없어서……."

언젠가 차 안에서 봤던 게 주 기자였던 모양이다.

"시우 씨가 증언을 못 해주겠다고 해서 무작정 김시진 사장 집 근처에 또 갔었죠. 무슨 증거를 더 얻어낼 수 있을까 해서요. 그러다 저를 수상하게 여긴 비서에게 발각되고 말았죠. 이미 주변 CCTV에 제가 몇 번이나 찍혔더라고요, 칠칠치 못하게도. 그날도 보자마자 수상하다 느꼈겠죠."

그녀의 말을 듣다 보니, 비서이자 운전 기사였던 남자의 얼굴이 떠올랐다. 항상 나를 위협하듯 쳐다보던 그 눈빛.

"결국 그 집에 들어가 김 사장을 만나게 됐어요. 그리고 추궁을 당했죠. 무슨 일로 자신의 집을 감시하고 있었는지 말하지 않으면 경찰을 부르겠다고요."

"그래서 뭐라고 하신 거죠? 설마?"

취재 내용을 말했다는 건가.

"네, 그 설마가 맞아요. 사실대로 말했죠. 미래발전공사와 VIP의 관계를 조사하고 있었다고요."

정말 대단한 여자였다. 아무리 진실을 밝히는 걸 사명으로 한다지만 김 사장 눈앞에서 직접 당신의 뒤를 캐고 있다고 말했을 줄이야.

"그런데 의외였어요. 김 사장이 자신의 이야기를 털어놓더군요. VIP들만 특별한 대우를 받는 것에 대해 일종의 죄책감을 지니고 있었다고요. 자신의 집에서 일하던 이태수 씨가 죽고 나서 많은 걸 느꼈다고."

믿기 어려운 진술이었다. 김 사장이 정녕 그런 생각을 하고 있었단 말인가.

"그랬군요. 전혀 뜻밖의 이야기네요."

"네, 그렇게 생각하실 줄 알았어요. 사실 VIP가 직접 증언했으리라 생각하는 사람은 아무도 없었거든요. 대개 직원 중 누군가가 털어놓지 않았을까 의심하죠."

그녀의 말이 맞았다. 누구도 그를 의심하지는 않았을 것이다.

"어쨌든 저는 취재원 보호만큼은 확실하거든요. 지금까지 김 사장이 증언했다는 사실은 어디에서도 얘기한 적이 없었어요. 오늘도 실은 좀 고민했어요. 하지만 윤시우 씨는 아무래도 이 일의 직접적인 당사자잖아요. 그래서 이렇게 털어놓게 되었네요."

물론 나 역시 누구에게도 말하지 않겠다고 약속했다.

"오늘 정말 고마웠어요. 나중에 다시 연락할 일이 있을 것 같아요."

"얼마든지요."

의문을 풀고자 만났는데 오히려 고민거리가 하나 더 늘어나고 말았다.

23

주 기자와의 짧은 만남을 뒤로하고 건물 밖으로 나왔다. 길을 나서는 발걸음이 그리 가볍지만은 않았다. 거의 다 맞춘 줄 알았던 퍼즐이 더 복잡하게 흐트러진 기분이었다.

주변을 둘러보니 어느새 날이 완전히 어두워져 있었다. 여의도의 야경은 내가 사는 동네와는 차원이 다르게 화려했다. 생각도 좀 정리할 겸 잠시 정처 없이 길을 걸었다.

코트 주머니에 손을 찔러넣은 채 한참을 여기저기 떠돌다 보니 눈앞에 편의점이 하나 보였다. 여전히 마음이 복잡했던 터라 시원한 맥주가 마시고 싶었다. 편의점으로 들어가 맥주 한 캔을 집고는 막 계산하려는 참이었다. 주머니에서 진동이 울렸다.

─열이 점점 심해져. 아무래도 그날 너무 얇게 입었나 봐.

유이였다. 나를 지하철역까지 바래다준 날 이후 몸살 기운이 심해진 것 같았다. 한겨울에 후드 짚업 하나 걸치고 돌아다닌 게 역시 화근이었다. 약국에서 감기약을 3일 치 지어다 주었는데 별 효과가 없는 모양이었다.

텅 빈 집에 홀로 누워 있을 유이를 생각하니 안쓰러운 마음이 들었다. 맥주를 다시 진열대에 내려두고 편의점을 빠져나왔다. 지나가는 택시를 하나 잡아 곧장 그녀의 집으로 향했다.

초인종을 누르자, 유이가 다 죽어가는 모습으로 눈을 반쯤 겨우 뜬 채 현관문을 열었다. 생각보다 상태가 심각해 보였다.

"괜찮은 거야?"

"어, 괜찮아."

거실로 들어와 이마에 손을 올리자 그녀가 두 눈을 꼭 감았다. 후끈거리는 열기가 느껴졌다.

"하나도 안 괜찮잖아. 약은 잘 챙겨 먹었고?"

아무 대답이 없다. 부엌 식탁에 내가 사주고 간 약봉지가 보였다. 한두 번이나 제대로 먹었을까, 거의 그대로 남아 있었다.

"이거 왜 이렇게 많이 남았어?"

"아, 깜박하고 못 먹었어."

유이는 예전부터 약 챙겨 먹는 것을 자주 깜박하곤 했다. 다른 건 안 그런 편인데, 유독 약은 왜 그렇게 잘 잊는지 모르겠다.

"이거 봐봐. 그러니까 빨리 안 낫지. 지금이라도 먹어."

"알았어. 아픈 사람한테 너무 닦달하지 말고."

그녀에게 약을 뜯어주며 잔소리를 할 때였다. 불현듯 머릿속에 스쳐 지나가는 생각이 있었다. 설마 그런 방법으로? 재빨리 유이

어머니의 방으로 들어갔다. 탁자 위에 아직 약봉지가 놓여 있었다.

"갑자기 뭘 그렇게 찾는 거야?"

유이가 뒤따라 방으로 들어왔다.

"아니, 아무것도 아니야."

전혀 생각지도 못했던 방법이다. 그가 정말로 그런 방법까지 썼는지 확신할 수는 없었다. 그렇지만 적어도 확인해볼 가치는 충분했다. 어쩌면 이제 퍼즐의 남은 조각이 모두 맞춰질지 몰랐다.

약 봉투에 쓰인 약국 이름과 주소를 휴대폰 카메라로 찍었다. 상호명은 보람 약국. 검색해보니, 여기서 그리 멀지 않은 곳에 있었다.

* * *

회사를 그만둔 후 몇 킬로 빠진 체중이 여태껏 돌아오지 않았다. 허리와 허벅지 둘레가 줄어들어 그런지 예전에 입던 옷들이 볼품없이 커 보였다. 개중 깔끔한 셔츠와 바지를 골라 입고 서연 씨가 말한 약속 장소로 왔다.

가게는 주택가와 경계가 불분명한 한적한 골목길에 자리 잡고 있었다. 길을 좀 헤매다 겨우 시간에 맞춰 도착했다. 단골이 아니면 찾아오기도 어려운 곳이었다. 규모는 작지만 고풍스러운 분위기가 풍겨왔다.

가게 안으로 들어서자, 여자 종업원이 정중하게 인사를 했다. 서연 씨가 다다미방 형태의 프라이빗 룸을 예약해둔 모양이었다. 종업원의 안내에 따라 방문을 열자, 그녀가 환하게 웃으며 손을 흔들었다. 여느 때보다 밝은 모습이었다.

"찾아오기 좀 어려웠죠?"

"네, 좀 후미진 골목에 있는 편이네요."

"그래도 여기 진짜 맛집이거든요."

그녀는 몇 년째 이곳의 단골이라 얘기했다. 메뉴판을 볼 필요도 없이 그녀가 항상 먹는 최고급 코스와 술을 한 병 주문했다.

"지난번에는 사실 좀 긴장했었거든요. 오빠랑 다시 오랜만에 만나서요."

예전과 다를 바 없는 모습에 전혀 그런 줄 모르고 있었다.

"사실 저도 충격을 많이 받았거든요. 내가 동생의 남자친구와 만났었다니, 무슨 막장 드라마도 아니고요."

그녀의 말처럼 결코 평범한 일은 아니었기에 놀랄 만했다.

"그때는 정말 다시는 봐선 안 되는 사이라 생각했어요. 그래서 잊으려 노력했고요. 근데 엄마 장례식 때 오빠가 유이 곁에 없는 걸 보고, 다시 마음이 조금 움직였다고 할까? 그렇게 되더라고요. 사실 유이와는 같이 사는 것도, 서로 연락하는 사이도 아니고요."

그렇게 말하며 그녀의 얼굴이 수줍은 듯 살짝 붉어졌다. 다시 방문을 노크하는 소리가 들리더니 나를 안내한 종업원이 커다란 사케 한 병을 들고 들어왔다. 척 보기에도 값이 꽤 나갈 것으로 보였다.

"서연 씨, 한 가지 궁금한 게 있는데요."

"네, 어떤 거요?"

나에게 진심을 고백하는 그녀의 마음은 고마웠으나 사실 오늘 그녀를 보려고 한 목적은 다른 데 있었다.

"오늘 여기 나온 것도 혹시 아버님께 얘기했나 해서요."

그녀가 당황한 듯이 시선을 여기저기로 움직였다. 분명 김 사장과도 이미 얘기가 된 것이다.

"아, 네. 말은 했어요. 그렇다고 아빠가 시켜서 강제로 나온 건 아니에요. 저도 오빠를 좀더 만나보고 싶은 마음이 있어서 나온 거예요."

다시 노크 소리가 들리더니, 이번엔 깔끔한 인상의 주방장이 한 손에 커다란 접시를 들고 들어왔다. 고급스러운 부위들로 정갈하게 차려진 참치회를 테이블 중앙에 내려놓았다.

"항상 가게를 찾아주시는 단골분이라 특별히 더 신경 써서 준비했습니다. 맛있게 즐겨주세요."

"감사합니다."

주방장이 정중하게 인사를 하고 나갔다. 문이 닫히자마자 내가 입을 열었다.

"그랬군요. 사실 제가 직장을 잃은 후로 수입도 변변치 않고, 내세울 게 하나도 없어서요. 아버님이 저를 어떻게 생각하실까 걱정했거든요. 서연 씨 같은 분을 만나기엔 제가 많이 부족한 사람 같아서요."

그녀가 세차게 손을 흔들며 아니라고 표현했다.

"아니에요, 절대. 사실은 아빠가 항상 먼저 얘기를 꺼내셨어요. 오빠랑 다시 만나볼 생각 없냐고. 지난 1년 동안 두세 번은 제안하셨던 거 같아요. 그때마다 제가 계속 거절했거든요. 유이랑 만나고 있는데, 무슨 소리를 하는 거냐고. 그렇지만 이제는 괜찮겠다고 생각했고요."

이제 전도유망한 미래발전공사 직원도 아니었고, 뭐 하나 내세울 것 없는 빈털터리 상태였다. 그런데도 김 사장은 나에 대한 미련이 남아 있는 게 분명해 보였다. 이 모든 의문점을 풀어내는 또 하나의 열쇠는 분명 여기에 있었다.

"그렇다면 다행이고요. 그러고 보니 아버님이 요즘 청년들에게 멘토로 최고의 인기라 들었는데. 제 또래 젊은이들이랑도 많이 소통하시는 편인가요?"

참치회가 나온 김에 가볍게 술잔을 부딪쳤다. 그녀가 회를 한 점 맛보더니, 만족스러운 표정으로 입을 열었다.

"네, 종종 만나시는 것 같아요. 아빠가 운영하는 장학회 출신 학생들을 특히 많이 아끼시는 것 같더라고요."

역시 생각했던 대로였다. 지호와도 꾸준히 연락을 해왔던 게 분명했다.

"아, 좋은 일을 정말 많이 하시네요."

나도 기름기가 가장 많은 부위를 한 점 입으로 가져왔다. 혀에 닿기가 무섭게 입안에서 그대로 녹았다.

"네, 가정 형편이 어려운 학생들도 많았는데 의사나 약사, 변호사
가 된 분도 있고요. 아빠가 뒤에서 든든하게 지원해주면서 원하는
꿈을 이룰 수 있게 해준 셈이죠."

그녀의 말 중에 '약사'라는 단어가 뇌리에 꽂혔다.

"서연 씨도 직접 만나본 적 있으세요? 그런 훌륭한 학생들이라면
사윗감으로도 괜찮아 보이는데요."

그녀가 듣고 보니 이상하다는 듯이 고개를 갸웃거렸다.

"장학회 출신들도 다 남자인데, 한 번도 소개해주신 적이 없어요.
만나보라고 권한 건 오빠가 처음이었어요."

"제가 처음이오?"

그녀가 가볍게 고개를 끄덕였다. 그러더니 뭔가 생각났다는 듯
이 말을 이었다.

"아 참, 아빠가 요즘 선거 때문에 굉장히 바쁘시거든요."

"아, 네. 알고 있어요."

얼마 전에 TV에서 본 적이 있다. 그가 서광그룹 사장직에서 물러
나고 국회의원 후보로 출마했다고. 성공한 기업인 중에는 그와 비
슷한 노선을 타는 경우가 많았다. 돈은 이미 벌 만큼 벌었을 테고,
돈 다음엔 결국 권력인가.

하지만 그의 지역구에는 이미 3선을 한 현역 의원의 인기가 막강
했다. 아무리 김 사장이 요즘 청년 멘토로 각광을 받는다고 하지만
정치 신인에게는 벅찬 상대였다.

"다음주에 새엄마 생일이 있거든요. 집에서 가족끼리만 파티를 하려는데 오빠도 꼭 참석했으면 좋겠다고 하셔서요. 오실 수 있으세요?"

이제 국회의원 선거까지 2주도 채 안 남았다. 이래저래 신경 쓸 게 많을 텐데, 충분히 잊히고도 남았을 나까지 기억하고 있었단 말인가.

"저야 언제든 좋죠."

안 그래도 내가 먼저 찾아갈 생각이었다. 이렇게 초대까지 해준다면야 고마울 따름이다. 다만 다음주라면 시간이 좀 빠듯했다. 그 전까지 서둘러 알아봐야 할 것들이 남아 있었다.

그때 마침 휴대폰 진동이 울렸다. 주 기자였다. 메시지를 확인하며 나도 모르게 흡족한 미소를 지었다.

* * *

인터넷 검색을 하면 어렵지 않게 찾으리라 생각했다. 요즘 같은 세상에 인터넷에 없는 정보는 없었다. 설령 500년 지난 고문서라 할지라도 스캔본은 얼마든지 구해볼 수 있었다. 하지만 내가 원하는 그 정보만은 아무리 검색해도 찾아낼 수 없었다.

유이가 몸살로 앓아누운 날, 약을 먹여 재운 후 그날 밤은 그녀의 집에 머물렀다. 거실에 홀로 앉아, 밤새 인터넷 검색을 했으나 허탕만 쳤다. 좋은 방법이 없을까 고심하다 겨우 떠오른 것이 주 기자였다. 어쩌면 그녀라면 희망이 있을지 몰랐다.

─시우 씨, 기쁜 소식이에요. 제 정보망을 총동원했는데, 1기에서 한 명 찾았어요! 이름은 김진우. 그 외에는 없는 것 같아요.

그녀에게 부탁한 지 사흘 만에 답이 왔다. 역시 기자 출신은 달라도 뭔가 달랐다. 마침 서연 씨와 대화를 나누며, 내 생각이 어느 정도 맞겠다는 확신이 들던 시점이었다. 이제는 내가 선택한 상자 안에 보물이 가득 차 있을지 아니면 텅 비어 있을지 확인할 일만 남았다.

다음 날, 내가 찾은 곳은 유이 집에서 도보로 10분 정도 거리에 있는 대학병원이었다. 몇 년 전에, 유이 어머니가 많이 편찮으실 때 모시고 온 이후로 처음이었다.

병원 앞에는 크고 작은 약국들이 여러 개 늘어서 있었다. 아무래도 대형 병원의 환자들이 많다 보니, 이렇게 경쟁적으로 차려놓아도 수요가 충분한 것처럼 보였다.

내가 찾아갈 곳은 '보람 약국'이었다. 병원과 가까울수록 주로 평수가 넓은 대형 약국들이 자리잡고 있었다. 보람 약국은 병원에서 한참 떨어진 곳에 자리한 작은 약국이었다. 문을 열고 들어서니 안경을 쓴 중년의 여성 약사가 홀로 서 있었다.

"어서 오세요."

주변을 힐끗 살폈으나 다른 사람은 보이지 않았다.

"저 혹시 여기 김진우 약사님 있나요?"

내 예상이 정확하다면 분명 그가 여기 있어야 한다. 그렇지 않다면 모든 계산이 어긋나 물거품이 되어버린다.

"방금 나갔는데······."

"나갔다고요?"

"오늘까지 일하고 그만두기로 해서. 좀 전에 인사하고 나갔거든요."

하필이면 오늘 그만두다니. 하긴 작전을 완수했으니 이제 빠질 타이밍이었다.

"혹시 연락처라도 받을 수 있을까요?"

그녀가 내 얼굴을 이리저리 훑으며 망설였다. 나를 경계하는 눈빛이다.

"처음 보는 분께 드리기는 좀 그렇고······ 여기 왼쪽으로 가면 주차장이 있는데 한번 가보세요. 방금 막 나갔으니까."

이건 결코 우연일 수 없었다. 서둘러 약사가 말한 주차장 근처로 뛰어나갔다. 여기서 놓치면 언제 다시 그를 찾아낼 수 있을지 몰랐다. 겨우 주차장에 도착하자, 숨이 턱까지 차올랐다. 한 회색 중형차가 주차장을 막 나가려 하고 있었다.

운전석에 앉아 있는 남자의 얼굴을 보니, 나이가 좀 들었으나 사진 속의 그가 틀림없었다. 차가 주차장을 빠져나가지 못하도록 양팔을 벌린 채, 몸으로 그 앞을 가로막았다. 그러자 그가 앞문 유리창을 내렸다.

"뭐 하시는 건가요? 저리 비키세요."

"김진우 씨 맞죠?"

그의 눈을 똑바로 응시하며 물었다.

"그런데요? 누구시죠?"

"약국 손님 중에 최영아 씨라고 아시죠?"

유이 어머니의 이름이었다. 그가 놀란 눈으로 나를 훑어보았다. 형사라 생각한 걸까? 일반적으로 약사가 모든 손님의 이름을 기억할 리 없었다. 하지만 그는 분명 최영아란 이름을 똑똑히 기억하고 있을 것이다. 그가 살해한 사람이 바로 그녀였기 때문에.

그와는 주차장 바로 옆에 있는 카페로 들어갔다. 대학교 근처라 그런지 대학생들이 주로 드나들고 있었다.

"최영아 씨가 사망했다는 사실 알고 있었죠?"

"모, 몰랐어요. 말씀드렸다시피, 최영아 씨는 수많은 환자 중 한 명이었고요."

그는 긴장한 듯 말을 더듬으며 대답했다. 다시 한번 그의 얼굴을 살폈다. 전형적으로 공부 잘하는 모범생처럼 생긴 얼굴이다.

"이지호 씨는 잘 알고 있습니까?"

전혀 뜻밖의 이름이 나왔다는 듯이 그가 몸을 움찔했다.

"네, 압니다만······."

금방 다 들통날 것이기 때문에 모른다고 말할 수도 없었을 것이다.

"이지호 씨가 먼저 방화를 저질러 최영아 씨를 살해하려 했다는 사실, 잘 아실 겁니다. 하지만 그게 실패하자, 당신은 약물로 그녀를 살해하려 했고요."

"대체 무슨 근거로 그런 말을 하는 거죠?"

그의 눈동자가 이미 심하게 흔들리고 있었다. 곧바로 가방에서 약 봉투를 꺼냈다.

"여기 최영아 씨가 먹다 남긴 약이 들어 있습니다. 다행히 하루 분이 남아 있네요. 약의 성분 분석을 다시 해보면 알 수 있겠죠? 뭐가 문제였는지. 물론 해로운 성분은 없었을 거라 봅니다. 그랬다가는 경찰 조사에서 이미 들통이 났겠죠."

그는 아무 말 없이 나를 뚫어지게 바라보고 있었다.

"최영아 씨는 하루도 빠짐없이 약을 먹어야만 정상적인 생활이 가능했어요. 바꿔 말하면, 약을 꾸준히만 먹으면 별 탈 없이 살 수 있었다는 말이죠."

그가 조용히 침을 꿀꺽 삼키자, 목젖이 크게 움직였다.

"그런데 약에서 특정 성분 함량이 적었다면 어떨까요? 약의 겉모양은 예전과 똑같았겠지만요. 평소처럼 복통을 호소할 때, 약을 먹더라도 증상이 크게 줄어들지 않았겠죠. 그게 며칠 동안 반복되다 결국에는 사망에까지 이르렀을 테고요."

"모르는 일입니다. 약의 성분이 적다면 그건 조제상 실수였을 겁니다. 의도적으로 그럴 리가……."

"그렇게 말하라고 시켰겠죠. 김시진 사장이."

단호한 어조로 그의 말을 끊어버렸다. 김시진이라는 이름까지 나오자 그가 더욱 당황한 듯이 양손을 비벼대기 시작했다.

"당신과 김 사장이 어떤 관계기에 이토록 그를 비호하는 건지 잘 모르겠습니다. 하지만 중요한 건, 오직 당신만 사회적으로 완전히 매장될 거란 사실입니다. 이지호 씨도 결국 방화범이자 살인 미수범으로 수감된 거 보셨죠? 최영아 씨 살해에 실패했는데도 말이죠. 당신이 김 사장 대신에 살인자로 낙인찍힌 채 평생을 살아갈 건가요?"

'살인자'라는 말에 그의 표정이 급격하게 일그러졌다. 애초에 이런 범죄를 저지를 만한 성격이 아니다. 그가 테이블에 팔꿈치를 댄 채, 양손으로 머리를 감싸안았다.

"지금이라도 자백하세요. 김 사장이 선수를 치기 전에. 그래야만 그나마 세상 사람들이 당신 이야기에 귀를 기울일 거고, 돌아가신 최영아 씨에게도 최소한의 예의를 보이는 길이 될 겁니다."

그는 괴로운지 한동안 말이 없었다. 분명 마음의 동요가 일어나고 있었다. 나는 천천히 기다렸다. 상황이 이렇게까지 될 거라고는 꿈에도 생각지 못했던 것 같다.

"김 사장과 처음 알게 된 게 대학 1학년 때였어요."

한참이 지나, 그가 드디어 입을 열었다.

"사실 집안 형편이 썩 좋지 않았어요. 대학 등록금에 생활비까지 대기에는. 게다가 약대는 6년제라 그 부담이 더 컸죠. 아버지는 빨리 졸업하고 취직할 수 있는 4년제로 가라고 하셨어요. 제가 이 길로 갈 수 있었던 건 순전히 김 사장 덕분이었습니다. 그가 전액 등록금을 지원해주었죠."

나는 잠자코 그의 이야기를 듣고 있었다. 그가 커피를 한 모금 마시더니 다시 말을 이었다.

"그런데 그가 장학회 학생들에게 한 가지 제안을 한 거예요. 자기 회사 직원으로 이름만 올려두면 매달 생활비 100만 원씩을 추가로 지급해준다는 거였죠. 사람 마음이란 게 그렇죠. 등록금만으로도 어마어마하다 생각했는데, 막상 생활비를 준다니 도저히 거절하기 어려운 제안이었죠. 그게 화근이었어요."

"그때 대체 무슨 일이 있었던 거죠?"

그의 얼굴에 어두운 그림자가 드리웠다. 이야기가 그렇게까지 거슬러 올라갈 줄은 몰랐다.

"그의 회사는 처음에는 '서유무역'이라고 무역업이 중심이었어요. 지금이야 서광이라는 종합 그룹이 되었지만."

'서유무역'이라면 분명 들어본 기억이 있다. 해외에서 특수 인화지를 수입하는 공급처다. 인화팀에서 일할 때 포장 박스에서 봤던 기억이 있다. 하지만 그곳이 김 사장의 계열사인 줄은 전혀 모르고 있었다.

"해외에서 밀수입하는 물품들이 꽤 있었던 것 같아요. 거기에 장학회 학생들 명의를 이용했던 거죠. 저흰 이미 그에게 도장과 통장을 쥐여준 상태였고요. 대학교 3학년쯤 되어서야 그 사실을 알게 되었어요. 그가 말했죠. 이제 우린 모두 한배를 탄 거라면서."

김 사장이 세관 공무원에게 성 접대를 했던 정황도 남아 있으니 밀수를 했다는 것도 얼마든지 납득할 만한 이야기였다.

그가 쓸쓸한 듯 인상을 구기더니 말을 이었다.

"사실 그때는 되돌리기엔 너무 멀리 와버렸죠. 가난했던 대학생들이 한 달에 100만 원씩 2년 이상을 써왔단 말이죠. 그의 뜻을 거역한다면 이미 쓴 돈부터 갚아야 했는데 현실적으로 불가능했죠."

돈 없는 학생들을 교묘하게 이용해 범죄에 가담시키다니. 김 사장은 생각했던 것보다 더 악독한 인간이었다.

"그게 다였다면 그나마 다행이었겠죠. 사실 제가 그를 너무 믿었던 게 잘못이었겠지만."

그가 커피를 한 모금 마시더니 다시 입을 열었다.

"집에 빚이 좀 있었어요. 아버지가 실직하신 후에 인터넷 도박에 빠져 있었죠. 장학회 술자리에서 김 사장에게 집안 사정이 어렵다는 것을 사실대로 말한 게 화근이었어요."

전액 장학금에 생활비까지 지급해주는 관계였다면 그 정도 고민은 털어놓을 만했다.

"최근까지 전혀 모르고 있었죠. 아버지 빚이 오히려 점점 불어나고 있었다는 사실을."

"그게 무슨 말이죠? 빚이 늘어난 게 김 사장과 연관이 있다는 말인가요?"

그가 말없이 고개를 끄덕였다.

"맞아요. 김 사장은 마치 호의를 베풀 것처럼 아버지에게 접근했죠. 아버지도 제가 그에게 장학금을 받는 걸 아셨으니 전혀 경계심이 없으셨죠."

"무슨 목적으로 접근한 건가요?"

그의 표정이 한층 어두워졌다.

"김 사장이 빚을 대신 갚아준다고 했나 봐요. 그 대신, 자기가 아는 사채업자에게 다시 빌리라는 거였죠. 이자는 더 저렴하게 해줄 테니."

이번엔 불법 사채업자까지 등장하는 건가.

"아버지야 뭐 좋았겠죠. 그런데 문제는 아버지가 도박에 중독되어 혼자 힘으로는 빠져나올 수 없다는 사실을 알고도 계속 돈을 빌려준 거예요. 제가 대학생일 때만 해도 3000만 원 정도였던 빚이 어느새 3억까지 늘어버렸죠."

그가 크게 한숨을 내쉬었다. 김 사장이 자신의 표적을 파멸시키기 위해 쓰는 수법은 매우 치밀하면서도 지능적이었다.

"작년 가을쯤이었죠. 김 사장이 협박하듯 말했어요. 아버지가 당장 빚을 갚지 않으면 더 이상은 가만 놔두기 어려울 것 같다고."

"당장 그런 큰돈은 마련하기 어려웠겠군요."

"물론이죠. 제가 일을 시작한 지도 얼마 되지 않았고. 그런데 그가 한 가지 제안을 했어요."

그 제안이 설마 내가 생각하는 그것인가.

"최영아 씨 약의 성분 함량을 줄이라는 지시였죠. 그러면 아버지 빚 3억을 모두 탕감해주겠다고. 처음엔 물론 사람이 죽을 수도 있으니 그렇게까진 못하겠다고 말했죠. 그러려고 약사가 된 건 아니니까요."

"또다시 협박했겠군요."

그의 범행 패턴이 읽혔다.

"맞아요. 아버지가 불법 사채업자와 신체 포기 각서 같은 것도 썼다고 하더군요. 물론 그게 법적인 효력은 없을 거예요. 하지만 빚을 갚지 않으면 아버지에게 어떤 짓이든 하겠다는 엄포로 들렸죠. 아버지를 죽일지, 최영아 씨를 죽일지 선택하라는 말이었죠."

김 사장은 지독하게 잔인하고도 치졸한 수법을 쓰고 있었다.

"절대 걸릴 일이 없다고 했어요. 약의 주요 성분만 줄인다면 다른 성분이 들어간 것도 아니니 경찰 조사에 걸릴 일도 없다면서요. 어쩔 수 없이 그의 지시대로 최영아 씨가 오래전부터 다니던 약국에 위장해서 취직하게 된 거고요."

사실 유이 어머니는 누가 보더라도 마치 지병으로 자연스레 돌아가신 것처럼 보였다. 누군가 상해를 입히거나 의도적으로 접근한 흔적도 없었다. 그런데도 나는 계속 뭔가가 찜찜했다.

유이가 약을 제때 먹지 않아 감기가 더 심해진 것을 보면서 문득 들었던 생각은 그거였다. 누군가 그녀를 흔적 없이 살해하려 했다면 접근할 수 있는 루트는 항상 복용하는 약밖에 없었다. 혹시 그녀가 평소처럼 약을 복용하더라도 복용하지 않은 것과 같을 수 있을까?

그게 가능하기 위해서는 김 사장이 약국의 약사까지 포섭했어야 했다. 그가 자신은 철저하게 모습을 숨긴 채 지호를 이용하여 방화를 저질렀다는 판단이 들자, 그의 범행 패턴이 어느 정도 읽히기 시작했다. 분명 그는 또 다른 사람을 이용해서 범죄를 저지를 확률이 높았다.

그 즉시 서광 장학회 학생 명단을 뒤졌으나 좀처럼 찾기 어려웠다. 주 기자에게 부탁하여 겨우 장학회 출신 학생 중 약사가 김진우한 명뿐이라는 사실을 알아낼 수 있었다.

그가 세상의 수많은 약국 중에 우연히도 유이 어머니가 다니던 약국에서 일할 확률은 사실상 제로에 가까웠다. 그가 여기에 있는 이상, 모든 것은 김 사장이 계획한 일일 수밖에 없기에 이토록 확신을 갖고 추궁했던 것이다.

"사실 약의 성분을 줄이면서 죄책감에 밤마다 잠도 제대로 못 잤어요. 수면제를 먹으면서 겨우겨우 버텼죠. 혹시라도 발각되는 건 아닐까 계속 불안에 떨면서 지냈죠. 그녀가 결국 죽었다는 사실을 알고 미쳐버릴 것 같았어요. 내가 이제 사람까지 죽이게 되었구나."

동정하긴 어려워도 그의 감정에 공감할 수 있었다.

"근데, 여기서 끝일까? 김 사장은 이 일이 잘 마무리되어도 또 다른 범죄에 저를 이용할 거예요. 아마 이제는 최영아 씨를 죽인 일에 가담했다는 사실을 협박 수단으로 삼았을 테죠. 언제까지 이런 삶을 지속해야 하나 두려웠어요. 누구 하나 털어놓을 사람도 없었고. 차라리 자살해버릴까 생각하기도 했고요."

그의 눈에 마침내 눈물이 고였다.

"이렇게 모든 게 끝나서 차라리 다행이에요. 더 이상은 죄를 쌓아가지 않아도 되니……."

그가 얼이 빠진 얼굴로 고개를 푹 숙였다. 절대 잔혹한 범죄자의 얼굴로 보이지는 않았다. 유이 어머니를 살해하는 데 그가 직접적인 역할을 한 건 사실이다. 그것만으로 도저히 용서받을 수 없는 인간이었다. 하지만 그 역시도 피해자였다.

24

"진짜 꼭 만나야 하는 거야?"

유이가 긴장한 듯 진지한 표정으로 물었다.

"응, 꼭 한 번은 만나야 해."

얼마 전, 지호에게 세 번째로 접견 신청을 했다. 이번에도 거절한 다면 정말 포기할 생각이었다. 큰 기대 없이 휴대폰으로 접견 신청 결과를 조회해보았다.

어떤 심경의 변화가 생겼을까? 세 번 만에 드디어 그가 접견을 수락했다.

결국, 그가 수감된 교도소까지 유이와 함께 찾아오게 되었다. 출 발하기 전부터 유이는 절대 그를 다시 볼 생각은 없다고 말했다.

"무슨 말을 해야 할지도 모르겠고. 아니 얼굴도 절대 못 볼 거 같 아."

그녀에게는 아직 내가 밝혀낸 사실들에 대해 말하지 않았다. 그녀의 친아버지와 관련된 일이었다. 모든 것이 확실치 않다면 괜한 혼란을 줄 수 있다고 생각했다.

결국 그녀는 교도소에서 한참 떨어진 카페에서 나를 기다리기로 했다. 손님이라곤 거의 없어 보이는 외딴 카페였다.

접견실은 생각보다 비좁았다. 방 한가운데는 쇠창살이 달린 유리창이 공간을 분리하고 있었다. 딱딱한 의자에 가만히 앉아 그가 모습을 나타내기만을 기다렸다.

우리가 이렇게 쇠창살을 사이에 두고 만날 거라고는 여태껏 상상도 못 했다. 만일 과거에 지금 시점의 미래를 확인할 기회가 있었다면 어땠을까. 그랬다면 이런 일이 일어나지 않도록 우리의 미래를 바꿀 수 있었을까? 착잡한 마음에 온갖 상념들이 머릿속에 뒤엉켰다.

얼마 지나지 않아 지호가 몸을 움츠린 채 안으로 들어섰다. 머리가 좀 짧아졌다는 것. 그리고 파란 죄수복 차림이라는 점을 제외하면 예전에 같이 어울리던 그 모습 그대로였다.

그가 유리 벽을 사이에 두고 내 앞에 마주 앉았다. 막상 만나고 나니, 무슨 말부터 꺼내야 할지 말문이 막혔다. 접견 시간은 단 15분이었다.

"밥은 먹었어?"

눈을 계속 아래로 깔고 있던 그가 내 질문에 살짝 고개를 들었다. 내 얼굴을 보더니, 가볍게 고개를 끄덕인다.

"지금에 와서 너를 원망할 생각은 없어."

그는 여전히 죄인처럼 고개를 떨구고 있었다.

"단지 사실이 알고 싶어 왔어. 나랑 10년간 알고 지내온 시간이 전부 거짓이 아니라면, 한 가지만 답해줬으면 해."

몇 마디 안 했는데도 목이 말라와 마른침을 삼켰다.

"지호야."

그의 이름을 부른 채 아무 말 없이 그를 빤히 바라보았다. 한참을 그렇게 있자, 그가 고개를 들어 내 눈과 시선을 마주쳤다.

"네가 한 짓, 다 김 사장이 시킨 거지?"

그가 빠르게 눈을 아래로 내리깔았다. 분명 동요하고 있는 것처럼 보였다. 하지만 그 이상 아무런 반응도 보이지 않았다.

"넌 유이를 좋아한 적도 없었잖아. 안 그래?"

내 말 한마디가 고요한 접견실 내에 울려 퍼졌다. 그가 조금씩 입을 움직였다.

"미, 미안해."

미안하단 말 한마디를 듣고 싶어 멀리 여기까지 찾아온 게 아니었다. 아마도 사과를 하려고 면회를 수락한 것 같다. 하지만 진실을 밝히지 않는 한 아무 의미가 없다.

"김진우 씨 알지? 이미 다 들었어. 김 사장이 그동안 너희에게 무슨 짓을 해왔는지. 그가 어떻게 유이 어머니를 죽였는지."

그가 반사적으로 고개를 들었다. '김진우'란 말에 상당히 놀란 눈치다.

"이제 다 끝이라고."

그는 여전히 입을 다물고 있었다. 주어진 시간이 얼마 남지 않았다. 제발 무슨 말이라도 해주기를 바랐다. 남은 접견 시간은 5분. 마음이 점점 초조해지려는 찰나에 지호가 굳게 닫고 있던 입을 마침내 열었다.

"네 말대로야. 모든 건 김 사장이 지시했어. 유이가 없을 때 어머니만 죽이라고."

그가 낮게 잠긴 목소리로 말했다. 역시 생각했던 대로였다. 김 사장의 목적은 유이가 아니라 그녀의 어머니였다. 과거의 악행이 폭로된다면 정치인이 되는 데 있어 치명타가 될 게 뻔했다. 그의 전처는 모든 것을 알고 있었다. 분명 눈엣가시 같은 존재였을 것이다.

"불을 질러도 절대 걸릴 일이 없다고 했어. 만에 하나, 발각될 경우 범행 동기가 필요하니 몇 달 동안 유이의 스토커인 척 행동하라면서."

"그래서?"

되묻는 내 목소리가 미세하게 떨렸다.

"당연히 못 하겠다고 했지. 그러니까 곧바로 동영상을 하나 보냈어."

"동영상? 무슨 동영상?"

지호가 울분에 찬 표정으로 말을 이었다.

"내가 팀장이랑 모텔 안에 있는 모습."

"뭐라고?"

지호와 팀장의 관계는 지난번 그녀와의 만남을 통해 알 수 있었다. 하지만 그걸 김 사장이 몰래 촬영까지 했다고?

"날 계속 미행했던 것 같아. 그래서 우리가 자주 가던 모텔에 미리 몰래카메라를 설치해둔 모양이야."

나뿐만 아니라 지호까지 미행하고 있었단 말인가. 대체 그 인간은 어디까지 손을 뻗은 건가.

"그걸 유포하겠다고 협박했단 말이야? 그래서 그의 지시대로 방화까지 저질렀고?"

지호가 아무 대답 없이 입을 굳게 다물고 있었다.

"넌 피해자였잖아. 차라리 경찰에 신고하지 그랬어."

"피해자? 우리나라에서 언제부터 피해자 인권이 보장됐어? 아니 난 그나마 괜찮아. 근데, 여자들한테는 아주 치명적이지. 그대로 유포되었다면 팀장의 삶은 어떻게 변했을까?"

팀장인 그녀가 같은 팀 남자 직원과 모텔에 가는 사이였다는 게 밝혀졌다면 커리어에 상당한 금이 갔을 것이다. 예전처럼 승승장구하기는 어려웠을 것이다. 게다가 동영상마저 유포되었다면 그녀는 극도의 수치심으로 죽고 싶은 심정을 느꼈을지 모른다.

"그래서 팀장을 지켜내기 위해 네가 모든 죄를 뒤집어쓰기로 결심했다는 거야?"

"접견 시간 종료되었습니다."

내가 질문을 던지자마자 교도관이 접견 종료를 알렸다. 결국 마지막 질문에 대한 답은 듣지 못하고 가겠구나 생각했다. 그때 지호가 교도관들에 의해 밖으로 끌려나가면서 혼자 중얼거렸다.

"너도 유이를 위해 모두를 속였었잖아."

그의 마지막 한마디가 묘한 울림을 남겼다. 물론 그랬었다. 유이가 블랙아웃으로 충격받을 일이 두려웠다. 그 역시 그녀를 위해 자신이 모두 짊어지겠다는 말인가. 정말 그렇게까지 그녀를 사랑했던 걸까.

교도소를 나와 카페로 들어서니 손님이라곤 유이 한 사람밖에 없었다. 창가에 앉아 홀로 소설책을 읽고 있었다.

그녀는 그날 내내 입을 다물고 있었다. 버스를 타고 집으로 돌아오는 길에도 지호와의 만남에 대해 아무것도 묻지 않았다. 그렇게 서로 간에 아무 말 없이 집에 거의 도착할 쯤이었다. 그녀가 전혀 뜻밖의 이야기를 꺼내놓았다.

"오빠, 나 혼자 계속 생각해봤는데 말이야."

유이의 표정이 심각했다.

"뭘?"

"아빠 말이야, 아니 아빠라고 부르기도 싫어. 김 사장이 오빠한테 그렇게까지 집착했던 이유."

그동안의 노력으로 많은 의문들이 해소되었다. 하지만 아무리 생각해봐도 끝까지 알 수 없는 것이 하나 있었다. 유이는 담담하게 자신의 생각을 털어놓았다. 그토록 증오하면서도 누구보다 잘 알고 있는 그 사람에 대해.

* * *

집을 나와 지하철을 갈아타고 한강진역에서 내렸다. 지하철 출구 앞에 녹색 어깨띠를 두른 사람들이 여럿 서 있었다.

"기호 1번 최태우입니다. 잘 부탁드립니다."

그가 먼저 악수를 청하여 손을 잡았다. 최태우는 김 사장과 같은 지역구에 출마한 현역 의원이다. 최근 여론조사 결과, 지지율은 50퍼센트 초반이었다. 라이벌인 김 사장보다 20퍼센트 이상 높은 상황이다.

역에서 10분 정도 걷자, 사람 키의 세 배쯤 되어 보이는 높은 담벼락이 나타났다. 마치 적의 침입을 막기 위한 거대한 요새 같은 모습. 정문 앞에서 벨을 누르고 잠시 기다리자 중년의 여성이 나와 문을 열어주었다. 작년 초, 두 달 동안 거의 매일 보던 익숙한 얼굴. 이 집의 도우미였다. 1년 사이 얼굴에 주름이 많이 늘어 있었다.

"오랜만이네요."

그녀가 웃으며 인사를 건넸다. 해고를 당한 이후 이 집에 다시 찾아오게 될 줄은 꿈에도 생각지 못했다. 그것도 절대 상상할 수 없던 이유로.

"시우 씨."

거실에서 김 사장의 가족들이 나를 기다리고 서 있었다. 김 사장부인이 먼저 나를 불렀다.

"정말 오랜만입니다. 그동안 잘 지내셨죠? 생신 축하드립니다."

먼저 김 사장과 악수를 한 뒤, 그의 부인에게는 가볍게 고개 숙여 인사했다. 서연 씨는 그들 옆에 흐뭇한 미소를 띠고 서 있었다.

"그래, 몸은 좀 건강한가?"

김 사장이 먼저 말을 걸었다. 내가 겪은 일들을 다 알고 있을 테니, 그런 말을 할 수 있을 테지.

"네, 괜찮습니다. 선거 기간이라 바쁘실 텐데, 저까지 신경 써서 초대해주셔서 감사합니다."

"그거야, 뭐. 밥은 먹어가면서 일도 해야 하지 않겠나?"

그가 크게 웃으면서 말했다. 상대편 후보는 역 앞에서 시민들을 만나느라 분주했다. 김 사장은 지지율에서 많이 밀리는 상황임에도 상당히 여유로워 보였다. 물론 그럴 만한 이유가 있으리라 짐작하고 있었지만.

"시우 씨가 온다고 해서 오늘 좀 성대하게 차리고 있어요. 저녁 준비가 다 되려면 한 시간 정도 걸릴 것 같네요. 거실에 앉아서 오랜만에 얘기 좀 나누죠."

부인이 나를 거실로 안내했다.

"아, 그럼 혹시 사장님 서재 좀 구경해도 될까요? 카메라를 수집한다고 하셔서 꼭 한번 보고 싶었습니다."

그 말에 김 사장이 놀란 듯 나를 쳐다보았다. 그러더니 이내 미소를 지었다.

"좋지. 그럼 내가 간단히 구경시켜줄 테니 당신은 서연이랑 있어."

부인과 서연 씨를 거실에 남겨둔 채, 그가 나를 2층에 있는 서재
로 인도했다.

"아마 깜짝 놀랄 거야. 우리나라에 거의 없는 희귀한 모델들이거
든."

그가 계단을 오르며 카메라를 자랑할 생각에 신이 난 듯 말했다.
서연 씨 방 옆에 서재가 있었다. 그가 먼저 문을 열고 들어가고 내
가 그 뒤를 따랐다. 들어가자마자 문을 완전히 닫아버렸다.

서재 한편에는 책들이 가득 꽂혀 있었다. 그 반대편에는 생산된
지 족히 수십 년은 되어 보이는 오래된 카메라들이 여러 개 진열되
어 있었다.

"이쪽으로 와보게. 내 하나하나 소개해주지."

드디어 그와 단둘이 있는 상황이 되었다. 요 며칠간 이날이 오기
만을 기다렸다.

"아니, 괜찮습니다. 김시진 씨."

갑자기 자신의 이름이 불리자 그가 상당히 당황한 듯 주춤했다.
곧 등을 돌려 나를 빤히 바라보았다.

"이제 그만하시죠."

"갑자기 무슨 얘길 하는 건가?"

그의 언성이 조금 높아졌다.

"김진우와 이지호, 잘 아시죠? 이미 모두 자백했습니다."

"뭐?"

그의 얼굴이 상기된 채 완전히 일그러졌다.

"당신이 전 부인을 살인 교사한 혐의, 그래서 결국 비참하게 살해한 행위. 모두 자백했다고요."

고요한 서재 안에 내 목소리만이 크게 울려 퍼졌다. 그가 충격을 받았는지 뒤쪽에 놓인 의자에 그대로 주저앉았다.

"너 정체가 대체 뭐야? 뭘 어떻게 알아낸 거야?"

그가 화난 듯이 크게 소리를 질렀다. 하긴 그로서는 완전 범죄였다고 생각하고 있을 터였다. 그에게 유이 어머니의 상자 속에 있던 서류 뭉치 복사본을 건넸다. 그가 상기된 얼굴로 서류들을 빠르게 넘겨 보았다.

"이제 다 끝났습니다, 김시진 씨. 당신의 과거 비리부터 최근 살인교사 행위까지 모두 폭로할 예정입니다."

그가 서류뭉치를 바닥에 집어던져버리더니 흥분한 채 자리에서 벌떡 일어났다. 그러고는 나에게 가까이 다가와 양팔을 붙잡았다.

"갑자기 왜 이러나, 윤시우 군. 뭘 어떻게 알아냈는지 모르겠지만 지금 이러려고 우리집에 찾아온 건가? 서연이랑 다시 잘 만나고 있는 줄로만 알았는데. 우리 딸이랑 결혼만 하면 내가 뭐든 해주겠네. 자네 인생이 완전히 바뀌는 거라고. 그게 서로에게 이득이지 않겠나?"

그가 비굴한 표정으로 나를 바라보며 말했다. 바로 전까지 미친 듯이 윽박지르더니, 금세 말투가 온화해졌다.

"당신 속셈을 모를 줄 알고요?"

내 팔을 잡은 그의 손을 밀치며 말했다.

"처음엔 좀 이상하다고 생각했어요. 왜 굳이 주 기자를 통해 모든 것을 폭로했을까? 미래발전공사와 VIP의 관계를 유지하는 게 당신한테도 이득일 텐데. 근데 차마 생각지도 못했던 이유가 있었더군요."

그의 눈을 똑바로 응시하며 말을 이었다.

"다른 VIP들을 모두 차단하고 당신 혼자 독점하고 싶었던 거겠죠. 미래를 보는 능력을."

특수 인화지를 수입하는 서유무역은 서광그룹의 계열사였다. 게다가 밀수 경력이 있는 그에게 해외에서 특수 인화지를 빼돌리는 일은 어렵지 않을 것이다. 그는 자기 카메라로도 미래 사진 촬영이 가능한지 확인하고자 했다. 그래서 서연 씨의 미래 사진을 찍을 때, 자신의 오래된 필름 카메라로 촬영해보라고 요청했던 것이다.

특수 인화지와 필름 카메라까지 갖췄다면 이제 뭐가 더 필요한가.

— 김 사장은 윤시우라는 사람 자체를 좋아한 게 아니야. 오빠만이 가진 특별한 능력을 얻고 싶었을 거야.

유이의 생각이 정확했다. 마지막으로 모든 인화 절차를 숙지하여 작업을 수행할 사람이 필요했다. 그게 바로 인화팀 경력이 있는 나였다. 나를 자기 집안사람으로 만들기 위해 그토록 집착했던 이유가 여기 있었다. 이것들만 갖추면 그로서는 더 이상 미래발전공사의 도움 없이도 스스로 미래를 볼 수 있었기에.

그리고 또 하나, 미래발전공사와 VIP의 관계를 세상에 폭로해버린다. 그렇게 다른 VIP들은 앞으로 미래 사진을 볼 수 없게 만들고 자신만이 미래를 독점하게 되는 것이다.

"처음부터 그럴 생각은 없었네. 이태수 이놈이 모든 걸 폭로하려 했었다는 말을 듣고 너무 큰 충격을 받았지 뭐야. 문제가 심각했어. 나도 힘들게 노력해서 이 자리까지 온 거야. 그런데 그런 가난하고 비뚤어진 인간들은 항상 돈 많고 능력 있는 자들을 시기하고 깎아 내리지. 그런 버러지 같은 인간들 특징이야. 평생 그런 인간들 눈치 나 보면서 살 수는 없지 않겠나?"

단지 그 이유 하나 때문일까? 처음엔 나도 그런 줄로만 알았다. 안정적으로 미래를 독점하고 싶었던 게 아닐까 하고. 하지만 그의 최근 동향을 보면 이상한 점이 하나 더 있었다. 그는 상대가 평범한 서민이라면 눈 하나 깜박하지 않고 죽이는 사람이다. 심지어 전 부인마저도 쉽게 죽일 수 있었다.

하지만 VIP는 달랐다. 자신의 미래를 계속 살피며 건강을 확인하는 VIP는 살해하려 해도 쉽게 발각될 가능성이 높았다. 그래서 그는 역발상을 했다. 반대로 폭로를 택한 것이었다. 다른 VIP가 미래를 볼 기회를 차단할 뿐만 아니라 VIP를 직접 살해하기 위해.

"당신의 다음 목표는 기호 1번 최태우 아닌가요?"

김 사장은 회사에서 물러나 정치판에 뛰어들었다. 하지만 상대는 이미 3선 경력에 지역구 내에서 호감도도 상당히 높은 인물이었다. 그런데도 이렇게 여유로울 수 있는 건 한 가지 가능성밖에 없었다. 항상 그래왔듯이 그의 장애물을 말끔히 제거해버리는 것.

여기까지 생각했으리라고는 예상하지 못했을 것이다. 그도 혼란스러운 듯 허리춤에 손을 대고 길게 한숨을 내쉬었다.

"그래서, 대체 나한테 원하는 게 뭔가? 우리 집안과는 엮이기도 싫고 돈만 필요하단 건가? 돈이라면 얼마든지 맞춰줄 수 있네. 그렇게 속속들이 잘 알고 있으면 바로 경찰서로 갈 것이지 나한테 찾아온 이유가 대체 뭐야?"

그가 다시 윽박지르듯이 소리쳤다. 삶에서 항상 돈이 최우선인 그로서는 쉽게 생각할 수 없었을 것이다. 내가 굳이 여기까지 찾아온 이유를.

"지금이라도 유이에게 용서를 비세요."

"용서?"

그의 얼굴에 당황한 기색이 역력해 보였다. 원하는 게 그깟 용서냐는 표정이었다.

"네, 당신 딸은 이미 많은 상처를 받았어요. 여기서 또다시 친부가 엄마를 살해했다는 사실을 알게 되면 충격과 상심이 상당할 거예요. 오늘 밤 8시에 주예인 기자 방송에서 당신의 모든 것을 폭로하기로 되어 있어요. 김진우 약사는 이미 자백하기 위해 스튜디오로 가 있고요. 그전에 유이한테 전화해서 진심으로 사과하세요. 그렇다고 당신의 죄가 용서받을 수 있다는 말은 아닙니다. 하지만 유이를 아직도 친딸이라 생각한다면 마지막으로 용서를 구하세요."

그가 정신이 아찔한 듯 비틀거리면서 의자에 주저앉았다. 그러더니, 얼굴을 감싸고 흐느껴 울기 시작했다. 참회의 눈물이라기보다는 자신의 파멸을 괴로워하는 눈물이리라.

한참을 가만히 흐느끼던 그가 결국 휴대폰 화면을 누르더니 귀에 가져다 댔다.

"유이야……."

내가 할 수 있는 것은 여기까지였다. 김 사장을 남겨둔 채 서재 문을 열고 나오려는 참이었다. 눈앞에 누군가가 있어 화들짝 놀랐다. 하얀 원피스로 갈아입은 서연 씨가 문 앞에 서 있었던 것이다. 서재를 빠져나와 얼른 문을 닫아버렸다.

"저녁 준비가 다 되어서요. 아빠는요?"

그녀가 나 혼자 나온 것이 조금 이상하다는 표정으로 바라보았다.

"아, 곧 나오실 거예요."

계단 쪽에서 발소리가 들려 바라보니, 김 사장의 비서가 뛰어 올라오고 있었다. 그와 눈이 마주쳤다. 눈빛에서 강한 살기가 느껴졌다. 김 사장이 설마? 계단을 다 오르더니, 그가 정장 재킷의 안주머니에서 무언가를 꺼냈다. 형광등에 반사되어 빛이 났다. 호신용 나이프였다.

"대체 뭐 하는 거예요? 당장 그만둬요!"

서연 씨가 칼을 보더니 소리쳤다. 그는 아랑곳하지 않고 점점 내쪽을 향해 다가왔다. 나도 그의 걸음에 맞춰 조금씩 뒷걸음질을 쳤다. 마지막까지 방심하지 말았어야 했다. 김 사장은 유이한테 전화하는 척하면서 그를 부른 것이다.

점점 구석으로 몰리면서 더는 피할 곳조차 없었다. 내 등이 벽에 닿은 순간, 그가 재빨리 몸을 날리면서 칼을 뻗었다. 모든 게 끝이란 생각에 그 자리에서 그대로 두 눈을 꼭 감았다.

얼마나 시간이 흘렀을까? 이상하게도 아무런 통증이 느껴지지 않았다. 다시 눈을 떠 바닥을 보니, 빨간 핏방울이 뚝뚝 떨어지고 있었다.

천천히 고개를 들자, 눈앞의 충격적인 광경에 심장이 미친 듯이 요동쳤다. 그의 칼이 서연 씨의 옆구리를 찌른 모양이었다. 그를 말리려던 서연 씨가 그대로 정신을 잃고 바닥에 쓰러져 있었다.

"서연 씨, 괜찮아요?"

서둘러 그녀에게 다가갔다. 바닥에 무릎을 꿇고 그녀의 몸을 흔들었다.

"정신 차려요!"

김 사장 비서는 피가 묻은 칼을 들고 망연자실한 채 서 있었다. 그사이, 서재 문이 열리고 김 사장이 밖으로 나왔다. 그의 부인도 계단을 막 올라오고 있었다.

"뭐 해요? 빨리 구급차 안 부르고!"

부인이 내 말을 듣고 서둘러 휴대폰을 꺼내 버튼을 눌렀다. 서연 씨의 하얀 원피스가 점점 붉게 물들어가고 있었다. 김 사장이 한걸음에 내 옆으로 다가왔다.

"서연아……."

그는 이내 무릎을 꿇더니 그녀의 몸을 두 손으로 움켜잡았다. 그는 상기된 얼굴을 하고도 감정을 억누르는 듯 굳은 표정을 짓고 있었다. 하지만 몸의 반응만큼은 숨길 수 없었다. 그의 양손은 마치 경련하듯 심하게 떨리고 있었다.

결국 그는 자신의 두 딸 모두에게 평생 씻을 수 없는 상처를 남기고 말았다.

25

주 기자의 방송은 오후 8시 정각에 시작되었다. 김 사장이 지금
껏 저질러온 모든 악행이 하나하나 까발려졌다. 김진우 씨는 그 자
리에서 공개적으로 범행 사실을 모두 자백했다. 그리고 유이 어머
니와 유이에게 용서를 빌었다. 방송 내내 그의 얼굴은 눈물범벅이
었다. 방송이 채 끝나기도 전에 경찰이 스튜디오로 들이닥쳐 그를
체포했다.

서연 씨는 구급차에 실려 병원으로 이송되었다. 김 사장과 그의
부인도 구급차에 동행했다. 주 기자의 방송 이후, 경찰이 김 사장
을 찾아 병원으로 들이닥쳤다고 한다. 그날 TV 화면 하단 뉴스에는
'서광그룹 전 사장 긴급체포'라는 자막이 흘러나갔다.

김 사장 부인이 10년 전에 미처 볼 수 없었던 뉴스 자막의 뒷부분
이었다. 나중에 안 사실이지만 서연 씨의 생명에는 다행히 지장이
없었다.

나는 구급차가 오자마자 곧바로 그 집을 떠났다. 길에서 택시를 잡아타고 유이의 집으로 향했다. 그녀는 오늘 밤, 주 기자의 방송을 보고 있겠다고 했다. 지금쯤이면 그녀의 친부가 어머니를 살해했다는 사실을 알게 되었을 것이다. 분명 혼자서는 견디기 힘든 상실감과 충격에 괴로워하고 있을 터였다.

그녀의 집 초인종을 누르자 곧바로 문이 열렸다. 유이는 이미 눈이 퉁퉁 부은 상태였다. 그녀가 아무 말 없이 내 품으로 달려들어 안겼다. 그러고는 그 자세 그대로 어깨만 들썩이며 소리 내어 울었다.

한참을 그렇게 가만히 있었다. 따뜻한 체온과 함께 그녀의 온갖 감정들이 그대로 나에게 전달되어왔다.

* * *

뜯어놓은 감자칩이 이미 절반은 사라졌다. 맥주도 반 캔 이상 마신 상태였다. TV 화면에 '현장 인터뷰'라는 글자가 크게 보였다.

"이제 나온다!"

우리는 소파에서 등을 떼고 본격적으로 TV 화면에 집중했다.

─오늘은 미래발전공사에 나왔습니다.

여자 리포터의 뒤로 익숙한 풍경이 보인다. 회사를 그만둔 지 어느덧 2년이 지났으나 사무실 풍경은 여전히 그대로였다. 그녀가 한 여성에게 다가가 질문을 한다.

― 여기서 구체적으로 어떤 일을 담당하고 계신가요?

― 저는 주로 블랙아웃이 나온 의뢰인분들을 상담하는 일을 하고 있습니다.

최근 머리카락을 단발로 자른 유이의 얼굴이 잔뜩 긴장한 채로 TV 화면에 나왔다.

"너무 긴장한 거 아니야?"

"조용히 해봐."

주 기자의 두 번째 폭로 이후 미래 사진에 대한 대중들의 시선 자체가 극도로 악화되었다. 미래발전공사에서는 과거의 잘못을 반성하고 공익성을 강화하고자 블랙아웃을 당한 사람들을 위한 부서를 신설했다. 그리고 유이는 그 부서에 특채 1기로 합격했다. 특채의 우대조건은 '자신이 직접 블랙아웃을 경험한 자'였다.

사실 나는 회사에 대한 악감정이 남아 있어 그녀의 취업을 반대했다. 하지만 유이의 뜻 또한 확고했다.

― 실제로 블랙아웃을 경험하셨다고 들었는데요. 충격이 상당하셨을 것 같아요. 그런데도 꼭 여기서 일해야겠다고 생각한 계기는 무엇인지 들어볼 수 있을까요?

카메라가 다시 유이의 얼굴을 클로즈업했다.

― 블랙아웃이 자신에게 벌어진 일이라 생각해보세요. 10년 안에 내가 반드시 죽는다? 과연 어떤 기분이 들까요? 죽음에 대한 두려움이나 세상에 대한 허무감 때문에 아무것도 할 수 없는 상태가 될

지 몰라요. 이 세상에서 나만 홀로 사라진다는 생각에 극도로 외로움을 느끼게 되죠. 그럴 때 제가 도와줄 수 있는 부분이 있겠다고 생각했어요. 그 지독한 불안과 두려움을 완전히 없앨 수는 없겠죠. 하지만 공감해줄 수는 있다고 믿었어요. 그래서 이 회사를 선택한 거고요.

회사에서는 블랙아웃을 당한 사람들에게 스무 장의 인화지를 추가로 제공해주는 서비스를 도입했다. 정부에서 관련 법을 개정한 것이다. 이를 통해 사망 원인과 시기에 대해서도 충분한 예측이 가능해졌다. 유이는 심리 상담 자격증을 취득한 뒤, 정신적인 측면에서 의뢰인을 돕는 역할을 담당하고 있었다.

미래발전공사는 언제 그랬냐는 듯 되살아나고 있었다. 그만큼 미래를 미리 안다는 것은 누구에게나 너무나도 매혹적인 일이다. 인간의 욕망을 강제로 잠재울 순 없는 법이다.

최근 몇 년간의 경험으로 느낀 점이 하나 있다. 어떤 미래가 기다리건 불안과 두려움에 잠식될 필요는 없다는 것. 돛대만 잘 쥐고 있다면 바닷속 소용돌이도 얼마든지 피해 나갈 수 있다. 물론 그 과정이 순탄하지만은 않겠지만.

사람들은 자꾸 무언가를 확인하고 그 속에서 안정을 찾으려 한다. 하지만 단지 미래를 안다는 것만으로 충족될 수 있는 것은 없다. 오히려 원래 의도와는 달리, 불안감만 증폭될 뿐. 중요한 건 내가 꿈꾸며 바라는 곳을 향해 쉼 없이 나아가려는 의지, 그것뿐이다.

유이의 휴대폰에서 진동이 마구 울려대기 시작했다. 분명 유이가 TV에 나온 모습을 본 친구들이 동시에 연락하고 있을 터였다.

"벌써 끝이야? 한 시간 동안 인터뷰하더니 고작 1분 나오네."

그녀의 입이 앞으로 삐죽 나왔다.

"원래 방송이 그렇지, 뭐. 그래도 8시 뉴스에 나온 게 어디야. 우리 유이, 출세했네!"

내가 엄지를 높이 치켜세우며 말했다.

"됐어. 그럼 이제 시작하자."

"뭘?"

"아니, TV에도 첫 출연 했는데 그냥 여기서 끝내려고? 나가서 본격적으로 마셔야지?"

유이가 한 손에 트렌치코트를 움켜쥐며 말했다.

"진짜 마시자고? 회사 취직하더니 아주 술만 늘었네."

유이는 벌써 현관에서 신발을 신고 있었다. 나도 서둘러 겉옷을 집어 들었다.

오늘은 월요일인데. 요새 그녀도 술이 부쩍 늘어 새벽 한두 시까지는 날 보내주지 않을 것 같다. 내일은 병든 병아리처럼 사무실에서 꾸벅꾸벅 졸고 있을 내 모습이 눈앞에 그려졌다. 굳이 미래 사진으로 확인하지 않더라도 말이다.

BLACKOU⁻

블랙아웃

초판 1쇄 발행 2021년 4월 28일
초판 2쇄 발행 2023년 1월 10일

지은이 권혁진

발행인 이진수
펴낸이 황현수
기획 이수현 황예인
출판신고 2010년 8월 16일 제2015-000037호

펴낸곳 ㈜타인의취향
기획실장 최지연
마케팅 이유리 홍윤정
디자인 데시그 신정난
표지일러스트 코끼리씨
제작 어진
주소 서울시 마포구 큰우물로75 성지빌딩 1406호
전화 02-6949-6014 **팩스** 02-6919-9058
▶ youtube.com/c/타인의취향

ⓒ 권혁진, 2021

ISBN 979-11-6509-940-4 03810